時は殺人者　下

ミシェル・ビュッシ
平岡　敦　訳

集英社文庫

目次

主な登場人物

クロチルド（クロ）……弁護士
フランク・バロン……クロチルドの夫
ヴァランティーヌ（ヴァル）……クロチルドの娘
カサニュ・イドリッシ……クロチルドの祖父、アルカニュ牧場の主
リザベッタ……カサニュの妻
スペランザ……アルカニュ牧場の家事手伝い
オルシュ……キャンプ場の従業員、スペランザの孫
カドナ大尉……カルヴィの憲兵

【一九八九年】

ポール・イドリッシ……………………クロチルドの父、カサニュの息子
パルマ…………………………………クロチルドの母
ニコラ（ニコ）………………………クロチルドの兄
バジル・スピネロ……………………キャンプ場支配人
ヤコブ・シュライバー………………キャンプ場の常連客
セザルー・ガルシア…………………カルヴィの憲兵隊曹長、〝軍曹〟
ナタル・アンジェリ…………………漁師
マリア＝クジャーラ・ジョルダーノ…イタリアの富豪の娘
セルヴォーヌ・スピネロ……………バジルの息子
オーレリア・ガルシア………………セザルーの娘
ヘルマン・シュライバー……………ヤコブの息子

時は殺人者　下

Ⅱ　聖女ローザ

37

一九八九年八月二十一日月曜日　バカンス十五日目　黙して語らぬハスのような青空

お昼近くだったかな、涼しい海豹洞窟で『危険な関係』をお尻の下に敷き、『はてしない物語』をひとりのんびり読んでいたら、ニコラがやって来た。ニコラは大きな熊みたいに、のっそり洞窟に入ってきた。熊は太陽の光を遮ってわたしを驚かせ、それから読書の邪魔をした。

わたしは薄暗がりに乗じて、『はてしない物語』のバスチアンをヴァルモン子爵とメルトゥイユ侯爵夫人にすばやく替えた。ニコが動くと、背後から射す光のなかに黒いシルエットがくっきり浮かんだ。ほら、よく映画にあるじゃない。刑事が容疑者の目にスタンドの電球をむける場面。あんな感じ。

「話があるんだ、クロ」

どうぞ、ご勝手に……

そこでニコは真剣そうな表情をした。そんなときはたいてい、とてつもなく馬鹿なことを考えている。

「おまえが詮索好きなのはよく知ってる。ひとのあとをつけてあれこれ嗅ぎまわり、ノートに逐一書いていることもな。でも、今回は首を突っこむな。黙ってろっていうんじゃない、初めっから知ろうとするなってことだ」

「何を知ろうとするっていうの？」

わたしは兄を怒らせるのが大好き。

「クロ、真面目な話なんだぞ」

ニコラは、打ち明け話の重みに押されたかのように、少し身をかがめた。洞窟の天井に頭をぶつけないようにっていうだけかもしれないけど。どちらにしても、結果は同じ。わたしは顔いっぱいに太陽の光を浴びた。ドジな刑事は続けた。

「愛してるんだ」

なんだ、そんなこと。

「で、誰を？　クジャーラ？」

わたしが彼女をそんなふうに呼ぶのを、ニコラは嫌がった。兄はマリアとかマリ、あるいは英語風にエム・シーなんて呼んでたけれど。

ニコラはわたしの目つきも嫌がった。そんな目で見るなって思ってるんだ。まるで高校を辞めてプロのサッカー選手になると、両親に言ったみたいじゃないかって。わたしは兄の鼻先に本をふりかざし、こう言った。

「間違えちゃだめ、それは愛じゃないでしょ。ただ、興奮してるだけ。男の子同士が張り合って、興奮しているんだ。誰が最初に彼女のおっぱいにタッチするかって」

わたしは兄を相手に、下品な口をきくのも大好き。

「もちろん、男はおまえのペチャパイなんかに触りたいとは思わないさ」

なんてやつ！　あいつが本当にこう言ったから、わたしはそのとおりに書いただけ。立派でしょ、この誠実な態度、銀河の彼方の読者さん。

そうそう、忘れてた。わたしは兄と仲直りするのも大好き。

「オーケー、カサノヴァさん、で、わたしにどうして欲しいの？」

「なにもしなくていい……ともかく、邪魔をするな。ぼくから離れてろ。父さん母さんの注意を、ぼくに集めないようにしろ……いざとなったら、注意をそらすんだ。ぼくがここにいなかったら、口からでまかせを言っといてくれ。オセリュクシア海岸でギターを弾いてるとか、フィリプやエステファンとベローニの森で小屋を作っているとか、なんでもかまわないから。ともかく明後日、二十三日の夜までぼくをかばってくれ」

「聖女ローザの日ってことね。その晩、何があるの？　野バラのロサ・カニーナを摘んで、花束にするの？　パパみたいに。勝者の花束。福引の一等賞。ランバダの次に来るダンスは、もっとイケイケのフーモワラだもん。クジャーラの子猫ちゃんに突撃ってわけ？」

わたしは兄を相手に下品な口をきくのが、本当に好きすぎ。ニコラはぐうの音も出ず、すべてを打ちあけた。

「その晩、ぼくは遠出をする。もちろん、どこへ行くかは教えられない。何年かしたら、ブラックボックスを見せてやるさ」

「クジャーラと結婚して、子供が生まれたころにってこと？」

ニコは体勢を変えて、また太陽を遮った。

逆光のなかに、黒い影が浮かんでいる。

「そういうことだ。結婚式には呼んでやるよ」

ここはあんまりつつかないほうがいい。

「ふうん……でも、自信はあるの？」

「自信って？」

「きれいな蘭（らん）の花を最初に摘む自信だよ。競争は激しいんじゃない？」

「ああ、自信はある」

「でも、競争相手は？」

「いわばこれは戦略ゲームなんだ。まずはいくつか先手を打たねばならない」

「説明して。どんな戦略？」

影はかがんで脇にすわり、すっぽりとわたしを包みこんだ。ニコラはすべてを話し、わたしの人生の雑木林（マキ）に道を拓（ひら）いた。

「悪知恵を働かせるのさ。おまえが読んでるふりをしているこの本、『危険な関係』にあるみたいな悪知恵をね。策を巡らせ、計画を立て、頭のなかに図を描く。簡単な図だ。丸のなかにグループ全員の名前を書きこむだけ。男の子女の子、男の子女の子、男の子女の子って。

それを矢印で結ぶ。《キラー》っていうゲームがあるだろ。あれみたいなもんだ。プレイヤーはみんな誰かを殺さねばならないし、誰かに殺されるかもしれない。あとはなにも難しくないさ。きみに惚れてるやつがいるって吹きこんだり、おまえを見つめてる子がいるってそそのかしたりする。それで作戦完了だ。オーレリアはぼくとデートしたがっている。彼女はヘルマンにくっつけよう。ヘルマンはマリアがお目あてだけど。マリアはセルヴォーヌに気があるらしい。スピネロ・ジュニアのどこがいいのか、ぼくにはさっぱりだけどな。じゃあパパっ子にはパパっ子をってわけで、セルヴォーヌはオーレリアに。あいつ、おまえが思ってるよりすれてるからな。これで輪が閉じた……」

オーレリアだって！　つんと澄ました聖女みたいな表情と太い眉の陰で、手あたり次第獲物に飛びかかろうと、身がまえているっていうの？　クジャーラのほうは相手かまわずって顔をしてるけど、身を捧げるのはニコラだけってこと？　それって勝手な幻想じゃないの、キャンプ場のヴァルモンさん？　思うにニコラの魔法の指は、まだ彼女のビキニの紐を震わせ、妙なる音を奏でていないはずだよね。

彼はその気でいるけれど。

「じゃあ、約束だ。協力してくれるな？　なにかあったら、うまく言っといてくれよ」

「わたしに好きな人ができたら、そっちも手を貸す？」

「貸すとも……おまえの胸がもっと膨らんだときに」

馬鹿野郎！

わたしは兄に飛びかかり、パンチを食らわすふりをするのが大好き。自分の部屋なら、ぬいぐるみを端から顔に投げつけてやるとこだ。でもここにはなにもないから、飛びかかってプロレスごっこでもするしかない。

オーケー、お兄ちゃん。二十三日までの二日間、自由にしてあげる。いつもなら、約束だけしといて見張りは続けるんだけど、今回はどうでもいい。みんながみんな、誰と出かけるかであくせくしているグループのことなんか、知ったことじゃない。うまい言葉よね、《出かける》って。誰と出かけるかは、さして重要じゃない。大事なのは輪から抜け出すこと。だからあなたたちは勝手にすればいい。輪になってすわり、ハンカチ落としゲームでもしてなさい。

一時になっても鬼はこない……二時になっても、三時になってもって歌いながら……わたしにはもっと、やらなきゃいけないことがある。約束したんだ。

頬にキスをしてもらう条件で。

どんな輪のなかにも入らないひとから。決して閉じこめられないひと、真の自由とは何かを教えてくれた人。

わたしは約束した。使命を負っている。ナタル・アンジェリから託された使命を。

カサニュお祖父ちゃんを説得するんだ。わたしを信じて。わたしのことを、まだよく知らなくても。

わたしはやり遂げる。

＊　＊　＊

《キラー》、死のゲーム、とゲームの主ニコラ・イドリッシは言っていた。
まったくそのとおりだった。

彼はノートを閉じて、上着の下に隠した。

38

二〇一六年八月二十日　正午

クロチルドは待っていた。

セルヴォーヌ・スピネロは、トイレから出てくるのに五分もかかった。身づくろいでもしていたのだろうか？　それとも、彼女をじりじりと苛立(いら)たせるための作戦にすぎないのか。二十七年に加えてあと数分。それが最後の、けち臭い復讐(ふくしゅう)ってこと？

セルヴォーヌがトレーラーハウスの廊下にあらわれると、クロチルドはさっとふり返った。待ちきれない思いを隠そうともしなかった。キャンプ場の支配人は老ドイツ人が撮りためた写真を指さし、悲しげに表情を固まらせた。

「本当は何があったのか知りたい、そうなんですね？」

彼は答えを待たずに続けた。クロチルドのほうは見ず、写真に目をむけたまま。

「覚えてるでしょうが、クロチルド、八月二十三日の晩、お兄さんのニコラはカルヴィのディスコ《ラ・カマルグ》へ繰り出す計画を立てていた。きみの両親が《カーサ・ディ・ステラ》で夜をすごしているあいだに。アルカニュ牧場から《カーサ・ディ・ステラ》までは歩いていけるから、フエゴは牧場の小道に停めたままだ。ニコラはそれをこっそり借りて、みんなして乗りこみ出かけるつもりだった。でも、彼の計画には第二段階があったことも、きみは覚えているはずだ。ニコラはほかの連中をディスコのフロアにほっぽり出して、マリア＝クジャーラとソファで楽しもうっていう算段だった。甘いカクテルとマリファナ煙草の助けを借りて、イタリア美人をさらにどこかへ連れこもう。あんまり快適ではないが、人目につかないところへ。どうです、クロチルド。そうでしたよね？」

ええ、ここまではね。

「そうよ」

「さて、続きは……どう説明したものか。ニコラもできるだけ隠していた。とりわけ、かわいい妹の前ではね。実のところ、マリア＝クジャーラは二の足を踏んでいたんだ。ソファやマリファナ、カクテルに恐れをなしていたんじゃないし、そのあとのお楽しみが不安だったわけでもない。そっちはマリア＝クジャーラも、やる気まんまんだったのだから」

セルヴォーヌは、オセリュクシア海岸のキャンプファイヤーの写真に指をあてた。ギターを抱えたニコラに、マリア＝クジャーラが頭をもたせかけている。彼の人さし指は、イタリア娘の乱れた長い黒髪から、胸もとが大きくひらいた白いシャツブラウス、昼の太陽と夜の炎で赤銅色に染まった肌へ滑っていった。

「実を言うと、クロチルド」と彼は続けた。「マリア＝クジャーラがためらっていたのは、車のことだった。ニコラは免許証を持っていなかったからね。十時間ほど運転の講習を受け、何百回も父親の車に同乗しただけだ。マリア＝クジャーラは狭い道、カーブ、峡谷、自由に歩きまわる野生動物のことを考えていた。要するに、事故を恐れていたんだ」

「じゃあ、彼らは行くのをやめたのね」

「いや、違う。結局八月二十三日の晩は、車を使えなかった。それはきみもわかっているはずだ。どうしてかもね。けれども、みんなが知らないことがある。二十三日の昼間に起きた出来事だ。ニコラはマリア＝クジャーラを説得しようとした。危険はなにもないことを証明すると、彼女に持ちかけたんだ」

クロチルドの体が少しずつ麻痺し出した。それは足をすくませる見えない虫の大軍から始まった。

「アルカニュ牧場へ行く数時間前、きみの両親はとても忙しかった。お母さんは一年でいちばんロマンチックな夜の準備で、お父さんはヨットでひとまわりしたあと、アルカニュ牧場でカサニュと話し合うべき書類を読み返すので。それは願ってもないチャンス、二度とないチャンスだった。ニコラはフエゴのキーをそっと拝借し、助手席に乗るようマリア＝クジャーラに言った。ちょっとそのあたりを、ひとまわりしようってね。ガレリアのほうへ、ヘアピンカーブが続く道を数キロほど下ってみようと。免許なんか持っていなくても問題はない、慎重に運転できることを証明するために」

肉食虫の群れが、クロチルドの太腿に沿って這いあがってくる。肺に入りこんでうようよと散らばり、息をふさぐ虫もいた。

「二人は十分ほどで戻ってきた。ニコラはフエゴをもとの場所に停め、二人は車を降りた。わたしはそのとき、キャンプ場の受付にいた。それを目撃したのは、わたしひとりだった」

虫は気管のあたりに群がり、かすれ声しか出せなかった。

「何を目撃したの？」

「あの二人をですよ。それに、話している声も聞こえた。ニコラは身をかがめてエンジンの下を覗きこみ、マリア＝クジャーラを安心させようと、《大丈夫、なにも問題ない》と繰り返していた。油と埃で真っ黒になった彼の手が、白いレースのドレスに近づくと、マリア＝クジャーラはおぞましそうにあとずさりした。そしてずけずけと文句を言っていた。わたしはそれを聞き、何があったのかを理解した」

クロチルドは唾を飲みこんだ。何千もの脚が喉のなかに集まり、こめかみに沿ってのぼってくる。そしてわんわんと羽音をたてながら、鼓膜に毒針を刺した。それでもまだ足りなかった。クロチルドが決して聞きたくなかった言葉をふさぐには、それでもまだ足りなかった。

「ニコラは道をはみ出してしまったんだ。カーブを三つも曲がらないうちにね。直進中に車体の下を、カポ・キャヴァロの岩にこすってしまった。それでニコラは、車を止めざるを得なかった。車は危うく動かないままになるところだった。ニコラはなんとか無理やり引き返してきたんだろう。でもボンネットや車輪の下で何がこすれ、よじれ、断ち切られたのかはわかっていなかった。事故の瞬間、鳴り響いたものすごい金属音は、山のかなたに消えてしまった」

吐き気がこみあげてくる。酸っぱい胃液のマグマで、虫をみんな溶かしてしまえ。

「その晩に起きた事故と、関連があるかもしれない。そう思ったのは数日後だった。ステアリングのリンクロッドがはずれてたとか、ボールジョイントに傷があったとか、ナットが緩んでたとか、そんな噂(うわさ)が立ち始めたんでね」

クロチルドはトレーラーハウスの床に吐いた。買い物袋、ピーマンやマリネした牛肉、靴のうえに。セルヴォーヌは目をそむけなかった。

そんな話、信じられないわ。

それが本当の話だなんて、一瞬たりとも信じられない。

ニコラはしらばっくれることにした。危険に気づかなかった。叱られるのを恐れて、黙って鍵を戻すことにした。まさか、そんな。

「真実を知りたがったのはきみだ。きみがわたしにたのんだんです。申しわけないが」

ニコラの姿が目の前に浮かんだ。衝撃が押し寄せる数秒前、フエゴが虚空に浮かぶ直前の顔が。あのとき抱いた印象は、それからも頭にこびりついて離れなかった。ニコラはなにかわたしの知らないことを、知っていたのではないか？　車がカーブを曲がらず、崖にむかって突進していったとき、ニコラは驚いていないようだった。自分たちが死ぬことになったわけを、理解していたかのように。

そういうことなのか、これですべて説明がつく。

みんなを殺したのは彼だったんだ。

*

「食べないのか？」

フランクの口調には皮肉が感じられた。

クロチルドはすべて捨てた。ピーマンも、牛あばら肉も、南国のフルーツも。思いやりのある妻が約束したご馳走は、角切りハム、スライストマト、水もろくに切ってない缶詰のコーンになってしまった。

フランクはヴァルに二十ユーロを渡して、受付でなにか買ってくるように言った。フライドポテト、二リットルボトルのコーヒー、ストロベリー・アイスコーン。きみはどうする、クロ？

「ありがとう。なにもいらないわ」

クロチルドは話さないことに決めていた。すぐには話さない。今は、こんな状態では。

今、願っていることはただひとつ。

力強い腕のなかに身をゆだねること。男の厚い胸を拳で叩き、肩の窪みを涙で濡らし、耳もとで人生に呪いの言葉を吐きかけること。男はそれに応えて、心安らぐ愛の言葉をささやくだろう。彼女を理解してくれる男に、すべてを投げ出すこと。彼はそのあと黙って、彼女を愛するだろう。

その男はフランクじゃない。

クロチルドは立ちあがって皿を重ね、テーブルを片づけた。そしてスポンジ、ボウル、布巾を手に取った。

「洗いものを済ませたらマルコーヌ展望台へ行って、両親の墓参りをしてくるわ。そんなに遅くならないから」

*

コルシカ人は幽霊を信じている。彼らの墓がその証拠だ。幽霊を信じていなければ、あんなに巨大な納骨堂を作るわけがない。ときに一族の霊廟は、彼らが生前に暮らしていた家より立派なこともあるほどだ。彼らは七世代の骨が収められている豪華な別荘のために、すばらしい土地も用意している。彼らの墓が建っているのは、美しい眺望がひらけた場所だ。まるで死者たちも、稜線にかかる霧や山の中腹に立つ鐘楼のシルエット、カルヴィの城塞を赤く染める夕日を楽しむかのように。もっともそれは、財力がある者たちの話だ。墓地の奥の薄暗い、砂利だらけの場所に追いやられている者たちもいる。嵐が来るたび増水や土砂崩れで墓が埋まったり、棺が流されたりすることすらある。

　イドリッシ家の納骨堂は、未来永劫どんな悪天候にも耐えられるだろう。マルコーヌ墓地を囲む塀のうえに、堂々たる紺碧のドームとコリント式円柱が覗いている。絶壁を通る者たちが皆その名と、栄光に満ちた先祖たちを忘れないようにと。イドリッシ家のもっとも古い先祖のなかには、元帥（一七六〇－一八二三）、代議士（一八一二－一八八七）、市長（一八七六－一九一七）もいた。そしてクロチルドの曽祖父パンクラス（一八九八－一九七九）も。

　そのあとには、肩書のない三人が続いた。

ポール・イドリッシ（一九四五－一九八九）

パルマ・イドリッシ（一九四七－一九八九）

ニコラ・イドリッシ（一九七一－一九八九）

　ナタルは道から見えないよう墓地のなかの、漆喰と石灰の塀の陰で待っていた。クロチルドは彼の腕に飛びこんでキスをし、ただひたすら泣いた。そして近くの木陰に倒れこんだ。海風で幹が曲がったイチイの木だった。平たい針葉が剝き出しの太腿にちくちくするのも気にならなかった。墓地は人気がなかった。ずっと遠くに、老女がひとりいるだけだ。彼女は水飲み場から汲んだジョウロの水を、苦労して墓のうえにかけていた。

　クロチルドはようやく話し始めた。ナタルは隣にすわって、彼女の手を握っていた。体と体は触れないようにして、指だけを絡めていた。クロチルドはすべてを語った。両親の車について、セザルー・ガルシアから聞いた話、大きな暗い部屋にすぎない人生、しだいに薄れたフランクへの愛情、離れていく娘。娘は自分と似てなくて、本当に愛しているのか自信が持てない。母親に嫉妬し、父親は大好きだったこと。イルカと話せる男のこと。彼を忘れたことは一度もないわ（そう言ってクロチルドはナタルにキスをした）。それから、兄のニコラのことも。彼女の前に立って人生の露払いをしてくれた兄。坂道が急なときは負(お)ぶってくれ、近道を教えてくれた兄。ここ、ルヴェラタに彼女を見捨てていった兄。秘密を守るようにたのみ、話してくれようとしなかった兄。死の罠(わな)と化した車に、知らずに黙って乗りこむことを選んだ兄。まさかあんなことになるとは、わかっていなかったのだ。そう、わかっていなかった。

　クロチルドは不安や恨みをすべて吐き出した。今までその重みが、ずっしりと体にのしかかっていた。なにもかもぶちまけてしまうと、風船のように気分が軽くなった。それにナタルの手が、しっかり押さえていてくれる。ヘリウムガスが入った気球を押さえるみたいに。とても壊れやすいものをつかむみたいに、少し力を入れすぎるくらいに。

　イドリッシ家の墓には花束が飾られていた。野バラ、百合(ゆり)、蘭。ほとんどが摘んだばかりらしい。墓地のなかで、もっとも華やかな墓だわ。カサニュとリザベッタは、先祖の元帥からひとり息子まで、イドリッシ家の幽霊たちを大事にしている。花瓶のよどんだ水に挿したまま萎(しお)れた花の匂いを、彼らに嗅がせておきはしない。ジョウロを持った老女が日差しのなかを、二人のほうへやって来た。

　クロチルドはナタルと指を絡ませ、自問し続けていた。風船のように軽くなった体は、自由を求めている。どうしてニコラはなにも言わなかったのだろう？　思慮分別があり、賢いニコラ。鉄床（かなとこ）みたいに打たれ強く、模範的なニコラ。Iの字のようにまっすぐで、Oの字のように角のないニコラ。ハンサムで優しく、前途有望なニコラ。そのニコラが、どうしてフエゴの鍵を盗んだのだろう？　免許証がないのに車を運転し、夜のディスコへ繰り出すなんて馬鹿げた計画を立てたのだろう？

答は単純で、残酷で、哀れで、みじめで、醜悪だ。

あのけばけばしい女のため。心から愛してはいない女の賞賛を得るため。大きなバストを手にするため。ほかの男たちを出し抜き、自分ひとりにひらかれたヴァージンを享受するため。男はみんなおんなじだ。頭のいいニコラも、ただの獣にすぎなかった。兄が考えたこと、学んだこと、読んだ本、すべてあの女の前では無力だった。小麦色の肢体、豹（ひょう）のような目、微かにひらいて無言の約束をする唇の前では。なんて馬鹿げた話だろう。ニコラは父親、母親、自分自身を殺し、妹のクロチルドには生涯続く苦しみを科した。初めて女の子を、わがものにするために。彼にはふさわしくない女の子を。人形を欲しがる子供みたいに、ニコラは彼女の体が欲しかっただけなんだ。

マリア＝クジャーラが楽屋の入口で見せた怯（おび）えたような目を、クロチルドは思い返した。沈黙。コンサートのあと、彼女を訪ねてニコラの名前を出し、事故の話をしたときのことだ。沈黙。否定。そしてマリア＝クジャーラは逃げるように引っこんでしまった。今になって、クロチルドにはよくわかった。この秘密がマリア＝クジャーラにとって、どれほど耐え難い重荷に違いないかを。彼女はなにもたずねなかった。すべての元凶は自分だというのに、ただ煙草の吸殻を投げ捨てただけだった。太陽が輝いたからって、風が枯れ木や枯れ草のうえを吹き抜けたからって、わたしに何ができるのと言わんばかりに。

自分で火をつけておいて、知らないふりってことなのね。

そうよね、罪には問えないわ、お人形なんだから。

「約束して、ナタル。約束して、男はみんなそんなじゃないって。そして……」

二人の唇は、数センチのところで止まった。

「ちょっと失礼」

老女がジョウロの水を背後に滴らせながら立っていた。黄土色の土に落ちた水滴は、たちまち魔法のように蒸発した。そのときクロチルドは、ドレスと同じ黒いベールに縁どられた顔に気づいた。

スペランザ。アルカニュ牧場の魔女。オルシュの祖母。リザベッタとカサニュの雑用係だ。スペランザは二人を一顧だにせず、納骨堂のうえに置かれた五つの花瓶に手を伸ばした。そのうちひとつの水を捨て、花を一本一本そっと抜き取り、新鮮な水を入れる。花を選り分け、葉を何枚かちぎり、ポケットから取り出した剪定ばさみで萎れた枝を切り落とし、またゆっくりと次の花束にむかう。

そんなきっちりと正確な動作の裏に、激しいためらいが隠されていたかのように、突然彼女はふり返った。

静寂のなかに言葉が炸裂する。

「おまえはここに来るべきじゃない」

クロチルドは震えあがった。

ナタルなどそこにいないかのように、スペランザは彼女だけを見つめていた。そしてジョウロを置くと、霊廟に刻まれた文字をゆっくり指でなぞった。

パルマ・イドリッシ（一九四七－一九八九）

「この女もだ」

最初はスペランザも言いよどんでいた。なかなか栓が抜けない発泡酒の瓶に、泡が溜まっているように。そのあと、いっきに言葉が噴き出した。

「この女は、ここにいるべきじゃない。ここに刻まれた名前は、イドリッシ家とは無縁なんだ。山の魔女はわたしでなく、おまえの母親なのさ。おまえはなにも知らない。まだ生まれていなかったからな（彼女はさっと十字を切った）。だがおまえの母親は、彼に魔法をかけた」

スペランザの視線は、納骨堂に刻まれたポール・イドリッシの名前に注がれている。

「そうさ、そんなことをできる女がいるんだ。おまえの母親は、おまえの父親に魔法をかけた。ポールを意のままに操り、わたしたちから奪い取った。網にかけて連れ去った。彼を愛する者たちから、ずっと遠く離れたところへと」

遠く、とクロチルドは思った。つまりヴェクサンのことね。《猫背のヴェクサン》なんて呼ばれている、パリよりさらに北の地。そこで何ヘクタール分もの芝生を売るために。父親が下した人生の選択が、一族の者たちにとってどれほど受け入れ難いものだったか、クロチルドはこれまで考えたことがなかった。

ナタルは口を挟まず、ただ彼女を励ますように、用心深く手を握っていた。スペランザは怒りをぶつけるように、二つ目の花瓶の水を捨てた。萎れた花びらが黒いドレスに、パステルカラーの紙ふぶきを散らした。

「もしおまえの父親が、あの女と出会っていなければ」とスペランザは剪定ばさみをふりあげながら続けた。「ここで結婚し、ここで子供をもうけ、ここで家庭を持っていただろう。おまえの母親が地獄からこの島に降り立って彼を連れ去り、いっしょに戻ってこなければ」

スペランザはバラを三輪、オレンジ色の百合を二輪、野生の蘭を一輪、切り落とした。そこで彼女の声が、初めて少し和らいだ。

「おまえには、なんの責任もないことだがね、クロチルド。おまえはよそ者だ。コルシカのことはなにも知らない。おまえは母親と似てないが、おまえの娘はあの女みたいだ。いずれ魔女になるだろう。けれどもおまえは、父親と同じ目をし、同じものの見方をしている。信じているものが、ほかの者たちとは違うんだ。だからおまえのことは、恨んではいない」

スペランザはここで初めて、ナタルに目をやった。皺(しわ)だらけの手が苛立たしげに握りしめた剪定ばさみは、まるであたりの空気を切り裂くかのように、宙でひらいてまた閉じた。やがて彼女はそっけない手つきで、剪定ばさみの刃を大理石の墓碑にあて、きいきいと音をたてながらパルマ・イドリッシの名前をこすった。鉄の刃が灰色の石を白く傷つけ、AとMの文字がぼろぼろになった。

老女は、そのうえに刻まれた名前に目をやった。

ポール・イドリッシ
スペランザは再び十字を切った。

「おまえの母親に殺されなければ、ポールはまだここで生きていたんだ。わかるか、ここで生きていた。わざわざ死ぬために、戻ってくることもなく」

＊

ナタルはクロチルドを車まで送った。彼らが追われるようにして墓地を出たとき、スペランザはまだパルマの思い出に罵声を投げかけていた。

ひらいたパサートのドアの前で、二人は長いキスを交わした。道路を縁どるコンクリートの手すりは、駅のホームのようだった。発車を告げるベルの音が、今にも鳴り響くのではないかと思うほどだ。クロチルドは無理に冗談めかして言った。

「母はここで、あんまり好かれていなかったようね。生きてるうちも、幽霊になってからも。母を愛してくれたコルシカ人は、あなたひとりみたい……」

「ひとりじゃないさ。きみのお父さんもだ」

嬉しいこと言ってくれるわ。

「もう行かなくちゃ」

最後のキス。地中海駅のホームで。

「わかった。また電話する……」

クロチルドは思いきって最後の質問をした。結局、汽車を走らせるのはわたしなんだ。

「あなたとわたしの母が親しくしていたころも、ほかのコルシカ人は母のことを憎んでいたのよね。打ち捨てられた船のこと、あなたがガルシア軍曹の娘と結婚したことは、その話と関係があるの？　そうした重荷や圧力と。コルシカの老女たちが、あなたにかけようとした呪いと？」

ナタルは笑っただけだった。

「さあ、行った、王女様。お城に戻って、閉じこもっていなさい。逃げるんだ、きみの騎士が魔女を押さえているあいだに」

＊

クロチルドは涙で曇った目で運転した。周囲の岩が海に溶けたかのように、ぐちゃぐちゃに崩れて過ぎ去っていく。カーブに差し掛かるたびにルヴェラタ岬があらわれ、彼女の目のなかにしかない霧に包まれた。白茶けた水っぽい風景。電柱も濡れてねじれている。けれどもクロチルドは、時速三十キロにも満たないスピードでゆっくりと運転を続けた。電柱には一本置きに、マリア＝クジャーラのポスターが貼ってあった。

コンサート《エイティーズの夕べ》、八月二十二日、オセリュクシア海岸、ディスコ《トロピ＝カリスト》にて

明後日か……プログラムは四日前と同じ。一か所に長々と留まらないバカンス客相手なのだから、セルヴォーヌは中身を変える理由がないと思ったのだろう。

この機会を逃すわけにはいかないわ。もう一度、マリア＝クジャーラに会いに行こう。ドアの前のボディガードを追い払い、彼女と話す方法を見つけなくては。一九八九年八月二十三日、兄のニコラと何があったのかを白状させるんだ。道路から飛び出したこと、ステアリング・システムが壊れたこと、しかし二人とも暗黙の了解で、口をつぐんでいたこと……セルヴォーヌから聞いた話を裏づけられるのは、マリア＝クジャーラだけだ。でも、どうやって説得しよう？　彼女にとってそれを告白するのは、自分も共犯者だと認めることだ。三人の死と、その後の年月について、直接の責任を認めることだ。もちろん、彼女は否定するだろう。たとえ奇跡的にマリア＝クジャーラと話せたとしても、否定するに決まっている。

確かな真実を知ることは、決してできないだろう。

そう思うと、涙がいっそうあふれた。時速はもう、二十キロにも満たなかった。オランダのナンバープレートをつけた大型キャンピングカーが、うしろでいらいらしている。彼女の背後にぴったりくっついて、これ以上スピードを落としたら断崖に押しやってやると身がまえているらしい。クロチルドは涙で潤んだ風景を払いのけるかのように、反射的にワイパーのスイッチを入れた。

そのとき、フロントガラスとワイパーブレードのあいだに、封筒が挟まっているのに気づいた。ちらしだろうか？　ワイパーが往復すると、隅にかろうじて引っかかっていた紙切れは、はずれて飛んでいった。

クロチルドは急ブレーキをかけた。

オランダ・ナンバーのキャンピングカーは、バスティア港に入ったフェリーの霧笛よりも大きな音でクラクションを鳴らした。助手席の赤毛女がオランダ語で罵倒し、後部座席の子供たちは鼻の先をドアにくっつけて、珍しい動物でも眺めるみたいにクロチルドを見ている。

勝手にすれば。クロチルドはパサートを道路脇ぎりぎりに停めた。タイヤ二つはアスファルトのうえ、あとの二つは砂利のうえにかかっている。彼女はドアをあけたまま、岩から岩へと飛んでいく封筒を追いかけた。そして前腕を擦りむきながら、野生の桑に引っかかっている封筒をつかんだ。何やってるのよ、わたしったら。フランクの言うとおりだ。わたしは正常な感覚を失いつつある。感情のコントロールが利かなくなっているんだ。広告一枚のために、危うく死ぬところだったのよ。次の日曜日、スーパーマーケットが特別に開店するとか、骨董品店だかコンサートだかのちらしだろう。もしかしたら、マリア＝クジャーラのコンサートかも。

そんなただの紙切れのために。

手が震えた。
封筒は真っ白だった。そこにひと言だけ書かれている。
クロへ
女の筆跡。クロチルドには、見間違えようのない筆跡。
母親の筆跡。

39

一九八九年八月二十一日月曜日　バカンス十五日目　砕けたクリスタルの青空

「バジルさん、あなたのアドバイスどおり、ナタルの船でイルカを見に行ったよ」

そしてわたしは、面白おかしくその話をした。本当に。夕食前にちょっと一杯ひっかけるころあいとあって、ユープロクト・キャンプ場のバーは客でいっぱいだった。カザニスのアニス酒やピエトラ・ビールがあふれ、オードブル皿のなかにはオリーブが山盛りになっている。島の東部のオリーブをすべて、掻(か)き集めてきたかと思うくらい。

男ばっかり、二十人くらいの客がいた。そこでわたしはアリオン号で沖に出たときの話を、みんなにすっかり語って聞かせた。オロファンとイドリルのこと、その子供のガルドールとタティエのこと。ナタルは彼らと話ができるんだ。彼はちょっとした魔法使いだって。『グラン・ブルー』のことも話した。若者以外は、誰も観てなかったけど。ロザンナ・アークエットのうえをむいた鼻とか、お尻のそばかすとか、観た人はきっと覚えてるよね。

さあ、行って(ゴー)、見てきて(ゴー・アンド・シー)、愛しいひと(マイ・ラヴ)！（原注　リュック・ベッソン監督による映画『グラン・ブルー』のせりふの一節）

わたしは抜け目なく、作戦を練ってあった。まずは念入りに選んだTシャツで先制攻撃をしかけ、毛むくじゃらで、ひげ面で、腹の出た連中の度肝を抜いてやる。白黒のTシャツ。WWFと真っ赤に書かれた下には、世界自然保護基金(WWF)のシンボルであるパンダの絵が描かれている。けれどもその首は、なんとちょん切られているけれど。

「この計画でいちばん難しいのは」わたしはどぎついかっこうとは裏腹に、わざとかわい子ぶって愛想よく言った。「イルカを手なずけることじゃなくて、保護区を作ることなんです」

　客たちは関心なさそうだった。イルカのサファリパークなんて、どうせ海豹(あざらし)の復活ほども信じていないのよね。

「わたしもナタル・アンジェリと同じくコルシカの血を引く者として、コンクリートは問題外だと思う。もっと別の建築素材を考えないと。木とかガラスとか石とか、とてもきれいな素材を。景観を損なうものはだめ。あそこはお祖父ちゃん(パペ)の土地なんだから」

　これって気持ちいいな。祖父のことをお祖父ちゃん(パペ)って呼ぶのは。アニス酒やミルト・リキュール、煙草の匂いが立ちこめるなかで、天下国家を論じてるひとたちの前でね。みんなにとってカサニュ・イドリッシっていうのは、総司令官みたいなものらしい。石像みたいに直立不動でないと、その名を口にできないみたいな。なのにこんなゾンビ・ルックで島にやって来たわたしは、彼らの総司令官をお祖父ちゃん(パペ)って言ってる。

　でも、まだ……わたしは秘密の軍隊を出動させていなかった。

「さいわい」とわたしは続けた。「家族ぐるみでとりかかれる。お祖父ちゃんは土地を提供し、ママは建築家だから、イルカの家づくりを担当して」

これくらいにしておいたほうがいいかな？　あまり露骨になりすぎないように。いや、大丈夫。水場に群れてるコブウシみたいに、がぶ飲みしている連中だ。勘を働かせるやつなんかいやしない。

「ママとナタルはとっても気が合ってるみたいだし。ちょっとトイレに行ってくるね」

わたしは元気よく地下に降りていった。バーのトイレは階段を三百段も下った、長いトンネルの先にあるのよね。トイレだけ、フランス本土に作ろうとしたかって思うくらい。でも、わたしは十段しか降りず、電灯が自動的に消えるのを待って七段のぼった。はいはい、そのとおり、大した策略じゃありません。けち臭くって、嫌らしくて。だからあれこれ言われる前に、全部白状しちゃいます。

そう、わたしは嫉妬してる。そう、ママのことを考えると、むらむらと凶暴な気持ちが湧き上がってくる。そう、ママがナタルと関係を持っているのか知りたかった。そう、ママはパパのことだけ思ってればいい、ナタルにはわたしのことを思って欲しかった。だから暗闇のなかで、そっと待っていた。好奇心の強い、少し不安な子ネズミのように。

そんなに待つ必要はなかったわ。集まって飲んでる男たちっていうのは、おしゃべりだから。ともかく男は大酒を飲む。そこが女と違うところ。あとは、すぐに下ネタが始まるってことも……

まず聞こえたのは、雑木林（マキ）の男にしては甲高い、赤ん坊がぴぃぴぃ泣いてるような声だった。テックス・アヴェリーのアニメ『バッグス・バニー』に出てくるドジな小男のハンター、エルマー・ファッドみたいに。

「ナタルも怖いもの知らずだよな。カサニュの息子の嫁にアタックするなんて……」

どっと笑いが沸き起こったけれど、誰の声かはわからなかった。鼻にかかったアヒル声が続けた。

「でも正直、ポールの嫁さんは悪くないよな。おれだってエコ派に宗旨替えしようかって気になるさ」

種を抜いたオリーブの山のまわりで、不安げな沈黙が続いた。

「エコ派はこの二十年、あれこれ画策をしているが」と、今度はダフィー・ダックが言った。「彼女がやるなら悪くはないかもな」

そしてまた、大笑いが起きた。バジルの声がして、少しあたりが収まった。

「あいつは本当に建築家が必要なんだろう」とキャンプ場の支配人は取りなすように言った。

「パルマのほうも、ハンサムなナタルとやけにべたべたしているのは、なにか彼女なりのわけがあるんじゃないか……」

もうひとり、きっとわたしくらいの歳で、声変わりもしてないんじゃないかと思うミニ・ハンターが、ずけずけと大人たちの話に加わった。こっちは黄色い小鳥のトゥイーティーみたいな声だ。でも、彼には感謝だわ。だって、まるでわたしが言わせてるみたいに、こう質問したんだから。

「どうしてだい？　彼女なりのわけっていうのは？」

どうやらダフィー・ダックには、思いあたるごとがあったらしい。彼は大笑いしてから、これはとっておきのネタだっていうみたいに答えた。

「なあ、プティオ、ここいらには、こんな格言があるんだぜ。ルヴェラタの羊飼いたちは冬に羊を小屋にしまい、夏には女房を家にしまう、ポール・イドリッシがフェリーから降りたときにってね」

　笑い声がまるで爆風みたいに、わたしの顔面に吹きつけた。

　思わずわたしは頭を顔を耳を、手でふさごうとしたけれど、その前にエルマー・ファッドが、次の手榴弾(しゅりゅうだん)を投げていた。

「無理もねえやな。ポールはむこうで飽き飽きしてんのさ。メトロに隠れてるパリジェンヌ相手じゃな。美しい島コルシカじゃ、獲物は一年中いくらでもいる」

「それでもいちばんいいところは、やつにかっさらわれてしまうけど。一年のうち二か月しか、狩りをしないっていうのに」

「仲間はおこぼれにあずかってるくらいだ。猟犬が獲物の分け前をもらうみたいに」

　爆弾が炸裂し、まわりの壁が崩れ落ちた。サイレンが鳴り響いても、わたしは動けなかった。逃げるんだ、なにも聞こえない避難所に。潜函(ケーソン)に。沈黙のなかに。

　バジルの声が霧のなかに浮かんだ
「それでもパルマは美人だから……」

「そうそう」とダフィー・ダックが、次の手榴弾の安全ピンをはずした。「ナタルは彼女にイルカを見せて、パルマは彼に鯨を見せる……ビキニのなかに隠れてる鯨をな」

　爆笑があがって、ずたずたになったわたしの体に何千と突き刺さった。

「でもなあ」とエルマー・ファッドが続けた。「ナタルはもっと若いのが見つかったろうに。結婚もしてなくて……」

　突然、みんな黙りこんだ。

「しいっ」と誰かがささやいた。

　わたしは一瞬、見つかったのかと思った。でも、違った。そのあとすぐ、赤ん坊の泣き声がした。そういえば、よく見かける赤ん坊がひとりいた。お祖父ちゃんとお祖母ちゃんのところで家事を手伝っている女のひとの孫で、いつもベビーカーで連れて歩いているけれど、体に障害があるらしい。

　話はそこで終わった。

あとはもうなんの声も聞こえなかった。


　わたしは暗い階段を一段一段、よろめくように降りていった。果てしないトンネルのなかを、永遠のなかを進んでいった。残された子供時代の奥へと、手探りで歩いていった。トイレに着いたときには、ほとんど一生がすぎていた。わたしはそこに閉じこもった。地中海の果て、人間世界の果て、銀河の果てまで行ったような気がした。電灯もつけず、薄明かりのなかで便座に腰かけた。ノートを取り出し、わたしに襲いかかった言葉をすべて、黒々と書き留めた。ねじくれた文字は、まるで脚がはえているようだった。それがざわざわと蠢いている。

わたしは書いた。

何行も何行も。自分を罰するために。家族の罪を贖うために。

書き続けなさい。何度も繰り返し。百万回も。


父は母を裏切っている。

父は母を裏切っている。

父は母を裏切っている。

父は母を裏切っている。

父は母を裏切っている。

＊＊＊

三ページにわたり、びっしりそう埋め尽くされていた。

彼はページをめくり、面白がった。

いつかこの日記が出版されたとして、編集者はどれだけこのページを残すだろう？

40

二〇一六年八月二十日　午後三時

車が次々断崖のほうに寄り、クラクションを鳴らしながら通りすぎていく。見通しの悪い海岸道路の途中で、パサートを停めている無頓着なドライバーに、注意をうながしているのだ。けれどもクロチルドの耳には、入っていなかった。

彼女は封筒を手に、茫然(ぼうぜん)としていた。そしてそっと封をあけた。

彼女は読んだ。小学校一年生の子供が、退職した先生の言葉を読むみたいにゆっくりと。

わたしのクロ、

わたしの願いを聞いてくれてありがとう。柏(かしわ)の木の下に立ってくれてありがとう。ああしないと、あなたを見分けられるかどうか、わからなかったから。あなたはとてもきれいになったわね。あなたの娘は、もっと美人かもしれないわ。わたしに似ているんじゃないかしら。少なくとも、昔のわたしに似ているわ。

あなたに話したいことがたくさんあります。

今夜でもいいわ。もしあなたが可能なら。

午前零時に、《カーサ・ディ・ステラ》に通じる小道の入口に来てちょうだい。

そこで待っていれば、案内の者が行きます。彼について来て。

少し寒いでしょうから、上着を着てきてね。

彼があなたを、わたしの暗い部屋まで連れていきます。ドアをあけることはできないけれど、壁はとても薄いので、あなたの声は聞こえるでしょう。


午前零時、ベテルギウスの星明かりのもとで。

キスを送ります。

P

＊

クロチルドはその日、夜までずっと、できるだけ陽気にふるまった。

昼食のとき、彼女が黙りこんでいたことについて、フランクはなにも触れなかった。突然、両親の墓参りに行くと言い出したこと、感情の激しい起伏、ベッドに置きっぱなしになっていた携帯電話や、盗み読みしたかもしれないメッセージのことについても。こうして午後は、戦時の外出許可日のようにのんびりと、平穏にすぎていった。退屈するまでビーチですごし、歩いて帰って濡れたタオルを干し、テラスの砂を掃き、フルーツの皮をむいてサラダを作る。いつもならうんざりするような日々の仕事をこなす時間が、ほとんど心地よく思えた。

　クロチルドはフランクの肩に思わず手をあてた。しゃがんで蟻（あり）の群れと戦っている姿が、なんだか微笑（ほほえ）ましかった。蟻は毎日新たな道を開拓して、朝食の棚へとやって来るので、砂糖、コーヒー、ラスク、すべてきちんと片づけ、入りこまれる隙間がないようにしなければならない。袋の気密性を確かめ、口のチャックを閉めなおす。虫たちの悪知恵と根気に手も足も出ない少年のようだ。

　クロチルドは彼の裸の肩に、しばらく手をあてていた。そのしぐさには罪悪感と不安が少し、戦略がたっぷり含まれていた。ナタルのことでも、今、この瞬間のことでもなく、今夜の待ち合わせにむけた戦略だ。

　彼女の声も、大いに戦略的だった。

「少しだけ時間をちょうだい、フランク。いずれ説明するから。いろいろ、わかったことがあるの。新たにわかったことが」

　クロチルドは少しためらった。ためらいすぎだったかもしれない。けれどもフランクは背をむけてしゃがんだまま、蟻に話しかけている。

「安心して、フランク。幽霊の話じゃないから。すべて本当の出来事。古い写真とか、証言とか。残酷な真実よ」

　クロチルドはためらい、かがんでフランクの首を抱きしめた。わたしの心に嘘（うそ）偽りはない。

奇妙なことだが、彼女はそう思った。前よりずっと、ナタルとのことがある前より、真摯な気持ちでいる。フランクはふり返り、しげしげとクロチルドを見つめた。彼女の考えを理解しようとしているかのように。妻に選んだ女の心理に入りこむ蟻の群れを、観察しているかのように。常軌を逸した彼女の考えも、密封容器にしまいこめば安全だと、自分に言い聞かせているかのように。

「好きにすればいいさ、クロ。好きにすれば」

＊

これは罠だろうか？

クロチルドは考えこんでいた。

「マヨネーズを取って、ママ」

午前零時に、《カーサ・ディ・ステラ》に通じる小道の入口に来てちょうだい。
そこで待っていれば、案内の者が行きます。彼について来て。

「女性陣は大丈夫だね、明日のセーリングは」

あなたに話したいことがたくさんあります。
今夜でもいいわ。もしあなたが可能なら。

これは新たな、忌まわしい罠で、わたしはそこに突進しようとしているのだろうか？　いくつもの疑問が輪になって、頭のなかをぐるぐる巡っていた。何者かが、用意周到に掻き立てた疑問が。まずはC29番バンガローに届いた手紙。盗まれた身分証。昔飼っていた犬と同じ名前の犬。朝食の支度。そしてワイパーに挟んであった新たな手紙……

「クロ、ヴァル、聞いてるのか？　明日一日、ディンギーを予約してあるんだ。気持ちいいぞ。風、静寂、自由……」

セルヴォーヌの話は、これらの疑問になんら答えるものではない。それでもクロチルドは、いまだショックを引きずっていた。最後に見たニコラの目も、頭から離れない。今なら、あの目の意味がわかる。兄は自分が殺人者だとわかった。と同時に、自分が死刑に処されることも。けれどもマリア＝クジャーラを誘惑しようというニコラの計画と、あの世からの手紙、これら二つの謎がどう結びついているのか、説明がつくだろうか？

可能な説明はひとつだけだわ、とクロチルドは思った。さらに謎めいた説明。

母親は生きている。

＊

午後十一時。

フランクは羅針盤や海図、船の操作マニュアルをじっくり点検したあと、床に就いた。明日は早く起きなければならない。彼は半年も前から、八月二十一日のためにヨットを予約しておいた。フランクはなにごとも偶然にまかせない。資料を調べ、練習し、さらに前日も時間をかけて見なおしをする。クロチルドは椅子に腰かけ、砂時計の砂が落ちるみたいに根気強く、ひらいた本の行数を数えていた。せっせと支度をしている夫を見ていると、どうでもいいことが次々と頭に浮かんだ。冒険好きなんて、間近で見れば退屈な男に違いないわ。登山家にせよ、サーファーにせよ、船乗りにせよ、偶然起こる、予見できない未知の出来事を許さない、用意周到なタイプなんだわ。

彼女は夫がナプキンを四つにたたみ、ハンドブラシを片づけ、そっとキャップを置くのを眺めた。

逆もまた真ってわけじゃなさそうね。

神経質なタイプが冒険家とは限らない。

「もう寝ようか？」

フランクは、一日船乗りのチェックリストを確認し終えたところだった。

「あとから行くわ。もう少し読んでから」

「明日は早いんだからね、クロ」

非難の口調がのぞいている。クロチルドは笑ってそれを聞き流した。こんなに落ち着いていられるなんてと、自分でも驚いていた。平気で嘘が言えた。少なくとも、本当のことをすべて言わずにいられた。

「わかってるわ……あなたのおかげで明日一日、船の甲板で、水着をつけずに日光浴ができるわ。冷たいモヒートを作ってくれる、親切な男性もそばにいるし。冬のうちに船を予約したとき、そういう約束だったでしょ？　だからオーケーしたんだから。忘れてないわよね？」


午後十一時四十五分。

クロチルドはガーデンテーブルに本を置いた。ほとんど口をつけていないティーカップは、そのままにしておこう。そんなに遠くへは行っていない、すぐに戻ると思わせるために。フランクは熟睡している。

彼女はそっと闇のなかに消えた。

＊

キャンプ場を出て、オリーブの木に覆われた人気のない小道を進んだ。キャンプ場が静まり返っているぶん、夜の物音がよく聞こえた。昼の太陽を逃れて身を潜めていたものたちが、目を覚ましたのだ。臆病なアカネズミ、闇に目を光らせるフクロウ、求愛に忙しいヒキガエル。クロチルドはiPhoneで道を照らしながら十分ほど歩き、《カーサ・ディ・ステラ》に通じる小道の入口に着いた。小さなパーキングに、木の看板が立っている。

彼女はそこで立ち止まった。


そこで待っていれば、案内の者が行きます。彼について来て。少し寒いでしょうから、上着を着てきてね。


クロチルドは従順な少女のように、ライトベージュのコットンセーターを羽織った。もしかしたら本当にママの幽霊が、指示を出しているのかもしれない。ちょっとそんな気になるくらいだった。

馬鹿げてるわ！

今なら、まだ間に合う。走って帰り、服を脱いでフランクにしがみつき、この手紙を見せてすべてを話そう。

馬鹿げてる……

フランクは十か月前から、手帳の八月二十一日を丸で囲んでいた。彼が家族でセーリングに出かけるのを、なにものも妨げることはできない。たとえ、この手紙でも。たとえ、愛人がいると告白することになっても。

遠くの森で、ヒキガエルが鳴いていた。愛に苦しみ、死の苦しみに悶えるような声で。愛人、とクロチルドは心のなかで繰り返した。ナタルにメールしたらいいのでは？　すべてを説明し、すぐにここへ来て、いっしょにいてもらうことにしたら？

馬鹿ね。

この時間だもの、オーレリアの腕のなかで眠ってるわ。彼女は夜明けとともに起きて、カルヴィの病院へ仕事に行くし、ナタルも朝から箱詰め冷凍魚の受け取りで忙しいはずだ。

馬鹿。

わたしの人生はすべて、ただの見せかけ、偽りだったのかもしれない。小説のなかでだったら、こんな現実離れした話もありそうだ。きっとページが進むにつれて、ヒロインは正気を失っていたとわかるのだろう。届いた手紙も実は自分で自分に書いたものだったと。

なんの音も聞こえず、人影らしきものも見えなかった。ただ突然、目の前の闇が、なぜかしらさらに暗く、深く、濃くなったように感じただけだった。

カルヴィ湾の明かりとルヴェラタ灯台の光が、いきなり消えた。

それがまたあらわれたかと思ったら、今度は地中海に点々とするヨットの光が消えた。

闇が移動している！

クロチルドはふらっとよろめいた。そのときようやく、足音が耳に入った。

夜の光を遮る巨大な塊が、目の前に立っていた。クロチルドは携帯電話の明かりをむけて初めて、その正体がわかった。麻痺した腕、脚。

ハグリッドだ……頭のなかで思わずそう呼んでしまい、彼女は自己嫌悪に駆られた。

「オルシュなのね？」とクロチルドは小声で言った。

大男はなにも答えなかった。ただ動くほうの腕を突き出し、ネズミを前にして鼻を動かす怯えた象のような表情で、彼女を見つめただけで。そして小道を指さした。

オルシュが懐中電灯を灯すと、クロチルドの携帯電話より十メートル遠くまで光が届いた。彼は前に立って小道を進み始めた。曲がらないほうの脚を杖みたいに使いながら、驚くほど機敏に歩いていく。数分後、二人は《カーサ・ディ・ステラ》に通じる小道を離れて、雑木林のなかに入っていった。エニシダやイワナシのやわらかな枝が、闇のなかでクロチルドを撫でた。のぼり道はどこまでも続いた。オルシュはひと言も言葉を発しない。クロチルドはのぼり始めたときから、質問するのをためらっていた。

どこへ行くの？　誰がわたしたちを待っているの？　母を知っているの？

彼女が質問しなかったのは、オルシュが答えないだろうとわかっていたからだ。この場の重々しい雰囲気を、乱したくなかったこともある。静かに歩き続けなければ、その意味、目的、深い意義を充分に感じ取れないかのように。心の奥底に、確信がしっかり根づくように。

わたしを待っているのはママなのだ、という確信が。

彼があなたを、わたしの暗い部屋まで連れていきます。

二人は小さな川を渡り、低い灌木林のなかの険しい斜面を進んだ。オルシュは誰もあとをつけてこないか確かめるように、何度もうしろをふり返った。クロチルドも反射的に同じようにした。でも、あとをつけるなんて不可能だ。二人は懐中電灯で足もとを照らしながら、小道の百メートルほどうえを歩いていた。明かりなしに真っ暗闇のなかを進むなんて、できるわけない。どんなに離れていても、ほかで光を灯していれば、宵の明星みたいに目につくはずだ。

間違いないわ、とクロチルドは思った。ここにいるのはわたしたちだけだ。

もうひとつたしかなのは、わたしが無分別だってことね。

彼女は今、墓のかなたからの呼びかけに応じて、雑木林の奥へ分け入っている。いっしょにいるのは無口で脚の悪い大男。けれどひと目見たときから、彼には信頼を置いていた。クロチルドが知らない場所、儀式、神にむかう巡礼は、さらに一時間以上続いた。

二人は今、丘の斜面に沿って、低い茂みのなかを進んでいる。前方の遥か先に、カルヴィ城塞の光が闇に浮かんでいた。それは港のバーのネオンで陸地とつながる、要塞化された島のようだった。海に背をむけてさらに何分も歩き、新たな森を抜けると、ようやく小さな空き地に出た。オルシュはハンニチバナのあいだに続く道を照らし、斜面を削って作られた階段を数段のぼって、前に懐中電灯の光をむけた。

クロチルドは心臓が高鳴った。

光線が羊飼いの小屋を照らし出した。知らない場所に立つ小屋だった。少なくともクロチルドには、ここがどこなのか見当がつかなかった。オルシュはクロチルドをつれて闇のなかをぐるぐる歩きまわり、出発点に近いあたりまで戻ったのではないか。手入れはされているようだ。オルシュはそれを確認させるかのように、懐中電灯の光を建物にあてた。隙間なく積んだ石、瓦屋根、閉じた鎧戸(よろいど)、白木のドア。クロチルドはオルシュの手から懐中電灯をむしり取り、小屋へむかって走っていきたいのをこらえた。いっそ懐中電灯を地面に投げつけて、壊してしまいたいくらいだった。そうすれば、ドアの下や鎧戸の隙間から、微かな光が漏れているのがわかるはずだ。

なかには誰かが住んでいるのだから。

誰かがわたしを待っているのだから。

彼女。

パルマ。

ママ。

すぐ近くに、気配が感じられる。

オルシュは彼女の協力者なのだ。

ドアをあけることはできないけれど、壁はとても薄いので、あなたの声は聞こえるでしょう。

ドアの前は、地面が平らにならされていた。オルシュはクロチルドの考えを察したかのように、一歩うしろにさがって懐中電灯を消した。クロチルドは光が見えないかと目を細めながら、小屋にむかって歩き続けた。今にもドアがあくかもしれない。

母はどんな姿になっているだろう？

そういえば、母が今、何歳なのか数えたことがなかった。髪はもちろん白髪交じりで、顔には皺がより、腰も曲っているかもしれない。それでも幽霊の母は年老いず、昔のままのすばらしい女性だ。わたしが嫉妬し、ナタルが恋したような。

あなたはとてもきれいになったわね。
あなたの娘は、もっと美人かもしれないわ。
わたしに似ているんじゃないかしら。

そうだわ、実の娘にあんなずけずけしたもの言いができるのはママだけ、永遠に若いママの幽霊だけだ。ドアがあこうとしている。二人は互いの腕に飛びこむだろう。クロチルドは前進した。

光が射した。小屋のなかからまっすぐ顔にあたるのでも、オルシュが懐中電灯で背後から照らすのでもない。光は横からクロチルドのこめかみを襲い、スナイパーが照準を定めるように、両目のあいだに止まった。

足音がする。

せかせかと苛立ったような、走り疲れたような足音が。

足踏み、吐息、興奮。やって来る影は全身から、怒りをみなぎらせていた。目の前の枝をなぎ倒し、足の下の砂利を砕くほどに。

怒りどころではない、憎しみだ。

クロチルドにむかってくるのは、獣だった。獰猛な獣。

罠だったんだわ。オルシュはどこかへ行ってしまった。彼はいくらかお金をもらって、わたしをここに連れてきただけなんだ。

小屋のドアまで、あと三十メートル。けれどもクロチルドが、そこにたどり着くことはないだろう。獣はいっきに、彼女の目の前にやって来たから。

クロチルドはそれが何者かわかった。

思い違いじゃなかった、怒りのことも、憎しみのことも。

でも二人のあとをつけて、雑木林のなかをここまでやって来るのは不可能だ。獣はここで待っていたんだ……

どうしてわかったのだろう？

でも、今さら、どうでもいい。クロチルドはもう、なにも考えられなかった。

41

父は母を裏切っている。

彼はページの裏表にびっしりと書かれた言葉を眺めた。この単純な文が、無限に繰り返されている。それから彼はノートに黒く描かれた蜘蛛(くも)と蜘蛛の巣の絵も、じっくりと検分した。こうして何年もたったあとでも、乾いたインクがまだ彼を刺すかのように。文章はページを追うごとに、落ち着きを取り戻した。ゆっくりと怒りが収まるように。けれども、彼の怒りは収まっていない。

＊＊＊

一九八九年八月二十一日月曜日　バカンス十五日目　穴のあいたごみ箱みたいな青空

裏切らない
裏切ります
裏切る

わたしはビーチでページをめくる。

ママは日光浴をし、パパは眠っている。


パパがどうしてもと言うものだから、わたしたちはポルタググロ海岸へ行くことになった。ペトラ・コーダ断崖の先に隠れている、秘密の入江なんだって。そこへ行くにはまず、ロバや山羊（やぎ）が通るような小道をたどって雑木林（マキ）を抜けなくちゃならない。少し坂をのぼり、蚊の大軍よりもちくちくと脚を刺すネズの針葉を掻きわけ、廃墟（はいきょ）となったジェノヴァ領時代の塔を通りすぎ、日陰ひとつないなかを一キロ近く歩き続ける。さらに埃っぽい急な下り坂で踝（くるぶし）をひねり、砂道をえんえんと進み、最後の砂丘をいくつか越えたむこうに、ようやく楽園のビーチがあらわれる。昼間でもそこまで行こうという気力のあるハイカーは、十人にも満たないだろうってパパは言っていた。

そう簡単にはたどり着けないもの。

でも最後の難関を越えることができれば、楽園でロビンソン・クルーソーごっこが待ってるってわけ……

でも、誓って嘘じゃないんだけど。ようやく着いた浜には観光客が、ざっと数えて数百人はいたかな。遊泳禁止区域との境目を示すブイのむこうには、帆船、ヨット、ゴムボートが、これまたざっと数えて数十艘錨（そういかり）を降ろし、水平線を覆ってた。船体や白い帆は、ちぎって排水口に撒き散らした紙切れみたいに汚らしくて、せっかくの景色が台なし。ロビンソン・クルーソーごっこだって。笑わせないで。夏のコルシカ版ロビンソンは、何千本もの瓶を海に放り投げたのね。ところがなんと、それが全部、拾われちゃったってわけ。

裏切るとき
裏切れば
裏切れ

パルマ・ママがいちばん大きなヨットの前にビーチタオルを広げたので、わたしたちもそれに倣った。わたしはもう三時間も、ブリュ・カステロ号の甲板を眺めていた。ニスを塗った木の甲板。チワワを抱いた女のひと、パナマ帽をかぶった男のひとがいる。船長姿のジーノと、タオルに羽箒を持ったでぶのテレーザってところね（ジーノとテレーザはイタリア映画『女トラッカー 甘い暴走』の登場人物）。わたしと同じくらいの歳の女の子は、デッキチェアに腰かけたまま動かない。わたしの目にくるいはないはず。

みんなヨットのうえで飽き飽きしているんだ。

だって、考えてもみてよ。ちゃちなキャンプ場のいちばんちっぽけな敷地だって、いちばん大きなセーリング・ボートより広々している。全長三十メートルのヨットだって、たちまちうえをひとまわりできちゃう。ひと夏ずっと、バンガローに閉じこめられているようなもの。ひとりきりになろうとか、丸窓から抜け出してナンパに繰り出そうとか、用心のためドアに鍵をかけようとか、なんにも考える必要なし。だってまわりは水、水、水。何キロ、何十キロにもわたってそれしかないんだから。沖に泊まっているブリュ・カステロ号を眺めているうち、わたしにはこのアホらしい真実がよくわかってきた。お金持ち連中は自分で買った何百万もする牢獄（ろうごく）に、閉じこもっているんだって。使いきれないほどお金があると、歩いてビーチまでやって来たり、赤ん坊が泣いている家族連れの隣のバンガローで眠ったり、ソーセージを焼く匂いがあたりから漂ってくるのを嗅いだりしないものなんだ。それが鬱陶（うっとう）しいから、島を離れて海に出たってわけ。けっこうなことじゃない。お金持ちは水のうえ。水平線がふさがれるのは、ちょっと邪魔だけど。

ブリュ・カステロ号の女の子がデッキチェアから立ちあがって数歩歩き、甲板に寝そべっている両親と言葉を交わした。それから三、四回、右舷、左舷と行ったり来たりし、またもとの場所に戻ってデッキチェアに腰かけた。

わたしだったら、あんなの嫌。たとえ両親が愛し合っていても。せめてお金で、そのぶんを補っているのだろうけど。

裏切らない
裏切ります
裏切る

ママは眠り、パパはまわりをちらちら見ている。

どうして裏切ったりできるのだろう？

いっしょに暮らしているひとを裏切るなんて。それでもまだ、いっしょに暮らすの？

自分も裏切られたから、誰かを裏切るのだろうか？　妻に、人生に、夢に裏切られたから？

わたしも人生に裏切られるのだろうか？

わたしもいつか、誰かを裏切るのだろうか？

42

二〇一六年八月二十一日　午前零時

「ぼくじゃなけりゃ、誰だっていうんだ？」

「あなたなの？」

クロチルドはどう言い返したらいいのかわからなかった。いっそ夜の闇にむかって悔しさをぶつけようか。

二人はボクサーのように胸を反らせ、羊飼いの小屋の前でにらみ合った。

犬と狼。

獲物と捕食動物。

泥棒と警官。

妻と夫。

クロチルドとフランク。

クロチルドは驚愕が収まると、頭のなかに散らばった考えを必死にまとめた。銃声でいっきに雀が飛び立つみたいに、思考が麻痺してしまった。脳裏に渦巻く疑問を、一列に並べよう。彼女は《誰が》という疑問のあと、《どのように》に意識を集中させた。

わたしがここに来ることを、フランクはどうやって知ったのだろう？　わたしがここに来るのを、彼は知っていた。だって気づかれずにあとをつけるのは、不可能なはずだから。夫は雑木林に埋もれたこの小屋の前で、わたしを待っていたんだ。一時間前、キャンプ場をそっと抜け出したとき、夫が熟睡しているのを確かめた。あれは見せかけで、彼は初めからすべて企んでいたんだ。

けれども、まずはフランクが先制攻撃を仕掛けてきた。

「紅茶が冷めてしまうぞ。出かける前に、テーブルに置きっぱなしにした紅茶さ」

「ここで何をしているの？」

フランクは笑い声をあげた。

「だめだ、クロチルド。それはないだろ。役目が逆じゃないか」

「ここで何をしているの？」とクロチルドは繰り返した。

「いいかげんにしろよ、クロ……現行犯で捕まったスリは、パトロール中の警官に、どうしてこんなうまい具合にここにいたんだなんてたずねやしないぞ」

「わたしは警官と結婚してるんじゃないわ。さあ、話して。どうしてわかったの？」

「あとをつけたんだ」

「そんなはずないわ。別の理由を考えるのね」

フランクは一瞬、たじろいだ。ほかになにも言わずに引き返そうか、ためらっているかのように。けれども、彼は踏みとどまった。

「たのむよ、クロチルド……」

「たのむって、何を？」

「オーケー、すべて細かく説明しろっていうんだな？　いいだろう。わが優しき妻は、一日中メールを受け取って、返事を書いている。わが優しき妻は、山ほど口実をでっちあげて言う。なかには、両親の墓参りなんていう口実もあったっけ。浮気相手と会うためにね。それだけでは時間が足りなかったのか、わが優しき妻はぼくが眠るのを待って、そいつと一夜をすごそうとした」

　クロチルドはかっと頭に血をのぼらせた。

「わたしを罠にかけたってこと？　そうなのね？　ワイパーに挟んであった手紙、あれを書いたのはあなたなの？　最初の手紙を真似て？」

　フランクはため息をついた。

「そうかもな、クロチルド。なんなら、初めから、全部ぼくだったと思ってもかまわない。ぼくがいろんな人間になり代わっているんだって。きみの夫、きみの娘の父親、生き返ったきみの母親……それに、きみの浮気相手も。きみの携帯電話に届いたナタル・アンジェリのメールだって、ぼくが書いたのかもしれないぜ」

　やっぱりフランクは、わたしの携帯電話のメールを盗み見したんだ。自分で白状したわ。

それどころか、堂々と宣言までして。

「わかってる、きみはさぞかしがっかりしているだろうな。ぼくだって嫌だったんだ。でも、きみがやらせたんだぞ。自分がこんなことをするなんて、思ってもみなかった。ああ、きみの携帯電話を覗いて、アンジェリとやらから来たメールを読んださ。少なくとも、きみが携帯電話を手放さなくなる前までの分はね」

このつけは、いずれ払わせてやる、とクロチルドは心に誓った。いつか、思い知らせてやるわ。フランクは話しながらクロチルドの腕を取り、無理やりいっしょに斜面を下らせようとした。クロチルドは小屋を見つめ、必死に抵抗した。小屋はもう、闇に埋もれた影にすぎなかった。オルシュは山に姿を消してしまった。

夫にきちんと説明させないと。

「フランク、あなたはわたしのあとをつけてきたんじゃない。明かりをつけずにあの道は歩けないし、明かりをつけたらわたしが気づいたはずだから。あなたはわたしの行先を知っていたのよ。だからお願い、フランク、答えてちょうだい。あなたがわたしをここにおびき寄せるために、あの手紙を書いたのかどうか、どうしても知らなくてはいけないの。もしそれがあなたなら……」

もう、神経が持ちそうにない。何者かがわたしを、混乱に陥れようとしている。もうそれに、成功しかけている。

「ああ、いいかげんにして。あの手紙を書いたのは母なの、それともあなたなの？　はっき照明の悪いモノクロ映画の老優のように、陰が二人の皺を深く刻んだ。

「ふざけるな、クロチルド。よく考えろ。ぼくは今、きみと別れようかって思ってるんだぞ。だってぼくがうしろをむいたとたん、きみは別の男とキスをしているんだから。ぼくが寝ているあいだに、そいつと一夜をともにしようとした。ヴァルはなにも知らずに眠っている。きみはすべてを台なしにしようとしている。なんなら今、ここで、終わりにしたっていいんだ。なのにきみは、母親のことで頭がいっぱいなのか。しかも、母親の幽霊のことで。なんてことだ……（彼は無理に笑おうとした）。そりゃまあ、姑（しゅうとめ）が原因で妻と別れた男はいくらでもいるだろうさ……でも、二十七年も前に死んだ姑が原因とはね」

フランクは妻の手を引いて、さらにあとずさりした。小屋は闇のなかに消えてしまった。

「なにも返事はないのか、クロ。死者を掘り返すな。ぼくたち夫婦の仲をめちゃくちゃにしたいなら、しかたないさ。でもきみには、娘がいるんだ。それを忘れるんじゃない」

クロチルドの頭にかかっていた靄（もや）が晴れた。

わたしに話している男、うえから怒鳴りつけている男は誰？　まったく知らない男だ。彼はパーティーの夜、偶然を装いドラキュラの扮装（ふんそう）をしてきた。彼はわたしと結婚したいと言った。彼はずっとこうしていたいと言った。わたしは何年もずっと、彼の存在を受け入れ続けてきた。

受け入れ、微笑み、ただ黙っていた。

「忘れてなんかいないわ、フランク。でも、もうだめなの。わかる？　おかしくなりそうなのよ。こうなったら、なにもかも言うわ。ええ、わたしは母が生きていると思ってる。でも、それはあり得ないってことも知っている……両親を殺したのが誰かも知っているし、フエゴのステアリングを壊したのが誰かも知っている。それに……」

「もうたくさんだ、クロチルド」

フランクは語気を荒らげた。

「事故の話も、二十七年前に死んだ両親や、会ったこともないお兄さんの話も、もうたくさんだ。そんなことみんな、知ったことじゃない。今、大事なのは、ぼくが耐えられないのは、きみがほかの男と浮気をしてるってことだ。そいつの愛撫を受け、今夜逢引きに出かけたってことだ。それは許せないぞ、クロ。許せるわけない。きみはここに戻ってみたいと言った。そのせいで、すべてを台なしにしてしまった。なにもかもを」

そのあとえんえん坂道を下るあいだ、ふたりはひと言も言葉を交わさなかった。

*

フランクはげっそりした顔で、コーヒーを前にしていた。ヴァルの前にはチョコレートミルクに浸した山盛りのコーンフレーク、玉子二つの目玉焼き、バラのように新鮮なオレンジジュースが並んでいる。

　そのうしろでは、クロチルドがいそがしく立ち働いていた。フランクはひと口コーヒーを飲むと、こう言った。

「いい知らせがあるぞ、ヴァル。今日一日のつもりで予約したヨットだけど、もっと長く借りられることになったんだ。二日でも、三日でも、一週間でも。交渉して、話がついた」

　ヴァルは皿に並べた黄色い二つの目にナイフを入れた。

「ヨットのうえで一週間、三人ですごすの？」

「二人でだよ、ヴァル。二人でだ。ママは来ない。あちこちまわってもいい。アジャクシオ、ポルティシオ、プロプリアノ……もちろん、海からしか行けない入江もある」

　ヴァルはパンで目玉焼きを掬（すく）うと、ほかにあれこれたずねず携帯電話を取り出した。まるで緊急の用事で、このあと数日の約束を取り消す社長のように。


　クロチルドはそのうしろで行ったり来たりしながら、ヴァランティーヌのバッグに暖かい服や薬、歯ブラシ、日焼け止めクリーム、二人が好きなお菓子をたっぷり二日分詰めた。思いやりがあって気配りできる完璧な妻を演じれば、修復が可能だろうか？

　なに、馬鹿なこと！

　どうして今日になって、それが自分の役割だと考えるの？　何年も前からずっと、毎日同じことをやってきたのに。

フランクが立ちあがった。

「そのままでいいわ」とクロチルドは言った。「わたしが片づけるから」

八時五十七分。キャンプ場のマイクロバスが彼らを待っている。クロチルドとフランクは重いバッグを抱えてパーキングにむかった。そのあとをヴァランティーヌが、携帯電話を見ながらついてくる。キャンプ場のなかで迷子にならないよう、GPSのアプリをダウンロードしたのだろうか。

フランクは逃げようとしている。

姿をくらますつもりなんだ。地下に潜伏するつもり。船が沈んでいくあいだに、ボートで沖に出ようっていうのね。わたしはそんなふうに考えて、彼を裏切ったってことを否定しようとしているのだろうか？　すべての原因はわたしにあるってことを。それでもクロチルドは、どうしても自分が悪いと思えなかった。今起きていることはすべて、何年も前から仕組まれていたような気がする。わたしは操り人形にすぎないんだ。フランクはわたしをそっと見張っていた。わたしに真実の一部を隠している。クロチルドはそう思わないではいられなかった。考えてみればいろんな策を弄するのに、彼ほど適任者はいないわ。金庫から身分証を盗むのだって、朝食の演出をするのだって。彼はわたしを混乱に陥れようとしている。昨日は母との再会を妨げ、今日は娘を奪い去ろうとしている。ナタルと会うために何時間か留守にしたと言ってわたしを責めたくせに、自分はこれから何日もどこかわたしの知らないところへむかおうとしている。

落ち着いて考えたいから、少し距離を置こうと言ったのはフランクのほうだった。それに親のごたごたからヴァルを守りたいから、と彼は主張した。クロチルドもだめとは言わなかった。結局、わたしも望んでいたことだ。これで調べる時間が手に入る。

運転手のマルコが、マイクロバスの前で待っていた。

「さあ、行きますよ」


クロチルドはヴァランティーヌにキスをし、夫の前に馬鹿みたいに立った。

「電話をしてね。いい、約束よ」

「バミューダ・トライアングルのなかでネット回線がつながればね」とヴァルが携帯電話を握ったまま答えた。

マイクロバスが道の先に姿を消した。フランクはセルヴォーヌ・スピネロに交渉して、カルヴィの港まで連れていってもらい、そこからヨットに乗ることにした。そうすればパサートはクロチルドのために置いていける。今朝、彼が妻にかけた言葉は、車に関することだけだった。ドアポケットに入っている書類、オイルのレベル、タイヤの空気圧、燃料タンクのキーとか。クロチルドはエンジンがどう動くかくらい、とっくにわかっているような顔をして、適当に聞き流していた。フランクもプライドを傷つけられながら、名誉にかけて思いやりを忘れない夫という役割を演じていた。

それが彼の考える、理想の男性像というわけだ。

馬鹿みたいだってことでは、わたしと変わらない。それに、シニカルだわ。クロチルドがちょっと出かけるのに車を使わねばならないとき、フランクはあれこれ注意を並べながら、どうすればシートが傾くかまで説明せずにはおれなかった。

ひとり乗りのマイクロカー、キャンピングカー、セダン……カルヴィへむかう道をほかの車やほかの家族たちが通っていく。クロチルドは胃のあたりに、ずっしり重いものを感じた。フランクとヴァルがいっしょに出かけるのは、これが初めてではない。毎週土曜日、フランクはヴァルをバスケットボールに連れていく。けれどもそれは数時間のことで、何日間もではない。クロチルドが寝ころがって小説を読んだり、ちょっと気晴らしをする数時間。愛人とすごす時間ではない。

もうしばらく前から、マイクロバスは見えなくなっていたけれど、クロチルドは動かなかった。父親のことを、あらためて考えずにはおれなかった。ペトラ・コーダ断崖の事故が起きる前、父親もセーリングに出かけた。少なくとも、父はそう言っていた。そして八月二十三日、聖女ローザの日がきた。

明後日だ……

腕に誰かの手が触れた。ふり返ると、セルヴォーヌ・スピネロが背後に立っていた。彼は従業員に命じて、フランクとヴァルを港まで快く送ってくれていた。

「ご主人が娘さんと行ってしまったからって、文句を言ってはいけませんよ、クロチルド。

たいていの男は、子供を押しつけて逃げ出すものなんだから」

「放っておいてちょうだい、セルヴォーヌ」

　キャンプ場の主人は気を悪くしたふうもなかったが、クロチルドの腕にかけた指はそのまだった。彼女は唇を嚙んだ。この男の前で泣くわけにはいかないわ。この男にハンカチを差し出されるなんて、まっぴらだ。彼の話をどうふり切ろうかと考えていたら、ふと思いあたった。そういえば、今朝はまだオルシュの姿をキャンプ場で見かけていない。昨晩、羊飼いの小屋へ行ったあと、オルシュはどうしたのだろう？　もちろん、セルヴォーヌにたずねてみてもよかったが、彼に打ち明け話をする気はなかった。それでクロチルドは別の質問をした。

「ヤコプ・シュライバーの行方はまだわからないの？」

「ええ、まったく」とセルヴォーヌは答えた。「今夜も彼の姿が見あたらなかったら、憲兵隊に連絡するつもりです」

　どうしてもっと早く、そうしなかったんだろう、とクロチルドは思った。セルヴォーヌはカドナ大尉と親しそうだったのに。問いつめてやろうと思った瞬間、セルヴォーヌが先に口をひらいた。

「きみに伝言があったんです、クロチルド。お祖母さんのリザベッタからです。受付に電話してきたんですが、とてもあわてているようすでしたね。お祖父さんのカサニュが、大至急きみに会いたがっているそうです」

「アルカニュ牧場で?」

「いいえ……」

セルヴォーヌはそこで何秒か間を置き、こう続けた。

「あそこで」

彼はカピュ・ディ・ア・ヴェタ山の頂(いただき)にたなびく雲を指さした。クロチルドも稜線を目で追い、空にくっきりと浮かぶ小さな黒い十字架を見つめた。

ほのかに甦(よみがえ)る清らかな思い出を、セルヴォーヌはひと言で汚(けが)した。

「ヘリコプターでも用意しないと、あの爺(じい)さん、十字架の下でくたばりかねないな」

43

一九八九年八月二十二日火曜日　バカンス十六日目　星々から見た地球のような青空

おーい、起きてる？　わたしの告白相手さん。

元気？　今朝見た夢の話をしてあげるね。なかには悪夢もあったけど。朝、とても早い時間だった。何時か言ったら、呆気にとられるでしょうね。

わたしのミッションと契約については、覚えているよね。首尾よくカサニュお祖父ちゃんを説得できたら、ナタルからほっぺたにキスしてもらう約束のことを。びびってなんかないから。話し合いっていうか交渉の場を、ちゃんと設けることになったの。お祖父ちゃんはオーケーしてくれた。でも、待ち合わせ時間はなんと朝の五時。アルカニュ牧場では、驚くにあたらないんだろうけど。

わたしは昼前に起きることなんか、まったくないっていうのに。

朝の五時？　いいよ、お祖父ちゃん。わたしは出かけた……そこで何が待ち受けているかも知らずに。

賢明で控えめな読者さん、あなたに言っておくね。このバカンスのあいだずっと、わたしには不思議な感覚が続いているの。まるで最低と最高のあいだを、毎日行ったり来たりしてるみたいに。最低っていうのは例えば、大人たちの嘘の糸で紡いだ蜘蛛の巣を黒々と描いた灰色のページ。最高っていうのはイルカと泳いだり、今日体験した自由で軽やかなひととき。まるで雲をつかみ、イヌワシの尾羽根を引き抜けるかと思うほどだった。

すべて話して欲しい？

朝五時、まだ日が昇る前から、お祖父ちゃんは杖を手に、アルカニュ牧場の柏の木の下でわたしを待っていた。そして首から下げていた双眼鏡を、わたしの首にかけた。

「見てごらん」

お祖父ちゃんは南の稜線を追うようにと言った。アスコ方面、ノートルダム・ド・ラ・セラ礼拝堂のもっとうえあたりを。

十字架だ。

というか、十字架の残骸ってところ。

「あの十字架の下で話そう、クロチルド。準備はいいかい？」

お祖父ちゃんはそう言って、わたしの《ガンズ・アンド・ローゼズ》のTシャツとバスケットシューズを面白そうに眺めた。

わたしは全力疾走の構えをした。

「じゃあ、うえで待ってるわ」

けれども、たちまちペースは落ちた。

七百三メートルもあるの。それは海抜だって、言われるだろうけど。なだらかな傾斜地を四時間ほどのぼると、だんだん険しくなってきて、最後の二百メートルはもう絶壁って感じ。それを野生の羊みたいに四つん這いになって、黙って這いあがっていくの。お祖父ちゃんは道々、ほとんどしゃべらなかった。途中までのぼったところでひと休みして、山羊のチーズに塩漬け燻製肉（コッパ）のお弁当を食べただけ。ちょうどコルス岬のむこうに朝日が昇るときだった。まるでトールキンの世界。火と燃える巨大な指輪が、焼けた長い指のうえにのぼってくるんだから。

そうこうしているうちに、落ち着いてきた。心臓は正常な鼓動に戻り、太腿も言うことを聞き始めた。足が震えて土砂にはまったり、めまいがしたりもなくなった。わたしは十字架の下に腰かけた。これはオーストリア人の十字架と呼ばれているんだ、とお祖父ちゃんは言った。五十年ほど前、この頂上までのぼる道を拓いたのは、ウィーンの登山家たちだからと。十字架が立てられたのは一九六九年で、それ以来二十年のあいだにだいぶぼろぼろになっていた。ちょっと風が吹いても、吹き飛ばされるんじゃないかと思うくらい。

オーストリア人の十字架だなんて、とお祖父ちゃんは笑った。地元のコルシカ人だって、ウィーンの連中が来る前からここにのぼっていたんだと。お祖父ちゃんはひいお祖父ちゃんのパンクラスといっしょに初めて頂上まで来たのは、まだ八歳にもならないころだったそう。

わたしはなぜだかわかった。

言葉で説明するのは難しいけれど、ひとたびここに、わたしたちが腰かけている小さな石のドームに着いてみると……まるで世界を見下ろしているようだった。耳のなかで鳴る風は、三百六十度のすばらしい眺望を楽しむために、くるくるまわり続けろと誘いかけてくる。わたしは巨人だ。いや、むしろ子供かもしれない。粘土で島をこしらえた子供だ。世界を見下ろしているような気がした。この世界に、お祖父ちゃんと二人きりでいるような気がした。息切れなんかまったくしてないお祖父ちゃん、のぼって来るあいだ、二十メートルごとにわたしを待ってくれたお祖父ちゃんと。このひとになら、すべてを話せるような気がした。

わたしがどういう人間か、あなたはよく知っているでしょ。だから気づいてるはず、わたしはきっとそうするだろうって。

「お祖父ちゃん、ひとつ驚いたことがあるんだけど。ここではみんな、お祖父ちゃんのことを怖がってるみたい。わたしはとっても優しいって思うのに」

白海豚作戦（ベルーガ）。それを忘れちゃだめ。こうやってお祖父ちゃんのご機嫌をとれば……

「恐ろしいとか、優しいとか、そんなことを言っても意味がないんだ。ひとは優しさから大惨事を引き起こすこともあるし、優しさから人生を台なしにすることもある。優しさから、人を殺すことだってな」

優しさから人を殺す？

オーケー、お祖父ちゃん、ノートに書いておく。リセの最終学年で哲学コースを取ったら、もう一度ゆっくり考えてみるから。

わたしはふり返って、景色を眺めた。パリのシテ科学産業博物館で見た、晶洞（ジエオード）って呼ばれる球形のシアターみたいな景色だった（リセの校外学習で行ったんだ）。

「どこまでがお祖父ちゃんの土地なの？」

「お祖父ちゃんのではない、われわれの土地だ、クロチルド。どんなものでも、ひとりだけで所有することはできないんだ。ひとりでそれをどうするっていうんだ？　考えてごらん、この世でもっとも多くの富を持った者とはどんな人間だろう？　ほかの人々をすべて打ち倒した者だろうか？　ほかに誰もいないこの地上で、すべての富をひとり占めしている者だろうか？　たしかに彼は、この世でもっとも富んだ人間かもしれん。だが同時に、もっとも貧しい人間だ。なぜなら、彼より貧しい人間もほかにいないのだから。富について語るときは、少なくとも二人の人間が必要だ。西部の開拓民だってそうじゃないか。なにもない原野に夫婦がやって来る。そこに住む家を建て、子をなす。富は家族とともに大きくなる。ほかの子供たち、さらには孫たちと、家族が大きくなるにつれて。そうやって、土地、家、記憶が受け継がれていく。絶対の富は一族のもの、助け合って生きる人々のものでなければならない。富は島のもの、国のもの、地球のものなんだ。そこに暮らす人間が皆、開拓者の夫婦や家族、一族と同じ連帯感を抱くことができるなら（そこでお祖父ちゃんは、じっとわたしの目を見た）。だが、現実はそうじゃない。これからもずっと、そうはならんだろう。だからわれわれは、自分たちのものを守らねばならないんだ。ひとりひとりのエゴイズムと、正気を失った世界のあいだで、われわれはその均衡を保たねばならない。これがおまえの問いに対する答えだ。この土地はすべて、われわれのものなんだ」

お祖父ちゃんはルヴェラタ半島をぐるりと指さした。灯台からユープロクト・キャンプ場、アルガ海岸まで。北はカルヴィの入口、南はペトラ・コーダ断崖のあたりでお祖父ちゃんは指を止め、数百平方メートルは沿岸域保全整備機構と、スタレゾ港の科学基地の所有だと説明した。ひいお祖父ちゃんがナタルのお父さんに譲ったというピュンタ・ロサの飛び地や、建築中だったマリーナ《ロック・エ・マール》が爆破されたオセリュクシア海岸には、なぜか触れなかった。

わが晶洞（ジエオード）の頭は、次なる作戦に出た。

目の前に広がる百九十度の眺望。コルシカ最高峰のチント山の山脈（やまなみ）。標高二千七百六メートル。さらに地中海には、イルカの餌を噴きあげる深さ数百メートルの海溝がある。それも加えれば、高低差は三千五百メートル以上。アルプスに連なる山々の頂と同じくらいだ。

わたしはお祖父ちゃんをふり返った。

「お祖父ちゃんのことは大好き。そんなふうに話しているところなんか、まるで映画の登場人物みたい。ほら、一族を守るゴッドファーザーって感じ」

「わたしもおまえが大好きだよ、クロチルド。おまえはこれから、なにかすばらしいことをなし遂げるだろう。おまえには野心と自信がある。だが……」

「だが？」

「だが……気を悪くせんでくれよ。こんなこと言ったら、わたしを置いてさっさと山をおりてしまうかもしれないが」

「何なの？　お祖父ちゃん」

「おまえはコルシカの人間じゃない。つまり、本当のコルシカ人ではないってことだ。ここでは黒服を着ている女たちも、ドクロ模様などつけちゃいない。コルシカの女たちは控えめで、無口で、しっかりと家を守り、それ以外のことには口を出さない。わかってるとも、こんな話、反抗心旺盛なおまえにとっては噴飯ものだろう。だが、わたしはずっとそうやって生きてきた。そういう女たちを愛してきたんだ。だからおまえには、ついていけなくてな、クロチルド。わたしだって、なによりも自由が大切だと思っているけれど。もし生まれるのが四十年遅ければ、おまえみたいな女と結婚したかもしれないが……」

「パパはそうした」

「いや、そうじゃない。パルマはおまえとは違う（お祖父ちゃんはしばらく沈黙を続けた）。さて、わたしになにか話があったんだろ？」

　四十五度。バラーニュが一望できる。コルシカの庭のパノラマが、カルヴィからイル＝ルッスまで広がっている。ちょっと想像力を働かせれば、アグリアット砂漠や、コルス岬のしたのサン＝フロラン港まで見えるかと思うくらいだ。わたしは無呼吸潜水の前に深呼吸をするダイバーのように海を見つめ、すべてを説明した。イルカのオロファンとイドリルや、その子供たちのこと。イルカと話せるナタルのこと。アリオン号、船をつなぐ浮橋、浮橋の増設、沖の保護区、岸辺のテラスやビュッフェのことを……でも、話はそこまでにしておいた。

イルカの家や、ナタルが相談を持ちかけた女性建築家のことには触れなかった。

お祖父ちゃんは黙って聞いていた。

三百二十度。ルヴェラタがまっすぐ見通せる。ここから眺めると、半島は眠っているワニのようだ。本当よ。灰色と緑色の皮。オセリュクシア岬とピュンタ・ロサは大きな脚。半島の先端は、水に浮かべた口の形をしている。ずらりと並ぶ無数の白い岩は歯、灯台は鼻のうえの突起。

ようやくお祖父ちゃんは、口もとに笑みを浮かべて話し始めた。

「イルカがすごいのは、どういうところなんだね？」

思ってもいなかった質問だった。

だからわたしは、あらためて説明した。アリオン号のうえで感じたこと、海に潜ってイルカと泳いだときに感じたことを。わたしの興奮を、お祖父ちゃんも感じ取ったはず。わたしの腕はまだ震えていた。目に涙を浮かべ、一心に思っていた。だからここぞとばかりに、説得にかかった。わたしが真剣なのはわかるでしょ。

「いいって言って、お祖父ちゃん。いいって言って。みんながわたしみたいに海に潜り、幸福なひとときを味わえるように。ナタルはこの宝を、みんなと分け合いたいと思っているの」

ああ、やっちゃった。《宝》って言葉と《分け合う》って言葉を、並べて使うべきじゃなかったんだ。お祖父ちゃんは白ひげの老賢者みたいに、また話し始めた。お祖父ちゃんの言葉を書き留めているこの秘密のノートを、わけのわからない魔術書にしたいの？

「いいかね、昔から宝に対するむき合い方は、三つしかない。それが女であれ、ダイヤモンドや土地、魔法の呪文であれ、欲する、所有する、守る、この三つだ。この世には妬み深い者、利己的な者、保守的な者と、三種類の人間しかいないのと同じだ。誰も宝を分け合うことはできないんだ、クロチルド。誰も……」

お祖父ちゃんの長広舌も最初は悪くなかったけど、わたしはだんだんうんざりしてきた。それに所有している利己主義者と、分け合わずに守っている保守主義者がどう違うのかもよくわからない。でも、それは口にしなかった。お祖父ちゃんの反応を引き出すなら、もっと悪賢い手がある。

「それじゃあ、しかたないけれど。でも本当の理由は、ほかのコルシカ人と同じく、お祖父ちゃんも海が嫌いだからなんじゃない。イルカが嫌い、地中海が嫌い、水平線にむかっていくのが嫌い。もしコルシカ人が本当に海が好きなら、イタリア人がヨットでやって来るのを放っておかないはずでしょ」

お祖父ちゃんは笑った。

最後のひと言は余計だった。お祖父ちゃんを怒らせてやろうと思ったのに、面白がっているみたいだ。

「おまえのイタリア人像は気に入ったが、コルシカ人や地中海については思い違いをしているぞ。わたしはずっと羊飼いだったわけじゃない。五年間、商船に乗っていたこともあるんだ。世界を三周はしている」

　すごい、クロチルド。うまくいったじゃない。

　二百五十度。海岸に沿って南に目をやると、スカンドラとジロラタの自然保護区が見えるような気がした。そこでは岩が赤く染まり、ミサゴが尖った火山岩のうえに見張り台のような巣を作っている。

「前を見てごらん、クロチルド、アルカニュ牧場のほうを。そこからまっすぐ海のほうへ目をやると、ペトラ・コーダ断崖が見える。断崖は、いちばん高いところで三十メートルある。わたしがおまえくらいの歳のころ、コルシカの少年たちはみんな、そこから海に飛びこんだものさ。コルシカ人は水を怖がっていると、お前は言うけれどね。なかでもこのわたしが、もっとも勇敢だったのはたしかだが。わたしの記録は二十四メートル。だが年齢とともに、だんだん低くなっていった。十五メートル……十メートルと。それでも、できるだけ泳ぎは続けている。ペトラ・コーダ断崖から海豹洞窟まで、ときにはピュンタ・ロサまで泳ぐこともある。海を捨てるというのは、青春を捨てることにほかならない」

「じゃあ、いいって言って。イルカのことはいいよって。わたしの青春のために、わたしのために、いいって言って」

　お祖父ちゃんは微笑んだ。

「おまえは決してあきらめないんだな。きっと、いい弁護士になるぞ。考えてみよう。約束する。少しだけ時間をくれ（今度は笑った）。あまりに急なことなんでな。女も昔と違い、言いたいことを言うようになった（お祖父ちゃんはまた笑った）。イルカも昔と違い、漁師と話すようになったってことか。わがコルシカが、そんなにどんどん変わって欲しくはないのだが……」

「じゃあ、いいの？」

「まだひとつ、問題が残っている。おまえが口にしなかった問題が」

十字架の影がわたしたちのうえに広がった。

「そのナタル・アンジェリとやらが信頼できる人物かどうか、わからないんでな」

＊　＊　＊

彼はもぐもぐとなにかつぶやいた。
おまえは約束を守り、
答えを出した。
けれどもそれは、おまえが期待していた答えではなかった。

44

二〇一六年八月二十一日　正午

「日の出を見逃してしまったな、クロチルド。おまえは十五歳のころ、もっと早起きだったのに」

カサニュは木の十字架に寄りかかり、すわっていた。カピュ・ディ・ア・ヴェタ山の頂上に立てられた高さ七メートルのモニュメントの影が、彼のうえに重くのしかかっている。まるで世界の屋根に十字架を運んできた巡礼者のようだ。十字架を立て、その前に穴を掘って、自分を埋葬しようとしている巡礼者。

クロチルドは祖父の言葉を聞き流した。彼女は四時間かけてここまでやって来て、ひと息ついたところだった。祖父は九十近いというのに、よくのぼってこられたものだ。クロチルドはもうくたくただった。

くたくたで……しかも、苛立っていた。ひとりで山道を歩くあいだ、あたりには息を呑むような美しい景色が続いていたけれど、彼女はマスチックやシトロン、野生イチジクの香りを無心に楽しむことができなかった。それどころか、脳裏には疑問が渦巻いていた。ひと言で言うならば、《母はあの晩、羊飼いの小屋で、わたしを待っていたのだろうか？》という疑問だ。フランクがあらわれたあと、思いきってドアを叩いてみればよかった。彼のせいで魔法が解けてしまったのも、腹立たしかった。結局ひと晩じゅう眠れず、考え続けた。頭から離れない疑問に対する答えが見つからないかと、記憶を掘り返して。

母が生きているとしたら、どんな可能性があり得るだろう？

クロチルドは一九八九年八月二十三日の出来事を、頭のなかで再現してみた。考えられる可能性は三つだけだ。

母はフエゴに乗っていなかった……

でも、母はたしかに助手席にすわっていた。ニコラは後部座席に、父は運転席にいた。わたしは車に乗る前も、車が走り出したあとも、走っているあいだも、母の姿を見ていた。わたしたちは微笑み合い、言葉を交わした。疑問の余地はないわ。わたしたちは家族四人でアルカニュ牧場を出発した。

母は事故の前にフエゴから降りた……

でも、フエゴはアルカニュ牧場から街道へ下る途中、一度も止まらなかったし、スピードもほとんど緩めなかった。ペトラ・コーダ断崖まで、わたしは居眠りもしていない。そもそも、たった数キロのことだ。フエゴが道路から飛び出し、粉々になろうとしていたとき、母は前の座席にすわっていて、父はその手を握っていた……

母は事故で死ななかった……

これがいちばんあり得そうな仮説だ。フエゴは三回も岩に激突し、父も兄も死んだ。わたしはずたずたになった三人の体が並んでいるのを、この目で見た。遺体はやがてビニールの袋に入れて運び去られた……わたしはショック状態で気づかなかったが、母はまだ生きていたのだろうか？　救急隊員のおかげで、奇跡的に一命を取り留めた？　だとしたら、どうして死んだことになっているの？　患者が蘇生したのに、誰にも、実の娘にも知らされないなんてことが、あり得るの？　なぜわたしは、孤児にされてしまったの？　母を守るため？　誰かが母を殺そうとしたから？　ああ、おかしくなってしまいそう。もう、誰を信用したらいいのかわからない。セルヴォーヌが兄のニコラについて、両親の事故について言っていたことは、真実ではないのか？　夫のフランクは、裏でなにか怪しげな役を演じているのか？　ナタルは本当に母の幽霊と出会ったのか？　祖父のカサニュは何を知っているんだろう？　誰か初めから、糸を引いている者がいるのだろうか？

クロチルドは嫌々親に連れ出され、ハイキングに来ている少女みたいに、携帯電話にかじりついていた。そして山道をのぼりながら、三人に電話をかけた。

まずはフランクとヴァルのようすを聞かなくては。けれども、電話はまったくつながらなかった。クロチルドは留守電相手に怒鳴り散らした。

のぼり始めてすぐ、ナタルとは連絡が取れた。カピュ・ディ・ア・ヴェタ山のうえまでいっしょに来て欲しいとたのんでみたけれど、それはできないと断られた。無理だよ、クロ、夜まで手がふさがってるんだ。昼間は店で仕事がある。でもオーレリアは今日、夜勤だから、よかったら今夜どうだい？

オーケー、じゃあ、今夜ね、優しい騎士さん……

あれからもう何十年もたっているのに、ナタルはカサニュと顔を合わせたくないのかもしれない。クロチルドはそんな気がした。海賊さんは山男が苦手ってわけね。それにちょっと臆病なのかも。

でも、まあかまわないわ。カサニュお祖父ちゃんはまったく人畜無害そうだ。大きな十字架に寄りかかってるところは、年甲斐（がい）もなく山登りなんかして、もう立てないといわんばかりだし。二人は息を切らしたまま、しばらくひと言も発しなかった。


あともうひとり、クロチルドが電話をかけたのは意外な相手だった。電話は二、三回のコールですぐにつながり、父親よりもやや強いドイツ語訛（なま）りがあるけれど、完璧なフランス語で返事が返ってきた。

「クロチルド・イドリッシ？　これはこれは（マイン・ゴット）。ひさしぶりにきみと話すと、不思議な感じがしますよ」

なぜかヘルマン・シュライバーは、クロチルドからの電話に驚いていないようだった。

「昨日、父から電話があったんです」とヘルマンは言った。「きみが父のところへ行ったあとに。八九年の夏について、少し話しました」

ヘルマンは丁寧な口調だったけれど、少し嵩（かさ）にかかった口調がクロチルドの癇（かん）に障った。

ヘルマンはひとつ目巨人（キュクロプス）という自分のあだ名を、覚えているだろうか？　冗談めかしてそう呼んでやりたくなるのを、彼女はぐっとこらえた。

「あの夏のことは、覚えているわよね？」とクロチルドはたずねるだけにした。

「もちろん、全員の姓名から顔まで。あれはみんなにとって、心に傷を残した夏でした。ぼくたち、全員にとって」

何言ってんのよ、とりわけこのわたしにとってでしょ。

クロチルドは単刀直入に、電話をしたわけを説明することにした。セルヴォーヌ・スピネロが打ち明けた話を簡単にまとめ、意見を訊いてみよう。兄のニコラは事故の数時間前に車を道路脇の岩にぶつけ、ボールジョイントとリンクロッドを気づかないうちに破損してしまったのだと。ヘルマンはびっくりしたらしく、とても信じられないと言った。それからしばらく考えて、もったいぶった口調で続けた。

「それじゃあ、ぼくらが死ぬはずだったってことですか。ニコラ、マリア＝クジャーラ、オーレリア、セルヴォーヌ、そしてぼくの五人全員が。ぼくらは真夜中、きみのご両親の車に乗り、ニコラの運転でディスコへ行く予定だったのですから（ヘルマンはしばらく考えこみ、また続けた）。そうだ、きみの話で事態は大きく変わります。不思議ですね、こんなに時がたってから、それがわかるなんて。まるで乗り遅れた飛行機が、墜落したみたいに（彼はそこで、またしばらく考えこんだ）。そうです、断崖で死ぬはずだったのは、ぼくたち五人だった。ぼくが今、生きていられるのはどうしてか、それに答えられるのはきみだけです、クロチルド。つまりあの晩、きみのお父さんが予定を変えたのはなぜか？　なぜ家族と車に乗って、多声合唱のコンサートに行くことにしたのか？　その問いに答えられるのはきみだけです」

「わ……わからないわ」

「偶然なことなど、なにひとつない。記憶を掘り返してみれば、必ず答えが見つかるはずです」

　ヘルマンの口調は、再びそっけなくなった。いかにも命令し慣れたひとの口調だった。彼は青春時代に受けた屈辱を他人に味わわせることだけに、この二十七年間を費やしてきたのだろう、とクロチルドは思った。それでも、ヘルマンの言うことには一理ある。たしかに重要なのは、どうして父が八月二十三日の晩、急に予定を変えたのかという点だ。クロチルドには見当がつかなかった。記憶の底を探っても、悲しいかな、なにも出てこない。答えは八九年夏の日記に書かれているのだろうか？　アルカニュ牧場のベンチで出発のぎりぎりまで、せっせとページを埋めていたあのノートに。あそこに夏の記憶が封じこめられているのでは？　いや、答えなんてないかもしれない。嘘つきで嫉妬深く、不満ばかり言っている少女の妄想が詰まっているだけで。そう、それがかつてのわたしなのだから。

「手がかりは少なくないはずです」とヘルマン・シュライバーは続けた。「コルシカというのは、なかなか面倒なところだ。土地と家族、生と死、金と権力。そもそも、セルヴォーヌ・スピネロの話は信用できるのでしょうかね？　ほかの証人にも会ってみましたか？　五人のうちの誰かに？　みんな、まだ生きていますよね？」

ニコラを除けば、とクロチルドは思った。ひとつ目巨人(キュクロプス)はあいかわらず如才がない……クロチルドは即座に言い返した。

「マリア＝クジャーラには会ったわ」

ヘルマンは心底おかしそうな笑い声をあげた。

「ああ、マリア＝クジャーラね。あのころぼくは、彼女に夢中だった。ゲーテを諳(そら)んじ、リストをバイオリンで奏でれば、女の子をその気にさせられると思っていたんです。でも、彼女には感謝しなければなりません。彼女みたいな女の子に気に入られようと、必死に働いたおかげで、今のぼくがあるのですから（ヘルマンはまた笑い声をあげた）。つまり、マリア＝クジャーラみたいな美人に気に入られようとね。妻はブロンドで、彼女に似ているんです。テレビに出るような歌手ではなく、ケルンでオペラのソプラノ歌手をしていますけどね」

クロチルドはさっさと会話を切りあげたくなった。青春時代に愛したものを汚すのは、呪いのようなものなのだろうか？

「じゃあ、ヘルマン、しかたないわ。あなたになにも心当たりがないのなら」

「いや、あるかもしれませんよ。もう一度、父に会ってみるといいでしょう。父は毎年写真を撮っているだけではなく、キャンプ場のひとたちといろいろ話もしています。そして父なりに、仮説を立てたようです。あの事故からずっと気になっていること、しっくりこないことについて。けれども父はそれを、母のアンケにしか話していません。ぼくにも話してくれないんです」

　昨日からヤコプ・シュライバーの行方がわからないことを、クロチルドは言いそびれてしまった。そのあとヘルマンがこう続けたものだから、ますます自分の臆病さを実感した。

「実を言うと、父のことが少し心配なんです。クロアチアのパグ島にあるわが家の別荘に来れば、プールもあるし息子や孫もいるのに。けれども父はコルシカのトレーラーハウスで、毎年ひとりバカンスをすごすほうがいいと言って、決して譲らないんですよ」

　ひとつ目巨人（キュクロプス）の傲慢で自信たっぷりな口調に、クロチルドはまたかちんと来た。昔はあんなに内気でおどおどした少年だったなんて、まわりのひとたちは想像もつかないでしょうね。ヘルマンはいったん過去を清算し、みんなと同じように人生を書き換えたのだ。クロチルドはあのあだ名を投げつけて、昔の自分を思い出させてやりたくなった。けれども相手は、その暇を与えなかった。

「父に会ってみなさい」とヘルマンは繰り返した。「父は愛用のカメラで、過去をせっせと壁にピン止めしている。蝶（ちょう）の標本を作るみたいにね。気になることがあれば、端からズームレンズをむける。それが父の目なんです。きみに言わせれば、ひとつ目巨人（キュクロプス）はぼくのほうなんでしょうけど」

＊

「さあ、すわって、クロチルド」

カサニュの言葉で、クロチルドはもの思いから覚めた。あとにしよう。ヘルマン・シュライバーが持ち出した問題について考えるのは、あとまわしだ。祖父はさっきより息が落ち着いているようだ。彼はすぐ近くの石を指さし、腰かけるようにうながした。真北に見えるカルヴィの城塞は、都市化の波でバラーニュの傾斜地に広がる町と比べると、やけにちっぽけに感じられた。二十七年前には、そんな印象を抱かなかったのに。

お祖父ちゃんの声は震えていなかった。彼は首をまげ、寄りかかっている大きな十字架を見あげた。

「覚えているだろ？　一九八九年に来たときは、まだ前の十字架だった。木は腐り釘は錆び(さ)て、今にも倒れてきそうだった。そのあと新しい十字架を立てたが、あまり長持ちはしなかった。それで三年ほど前に、この新しい十字架を立てたんだ。オーストリア人は意志が固いからな」

「どうしてここを待ち合わせ場所に選んだの？」

「これさ」

カサニュは眺望にぐるりと目をやった。眼下に広がる半島は、今でも眠っているワニを思わせた。イル＝ルッスからカルヴィまで、ルヴェラタからガレリアまで続く海岸は、白い糸で縁取りをしたかのようだ。細かなレース模様、匠(たくみ)の手で描かれた輪郭線のような。けれどもクロチルドは、遠くから見たときの目の錯覚にすぎないとわかっていた。実際の海岸線はぎざぎざで、白い岩がナイフの鋭い切っ先のように海に突き出ている。

「これって？」とクロチルドはたずね返した。

「これだ、この景色だ。最後にもう一度、この眺めを心ゆくまで味わいたくてね。おまえといっしょに。このささやかな家族の集いを、好きなように呼ぶがいい。祝福とでも、継承とでも。クロチルド、おまえはわれわれ一族の、たったひとりの直系の跡継ぎだ。これはすべて（カサニュは腕で大きな円を描いた）……これはすべて、いつかおまえに譲られるんだ」

クロチルドは答えなかった。これを譲られると言われても、まるで現実味が感じられなかった。今の生活、急いで片づけねばならない問題とは、まるでかけ離れているわ。けれども、ここでいっきに祖父に攻撃を仕掛け、フエゴのステアリング・システムが壊れていたことを問いただすのはためらわれた。そこで彼女は、あらかじめ立ててあった作戦で行くことにした。確認、そして追及。まずはセルヴォーヌ・スピネロの話が本当かを確かめ、それからニコラの罪を追いつめるのだ。それには、カサニュの協力が必要だった。彼女は、標高七百メートルの山にのぼった病人を咎（とが）める看護師みたいな口調で言った。

「もういい歳なんだから、こんな挑戦をしなくたっていいじゃない」

「挑戦だって！　だが八十歳すぎでエベレストにのぼった日本人もいると、新聞で読んだぞ。その父親は九十九歳で、モンブランをスキーで滑降したというじゃないか。だからこんな、山羊がのぼるような山くらい……」

カサニュは声を荒らげた。とても元気そうに見せているが、本当はひと苦労だったのだろう。彼はしばらく咳きこみ、話を続けた。

「初めてここにのぼったのは、一九三五年だった。一九三九年からは、一日に何度ものぼりおりしたものさ。パルチザン活動をしている連中を助けるためにな。食料や武器、弾薬を運んだんだ。ここ、コルシカは、真っ先にナチを追い出したんだぞ。ノルマンディ上陸のずっと前に、アメリカの手も借りずに。フランスのなかで、最初にドイツ占領下から解放された地方なんだ。歴史の本には、あまり書かれていないがね。おまえが初めてここにのぼったのは、十五歳のときだった。覚えているだろう。そうとも、覚えているはずだ。あれはちょうど……」

カサニュは途中で言葉を濁した。もちろん、覚えているわ。首から下げた双眼鏡、山羊のチーズのお弁当、のぼる太陽、空を飛びまわるハヤブサ。お祖父ちゃんはあのころすでに、ずいぶん年寄りに見えた。けれども彼は、山頂の十字架よりいつまでもかくしゃくとしている。

クロチルドはニスを塗った木の十字架を眺めた。早くもひび割れ始め、鉄の釘は錆びていた。

お祖父ちゃんはこの十字架より長生きするわ。

たぶん、きっと。

「お祖母ちゃんが死ぬほど心配してるわ」とクロチルドは言った。

「あいつはこの六十年間、死ぬほど心配のしどおしさ」

クロチルドはにっこりした。

「たずねたいことがあるの」

「そうだろうと思ってた」

クロチルドは七百メートル下に目をやった。海岸線に沿って突き出たいくつもの半島は、苔(こけ)に覆われた灰色の触手のようだった。秘密の入江や停泊地、〝関税吏の小道〟を殖やすために、神様がわざわざ生やしたんじゃないかしら。だとしたら、なかなか悪賢い神様ね。いつかそこから利益があがるって、見込んでいたんだわ。

彼女は話を切り出す前に、真東の海にじっと目をむけた。ユープロクト・キャンプ場のバンガローや建設中のマリーナ《ロック・エ・マール》、オセリュクシア海岸に立つ《トロピ＝カリスト》の藁(わら)ぶき屋根もはっきりと見えた。

「以前、二人でいっしょにここに来たときは、なにもなかったわ。オリーブの木陰にテントが張ってあって、土の小道が海岸まで続いていて、釣り船がつながれていて、ルヴェラタ湾にはイルカがいて。それだけだった。どうしてセルヴォーヌ・スピネロに、勝手な真似をさせているの？　彼の野望、彼のコンクリートをはびこらせているの？　絶大な力を持つイドリッシも、おれの言いなりなんだって、あいつはみんなに触れまわってるわ」

カサニュはむっとしたようすもなかった。

「簡単な話じゃないんだ、クロチルド。込み入った問題が、いろいろと絡んでいてな。もう何年も前から、すべてが変わってしまったんだ。すっかりと。だが、ひと言で言うなら金だ。

要は金の問題だ」

「信じられないわ。お金なんかどうでもいいはずよ。もっとましな理由はないの。どうしてセルヴォーヌの藁ぶき小屋は燃やされないのか？　どうして建設中のホテルは吹き飛ばされないのか？　納得のいく説明が欲しいわ」

カサニュはなにも言い返さなかった。

息をするのも苦しそうだ。

クロチルドは、この山頂でも携帯電話が通じているのを確かめた。新しいメッセージは入っていない。それにもしもの場合は、緊急医療救助サービスにも電話できる。カルヴィからヘリコプターを出してもらえば、五分とかからず到着するだろう。山で遭難したハイカーを救助するのは、コルシカのレスキュー隊員の日常業務だ。クロチルドは安心して、祖父を問い詰めることにした。前にここで祖父と同じ話をしてから、二十七年もたっていないかのように。たった二十七秒しか、たっていないかのように。

「どうしてナタル・アンジェリが計画していたイルカの保護区ではなく、セルヴォーヌが進めている汚らわしい開発プランのほうを選んだの？　わたしに約束したはずよ。いいって言ってくれたも同然だったじゃない。なのにどうして意見が変わったの？　ママがナタルと浮気をしていたから？　息子の嫁にナタルが近づいて、一族の名誉を汚したから？」

「名誉とはすべてを失ったあとも残るものだ、クロチルド」

クロチルドは目の前に広がる広大な土地を見渡した。八十ヘクタールがイドリッシ家のものだった。

「すべてを失うですって？　なにか残るものがあるはずよ。でも、わたしの問いに答えてないわ。イドリッシ家では、妻は夫を裏切らない。そういうこと？　それは許されないっていうのね。でも夫のほうは……」

クロチルドはカサニュがなにか反応するだろうと思っていた。

けれども、彼は黙って話の続きを待っている。

オーケー、お祖父ちゃん、わたしが家族の秘密を暴いてもいいって、本気で思っているのなら……

「わたしはもう、子供じゃないわ。パパがママを裏切っていたのは気づいてた。このあたりの住人はみんな知っていて、冗談の種にしていたこともね。だったらどうして、ナタルとパルマを責めるの？」

ようやく老人は答えた。

「問題はそこじゃない。それよりもっと昔、おまえが生まれる前にまで遡ることなんだ。おまえの父親は、おまえの母親と結婚すべきでなかった。それがそもそもの問題だったのさ」

ああ、そう。二十七年もたって、今さら、何を言ってるの。

「ママがコルシカ人じゃないから？」

「いや、おまえの父親は、すでに結婚の約束をしていたからだ。おまえの母親と出会い、恋に落ちて、彼女のためにすべてを捨てる前に」

「もちろん、コルシカの娘だったのね？」
「サロメという名前で、われわれ一族のひとりだ。ほとんど家族といってもいい。彼女はおまえの父親に忠実だった。あのまま二人が結婚していれば、ずっとそうだったろう。ポールも島に忠実だったろう。おまえの母親は、ポールにとって必要な女ではなかった。そういうことだ、クロチルド。つまらんことになったものだ。おまえの母親は、おまえが思っているような女じゃなかったんだ」

沈黙のなかに言葉が漂っていた。風がこの山頂まで、運んできたかのように。それはマルコーヌの墓地でスペランザが発した言葉だった。

そうさ、そんなことをできる女がいるんだ。おまえの母親は、おまえの父親に魔法をかけた。ポールを意のままに操り、わたしたちから奪い取った。網にかけて連れ去った。彼を愛する者たちから、ずっと遠く離れたところへと。

その言葉に、ユープロクト・キャンプ場のバーにいた男たちの笑い声が混じった。あのときクロチルドは十五歳で、初めて父親の浮気を知ったのだった……

おまえの母親に殺されなければ、ポールはまだここで生きていたんだ。わかるか、ここで生きていた。わざわざ死ぬために、戻ってくることもなく。

カサニュは激しく咳きこんだ。まるで過去の声を蹴散らす砲撃のように。

「簡単な話さ、クロチルド。おまえの父親は、おまえの母親と結婚すべきではなかった。ポール自身、悔やんでいた。ずっと悔やみ続けるだろうと、みんなもわかっていた。しかし、もう遅すぎた」

「どうして遅すぎたの？」

カサニュは申しわけなさそうにクロチルドを見つめた。

「おまえたちが生まれたからさ。おまえとニコラが」

「それから？」

カサニュはそれ以上話すのをためらっているかのように、しばらく目をつむっていたが、やがて意を決したように続けた。

「それからパルマは、わがもの顔で入りこんできた。虫が果物のなかに入りこむように。もう誰にも、悲劇を止めることはできなかった」

「悲劇？」

お祖父ちゃんは事故のことを言っているのだろうか？

まずは兄が咎められ、今度は母の番？

「これ以上、知ろうとするんじゃない」とカサニュは言った。「悪いがクロチルド、おまえにはイドリッシ家の血が流れているし、土地を受け継ぐ立場だが、けっして一族に加わることはないだろう。それにには、ここで暮らしていなければならない。おまえには理解できないことがたくさんある。わからないことがたくさんあるんだ」

クロチルドはなにか、言い返そうとした。けれどもカサニュは、最後まで話させろというように身ぶりで制した。

「そうとも、おまえは今、憐れみの表情でわたしを見ている。わたしがこの十字架の下で、死にかけているように。このあたりで、わが一族で、わたしを憐れみの目で見る者などひとりもいない。誰もわたしをお祖父ちゃんなんて呼びもしない」

祖父からはこれ以上、なにも聞き出せないだろうと、クロチルドにはわかっていた。まあ、いいわ。思っていたとおりだ。ここへ来た目的はほかにある。

「わたしだってそうよ。気づいてたでしょ。わたしはもう、そう呼んでないわ。お祖父ちゃんって言ってた少女は死んだのよ。一九八九年八月二十三日に、ペトラ・コーダ断崖で。彼女の家族も死んだ。彼女の子供時代は死んだ。あの日、すべてが死んだの。わたしたち二人には、少なくともひとつ共通点がある。あの晩、二人とも幻想を失った。だからこうして会いに来たのは、沈黙の掟を破ってもらうためじゃないし、ましてや憐れみからでもない（彼女は最後の言葉を強調した）。手を貸して欲しいの。やって欲しいことがあるのよ」

老人の暗い目に、再び光が灯った。

「何を？」

「警察を恐れないひとだけができること。自分のやり方を断固通すひとだけができること」

「何を言い出すかと思えば」

「わたしは一族の部外者かもしれないけど、わかってるつもりよ。公の司法とか裁判とか、あまり好きではないんでしょ。知事や公証人や憲兵なんかも、信用していないように見えるしね……」

そう言われて、カサニュはにっこりした。

「わたしはこれまでずっと、自分ができるやり方で、不正を正そうとしてきた」

クロチルドは口に指をあてた。

「しっ……二十七年前に言ったことを覚えている？　ささいな、何気ないひと言だったけど。《おまえは決してあきらめないんだな。きっと、いい弁護士になるぞ》って言ったのよ。わたしはたしかにそうなったわ。きっとあのときのアドバイスのおかげね。だからいつかわたしの手腕が必要になったら、連絡してちょうだい。今のところはまだ、海に沈められた建業者の事件とか、勘弁して欲しいけど。燃え落ちた別荘とか、今朝のラジオで言っていた、クロヴァニ湾で見つかった身元不明の死体とか、アルガジョラ街道で積み荷ともども吹き飛んだトラックとかも……でも、セルヴォーヌ・スピネロがリストに入っていなかったのは、ちょっと残念だわ」

それを聞いてカサニュは、またにっこりした。気力が甦ってきたらしい。これなら、ヘリコプターで運ばれる心配はなさそうだ。クロチルドはお祖父ちゃんを信頼して、こう言った。

「それとはまったく関係ないけれど、やって欲しいことがあるの。あまり合法的とは言えないし、危険を伴うかもしれないこと。肝のすわった男たちを何人か、集めてもらえるかしら。武装した男たちを」

カサニュはびっくりしたように、クロチルドをまじまじと見つめた。こいつは判断を改めねばならないと思っているのだろう。なるほど孫娘のなかには、われわれの血が流れているようだ。案外うまく、一族に解けこめるかもしれない。

「武装だって？　わたしは老人で、もうそんな力はない。おまえは誰を……」

「だめだめ……（クロチルドは携帯電話を差し出した）電話を一、二本かければ、用が足りるはずよ。こういう任務にうってつけのコルシカ人が、殺到してくるでしょ」

「任務の内容しだいだが」

「ボディガードをおとなしくさせて欲しいの。たぶん、二人。腕っぷしは強そうだけど、武器は持っていないと思うわ」

カサニュは目を閉じた。場面を思い浮かべているのだろう。

「場所はどこで？」

「こう言えばわかるでしょうけど（彼女は七百メートル下のビーチを覆う影を見つめた）、オセリュクシア海岸のディスコ《トロピ＝カリスト》よ。ポスターを見たかどうかわからないけど、マリア＝クジャーラ・ジョルダーノと話がしたいの」

「あのあばずれと？」

カサニュもポスターには注意を払っていたらしい。

「彼女に何の用があるんだね？」

「本当のことを聞きたいの。パパの死、ママと兄の死に関する真実を。彼女だけがそれを知っているから。ほかには誰も知らないことを」

カサニュはクロチルドが想像していた以上に、ショックを受けたらしい。めまいにおそわれたかのように瞬き（まばた）をし、大きく息を吐いた。そして咳きこみながらゆっくり体をずらし、手足を広げた。まるでこの山頂で、死のうとしているかのように。左右にぴんと伸ばした腕は、オーストリア人の十字架にも負けていなかった。

クロチルドは彼の手を取り、話しかけた。「大丈夫？　お祖父ちゃん、大丈夫？」救助を呼ぼうか迷った。ともかく、水を飲ませよう。「ゆっくりよ、お祖父ちゃん、ゆっくり飲んでね」震えている手足をさすり、激しく脈打つ心臓を落ち着かせた。「よくなってきたわ、お祖父ちゃん、大丈夫よ」彼女は祖父と両手の指と指を絡めた。祖父の命が手の窪みから、小鳥のように飛び立ってしまいそうな気がした。こうして数分がすぎ、ようやくカサニュは意識がはっきりしてきた。酸欠になった頭のなかで、なんとか事態が把握できた。呼吸が整ってくると、彼は体を起こして杖をつかんだ。

「立つのを手伝ってくれ、クロチルド。一時間もあれば、下までおりられる。途中で電話を貸してくれ。武装して覆面をかぶった男たちを集めてやるから」

45

一九八九年八月二十二日火曜日　バカンス十六日目　磁器のような青空

ほかの人々といっしょに、わたしも動きに合わせていた。隣のひとと手をつなぎ、そっと体を揺さぶりながら『ウィー・アー・ザ・ワールド』を歌っていた。みんなでオセリュクシア海岸のキャンプファイヤーを囲み、大きな一体感に包まれて。ニコラは真ん中で、ギターを弾いていた。知らない曲でも、炎の明かりで楽譜のコードを読み取りながら。わがブラザー・イン・アームスはしっかりリズムを刻んでいた。マーク・ノップラー風に弾いていれば、それがよくわかったでしょうけど（訳注　『ブラザーズ・イン・アームス』はイギリスのロックバンド《ダイアー・ストレイツ》のヒット曲で、マーク・ノップラーはバンドのギタリスト）。エステファンはマヌ・カチェ（訳注　フランス人のドラマー）役を買って出て、ジャンベ・パーカッションでギターに合わせた。

真夜中零時近かった。空にはベテルギウスとその仲間たちが輝いている。今夜は優等生のパーティーってところね。マシュマロを焼いたり、ボブ・マーリーやマキシム・ル・フォレスティエのヒットソング、それにテレビ番組の主題歌を歌ったり。《さあさあ、歌と笑いの時間がやって来た》なんていう、『子供たちの島』の主題歌を……

子供たちの島の時間は始まって、もう終わってしまったけれど。今夜のパーティーは親を安心させるためのもの。その裏には明日のパーティーが隠されている。ニコが計画した、ディスコ《ラ・カマルグ》行きの計画が。それは大人になろうとしている者たちのもの。レーザービームが星空にとって代わり、テクノサウンドがギターに、マリファナがグミキャンディにとって代わるんだ。

そう、それがニコの計画だった。子供から大人へと、二十四時間でいっきに移ることが。ちょっとあわてすぎだと思わない？　告白相手の読者さん。

みんな、その先にどんな結末が待っているか、わかっていないのかな。恋をして、あれこれいろつき合って、そのうちひとりに定まって、そろそろ身を固めるときだろうと結婚して、やがて倦怠期が訪れて、愛し合うのも月に一回、年に一回、初めて出会った記念日だけとなり、思い出に浸り、夢を見て、別の相手、既婚者の相手と浮気をする。親たちが、わたしの両親がたどっている人生を、そんなにあわてて追っかけたいんだろうか。そんなにあわてて、見せかけの人生を始めたいの？

マリア＝クジャーラはシンディ・ローパー気取りで、コーラスに乗せて「ウェル、ウェル、ウェル」と叫んだ。彼女はいい声をしている。それは否定できない。ひとりだけふくれっ面をしているのはヘルマンだった。彼はネーナの『ロックバルーンは99』を歌おうと言った。でもドイツ語の歌詞がわかるのは、オランダ人のテスとマグニュスだけなので、みんなに無視された。そこで今度はバイオリンを持ち出し、歌に合わせて弾こうとしたけれど、野次があがっただけだった。ニコラが適当に弾くギターのほうが受けていた。わが兄だから言うわけじゃないけど。ヘルマンは隣にいたオーレリアの手を取った。オーレリアはセルヴォーヌの手を取り、セルヴォーヌはキャンディの手を取って、コーラスの輪はやがて感動の涙となった。

そのあとも、いろんな歌が続いたわ。

去る者は日々に疎し……
カスバの少女
世界はきみのように青い
オ・マクンバ、マクンバ
ぼくもあっちに行こう……

やがてあたりは静まり返った。ヘルマンはこのときを待っていたかのように輪から抜け出し、バイオリンと弓をつかんで、野次や抗議の声が起こる暇(いとま)もなく、哀愁を帯びた情熱的な調べを奏で始めた。

彼の演奏は上手だった。それは否定できないわ。何の曲なのか、すぐにはわからなかったけれど。最初に気づいたのはマリア＝クジャーラだった。そして彼女は歌い始めた。今度はみんな、黙って聴いていた。まるでヘルマンとマリア＝クジャーラは、二人でひと夏練習したかと思うほど息が合っていた。

いつまでも若く（フォーエヴァー・ヤング）**、わたしはいつまでも若くいたい**（アイ・ウォント・トゥ・ビ・フォーエヴァー・ヤング）

マリア＝クジャーラの声とヘルマンのバイオリンは短い階段となり、音は空へとのぼっていった。もう誰ひとり、話す者はいない。どんなに才能のある作家でも、言葉では言いあらわせない瞬間があるものだ。あなたもあの場所にいて、聴いていてくれればよかったと思うだけ。むせび泣くようなヘルマンのバイオリンと、それを慰めるマリア＝クジャーラの歌声を。

不思議だよね。馬鹿みたいな愛の歌ほど、うまく歌われるとぞくぞくしちゃうんだから。たとえ《ＡＣ／ＤＣ》の『バック・イン・ブラック』のＴシャツを着ているわたしでも。

ニコラは得意のギターを砂のうえに置き、音楽が苦手なオーレリアはいじわるな女性警官みたいな目で、ヘルマンとマリア＝クジャーラをにらみつけていた。深夜の騒乱罪、制限鼓動数違反、銀河ロケットの安全ベルト装着義務違反で、捕まえてやると言わんばかりに。彼女はニコラに愛の視線を送ったけれど、気の利かないわが兄がそれを捉える危険はなかった。

こうしてバイオリンの最後の調べが、永遠のなかに消え果てた。

皆が拍手した。

いつまでも若く……

それにも終わりがあると、みんなわかっていた。

この一曲だけにしておいたほうがいいと心得ていたのだろう、ヘルマンは輪に戻ってオーレリアの手を取った。そしてオーレリアはセルヴォーヌの手を取ると、みんなが続いた……ニコラがわたしをにらみつけた。わかってるわよ、わたしはシンデレラとおんなじで、十二時までに帰らなくちゃならないのに、時間はもう大幅にすぎている。舞踏会の前に、名づけ親の仙女も来てくれなかったし。来たのはパルマ・ママだけ。

十二時には寝るのよ！

わたしはたった三歳年上なだけのお子ちゃまどもをユートピアに残し、キャンプ場に戻る坂道をいやいやのぼっていった。浜のうえに着いて最後に見たのは、紙ふぶきが散るように輪がほどけ、二人ずつ散らばっていく光景だった。ヘルマンはオーレリアの手を握り、マリア＝クジャーラはニコラの肩に頭をもたせかけている。セルヴォーヌはテスとキャンディに挟まれていた。

わたしはバンガローに着いた。足を引きずって砂利のうえを歩き、わざと大きな音を立てて冷蔵庫の扉をあけ、コップに水を注いだ。骸骨のついたベルトが戸棚にあたり、指輪がナイトテーブルのうえでくるくるとまわった。どうだったとママに訊かれて、「楽しかったわよ」と答え、人形の家みたいにちっぽけな部屋のドアを足で閉める。Tシャツを着たまま、窓をあけた。むっとするような暑さだったから。横になったけど、眠れなかった。がんばってみたんだけど。何時間もそうしていた。でも眠気は、いっこうにやって来なかった。パパとママは隣の部屋で、よく寝ているっていうのに。そこでわたしは起き出した。寝るときとは逆に、今度は音を立てないようにして……

バービー人形みたいに痩せっぽちの四十キロで、胸もなければお尻も出てないのも、人形の家の窓から抜け出すには役に立つ。

午前四時。わかってるって、好奇心の強い子ネズミみたいな真似はしないって、ニコラに約束した。明日、聖女ローザの日まではスパイしないって、心から誓った。ほかにしなければならない、大事なこともあるからって。イルカのことでお祖父ちゃんを説得したり、あれやこれやと……

でも、その件はもう片づいた。お祖父ちゃんは今朝、いいって言ってくれた。ナタルはびっくり仰天するでしょうね。

もうわかってるでしょ？　わたしの性格。ただ退屈して待ってなんかいられないって。

ビーチは閑散としていた。みんなどこかへ行ってしまい、キャンプファイヤーの火も消えかけている。残っているのはニコラだけだった。熾火の脇に腰かけ、暗闇のなかでひとり、ギターをつま弾いている。日の出の前に鳴く練習をしている、内気なセミみたいに。

ほかのみんなはどうしたの？　もう寝ちゃったの？

もうひとりはどこ？

その問いに答えるかのように声がして、彼女が水から姿をあらわした。ニンフかセイレーンかナイアドのように。みんな水の精だけど、どこがどう違うのやら。女の姿をした水の怪物も、最後は船乗りの網にかかってしまうんだ。

「いらっしゃいよ」

マリア＝クジャーラは水からあがりかけた。浜辺の熾火と空の月明かりで、まずはぼんやりした人影が見えた。それから輪郭が、くっきりとした影となって浮かびあがった。彼女はまだ、おへそのあたりまで水に浸かっている。

「いらっしゃいよ、ニコ」

「どうかしてるぞ。冷たいだろ」

わたしは暗闇に隠れて、魅了されたように眺めていた。そうだ、これなんだ。世のママたちが教えてくれないこと。わたしは今、それを学んでいるんだ。

「こっちに来て、これを奪って」

マリア＝クジャーラの腕が、目にもとまらぬ早業で動いた。そして気づいたら、彼女はビキニのトップを手に持っていた。

「さあ、これを奪って」

彼女は踊るように体をくねらせた。動きのひとつひとつが、計算しつくされている。影が体のカーブにぴったりと合わさり、彼女を愛撫した。隠れていた胸が突然露わになり、二つの乳房に光があたる。まるで黒い手袋をはめた手が、胸を揉みしだいているかのように。夜の闇が興奮ではち切れそうになるほど、影はそうやって乳房と戯れていた。

ニコラは立ちあがった。

じゃあ、こんなふうにするものなんだ。誘惑っていうのは。旋回。めまい。揺れる玉房(たまぶさ)。恋の駆け引きは、太古の昔からずっと変わらないの？

「間に合わないわよ」マリア＝クジャーラはしなを作って言った。

ビキニのトップが宙を舞った。水着じゃない、レースのブラジャーだ。それが濡れた砂のうえに、クラゲみたいに落ちた。

ほら、急いで、ニコラ……間の抜けたわが兄は、のんびりシャツを脱いでいる。たたんで足もとに置くつもり？　もしかしたらこれも、わざとゆっくりやってるのかも。これも駆け引きの一部なんだ。

わたしにはできない……わたしだったら、さっさと食らいついてるな。

「**もう一回、チャンス(セコンダ・ポッシビリタ)が欲しい？**」

またしても、同じ手品の始まりだった。透けたレースの小さな布切れが、マリア＝クジャーラの指の先で揺れている。体はまだ、お腹のあたりまで海に浸かっていた。彼女は褒美の品を掲げてしばらくじっとしていたが、やがて数歩前に出て、太腿を露わにした。ひらいた両脚を砂のうえで踏ん張り、水面にアーチを描いている。波と泡がそこに優しく跳ねをかけた。

ニコラは我慢しきれなくなって、パンツとズボンを脱ぎすてた。わが兄のお尻がちらりと見えた。失礼、夜の読者さん。置き去りにして悪いけど、わたし、そこで目をつぶってしまった。

目をあけたときにはもう、二人の姿は見えなかった。ただ水のなかから、笑い声が聞こえるだけで。戯れ合いながら、なにか小さくささやく声が。笑い声が止んだら耳をふさぎ、瞼をしっかり閉じようと思った。さもなければさっさと立ち去るか。

初めからそうするべきなんだと、わかっていた……

でも、もう遅すぎた。最初に出てきたのは、マリア＝クジャーラだった。一糸まとわぬ姿で。あり得ないほどの美しさだった。わたしには絶対に無理。あんなふうになれる女の子なんて、めったにいやしない。銀河じゅうの女の子たちから呪われるくらいに美しかった。

彼女はまだ笑っていた。ちょっとヒステリックな笑いだった。ニコのギターみたいに調子っぱずれで。そのせいで、セクシーな魅力が少し損なわれた感じだった。そうは言っても、まだまだ充分セクシーだったけれど。

彼女は二メートル先に投げ捨ててあるブラジャーとパンティ、それに白い亜麻のシャツを拾い集めた。

急いで、ニコ。せっかくつかんだ指の隙間から、彼女がすり抜けてしまうよ。

ちょっとずつ、ゲームが理解できてきた……ありがとう、クジャーラ。

彼女は服を着た。海から出てきたニコラは、素っ裸なのがちょっと恥ずかしそうだった。

サギみたいに片足で立ち、一生懸命ジーンズをはこうとしているわが兄に、マリア＝クジャーラは長々とキスをし……そして立ち去った。

彼女に追いつくには、片足跳びで走る世界チャンピオンでなければ無理だわね。

「**また明日、アモレ・ミオ**（ア・ドマーニ）」と美しきイタリア娘は言った。「**明日、わたしの鍵をあげるわ**（ドマーニ・トッフリロ・ミア・キアーヴェ）」

性悪女は走りながら、片方のビーチサンダルを投げた。

そして闇が彼女の姿をすっかり覆いつくすと、ニコラはそれを拾いあげた。わが兄は片手にビーチサンダルを持ったまま、呆（ほう）けたように立ち尽くしていた。ビキニのシンデレラを探すキャンパーの王子さまってところだね。

「また明日……」

明日は八月二十三日。

いや、もう朝の五時だ。すべてが始まる日は、すでに来ている。

＊＊＊

いつまでも若く（フォーエヴァー・ヤング）、と彼はつぶやいた。

若いうちに死なせて、さもなければ、いつまでも生きさせて（レット・アス・ダイ・ヤング・オア・レット・アス・リヴ・フォーエヴァー）

彼らには選択の余地すら与えられなかった。

46

二〇一六年八月二十二日　午後八時

オセリュクシア海岸から少し離れた生垣の陰からこっそり覗いていたならば、キャンピングカーの前に立つボディガードのところに、仲間が三人やって来たのかと思っただろう。三人ともボディガードに劣らず屈強な体格をしているが、風体はいささかいかがわしい。イタリア人女性シンガーについているボディガードは、チャコールグレーのスーツでぴしっと身を固めていた。けれども三人のうち二人は作業着姿で、もうひとりは黒っぽいジョギングウェアを着ている。浜にはほとんど誰もいないし、キャンピングカーは浜から離れていたけれど、近くまで寄って来る者がいたならば、思い違いに気づいただろう。

たしかに四人とも、黒っぽい顔をしているが……それはひとりが黒人で、あとの三人は目出し帽をかぶっているからだった。

マリア＝クジャーラは楽屋の窓から彼らを眺めていたが、やがて訪問客をふり返った。客はラズベリー色をした、革の肘掛け椅子の前に立っている。

「わざわざ雑木林（マキ）から、あんなゴリラを連れて来なくてもよかったのに」とイタリア女は言った。「彼らがいなくたって、あなたのためにドアをあけたわ」

クロチルドも前に進み出て、窓から四人の男のようすをうかがった。魔法瓶のコーヒーを分け合って、ずいぶんと打ち解けているように見える。ライフル銃も目立たないように、二つのごみコンテナに立てかけてあった。

お祖父ちゃんの一声は、効果満点だった。カピュ・ディ・ア・ヴェタ山からゆっくり降りたところで、カサニュはクロチルドの携帯電話で何人かの友達に電話をかけ、マリア＝クジャーラのボディガードをおとなしくさせる手筈を整えた。大変だったのは、むしろそのあとだ。カサニュは二時間も歩いたせいで、アルカニュ牧場に着いたときにはもうへとへとだった。そして庭に立つ柏の木陰の椅子に、どっかりとすわりこんだ。リザベッタは荒い息づかいを聞いて、夫に有無を言わせずパンエイロ医師に連絡した。カサニュはインフルエンザの予防接種をするときくらいしか、医者に診てもらおうとしないから。パンエイロ医師はすぐに救急車を呼び、バラーニュの医療センターで精密検査と安静療法を受けるようにと指示をした。クロチルドは担当の看護師が、今から気の毒だった。この先数日間、ベッドで横になっていなければならないと、真っ先にカサニュに告げねばならないのだから。約九十年間にわたり、彼は毎日数キロメートル歩き、数百メートル泳いでいるというのに、寝たきりでいるなんて耐えられないだろう。

クロチルドは、窓からマリア＝クジャーラに視線を移した。

「このあいだもコンサートのあとに、会いに来たじゃないの、マリア。でもお供がいなかったから、なかなかドアをあけてくれなかったわ」

「でもあの日は、こっちのブラッド・ピットも連れてなかったから」

そう言ってマリア＝クジャーラは、青りんご色の肘掛け椅子にすわったナタルの目を見つめた。

ぼさぼさの金髪に無精ひげを生やしたナタルは、なるほどブラッド・ピットに似ていないこともなかった。大急ぎでクロチルドのもとに駆けつけてきたのだろう、穴のあいたジーンズをはき、襟もとがだぶだぶのポロシャツを着ている。ハンサムでもの静かな彼は、猫を思わせるしなやかな力強さを発散していた。クロチルドはカサニュの命を受けてドアの前に立つ、熊のように粗野な男たちとは対照的だった。

マリア＝クジャーラはせっせとそれを掻き立てた。彼女は胸を焦がす嫉妬の熾火を消そうとしたが、彼女は化粧台の前に置いたスツールに腰かけた。大きな鏡、流しと水道、ラメや琥珀（こはく）の入った色とりどりのガラス瓶が十本ほど、ブラシ、赤、紫、黄土色とありとあらゆる色合いの口紅。

「昔の友達が不意に訪ねてくれるなんて、こんなに嬉しいことはないわ」とマリア＝クジャーラは続けた。「でも、ごめんなさいね。支度をしなくちゃいけないから。コンサートはあと二時間で始まるわ……みんながわたしを待っているの」

彼女は鏡にむかって、おどけたようにウィンクをした。若者たちは、彼女がすけすけの白い水着でプールに飛びこむのを見に来ているのだ。ちゃんとわかっているのだろう。クロチルドはもう一度外を見て、目出し帽をかぶった男たちを確かめると、キャンピングカーのカーテンを閉じた。

「悪いとは思ったけど、どうしてもあなたに会わねばならなかったから……」とクロチルドは言った。

マリア＝クジャーラは豹柄のガウンをするりと脱ぎ、打ち捨てられた狩りの戦利品みたいに椅子にかけた。パンティと赤いブラジャー姿になった彼女は、肩に入れたバラのタトゥーからお尻の割れ目まで、背中を丸見えにさせた。鏡には、正面から見たもっとみだりがましいかっこうも映っている。

ナタルはまわりに並ぶ模造大理石の家具さながら、平然と構えていた。テーブル、整理ダンス、丸い小卓、ビーナスとキューピッドの像。絵に描いたような俗悪さだ。金持ちの老人を相手にする高級娼婦の部屋ってところかしら、とクロチルドは思った。少し意地悪い見方かもしれないけど、人工皮革や合板といい、傷隠しの壁掛けといい、いかにもって感じの雰囲気だわ。

「二十年間も、5チャンネルでチョイ役を演じてきたんだから、ちょっとやそっとのことでは動じないけど」マリア＝クジャーラは冗談めかして言った。

ブラシやコットン、ファンデーションが、すばやく指のあいだを行き来した。皺を伸ばすための二時間ってわけね。

「そんなに急を要することなら」とマリア＝クジャーラは続けた。「さあ、時間を無駄にしないで」

かった。彼女はセルヴォーヌ・スピネロの話と自分自身の記憶を、すり合わせながら聞いていた。一九八九年八月二十三日。ディスコに繰り出そうというニコラの計画。彼はフエゴの助手席にマリア＝クジャーラを乗せ、試し運転をした。そして、事故が起きた。一見、軽い事故だった。車はなんともなかった。ステアリング、ボールジョイント、ナット、リンクロッド以外は。

クロチルドが話し終えると、マリア＝クジャーラはキャスター付きのスツールを優雅に回転させた。クロチルドは独白のあいだ、イタリア人女歌手が化粧するようすを見ていなかった。くるりとふり返った顔は、すばらしい仕上がりだった。三十歳の歌姫(ディーヴァ)が、見事に作りあげられている。赤くなめらかで肉づきのいい唇、大きな黒い目、輝く頬骨、丸いすべすべとした額。これからフェリーニの映画でトレヴィの泉に飛びこもうという、若い女優のようだ。まさかビニールプールで泳ぐさまを、ｉＰｈｏｎｅのビデオ・モードで撮られるとは思えない。

マリア＝クジャーラはジャスミン色のカーペットのうえでスツールを移動させ、クロチルドの手を取って答えた。

「もちろん、あなたのお兄さんのことはよく覚えているわ。ニコラは魅力的で、個性的で、ハンサムだった。ううん、それ以上。なんていうか、優しさにあふれていたわね。あきれるくらいに。女の子を誘惑するのも下手なら、ギターを弾くのも下手。服を脱ぐときだって、子供みたいにおずおずとしちゃって。でも事故の前の晩、彼はとってもすてきだった。ちょうどここ、オセリュクシア海岸で、キャンプファイヤーの近くで」

　クロチルドはそっけなく口を挟んだ。

「だったらどうしてニコラは、とってもすてきで魅力的なニコラは、なにも言わなかったの？どうして思いきって、父に打ち明けなかったの？　どうして事故のことを告白するより、黙って数時間後、あの車に乗ることを選んだの？」

「ニコラがそんなこと、言うわけないでしょ」

　クロチルドがふりあげた手を、マリア＝クジャーラはしっかり押さえた。

「ニコラがそんなこと、言うわけないでしょ」と彼女は繰り返した。「だって、そうじゃない……」

　クロチルドの目から、涙が流れ始めた。彼女は左手で、隣の肘掛け椅子にいるナタルの手を探った。右手はマリア＝クジャーラの指に、真っ赤に塗った鷲の鉤爪にがっちりとつかまれ、火照っている。

「セルヴォーヌ・スピネロの話も、まったくのでたらめじゃないわ。たしかにわたしは、ニコラがちゃんと運転できるかどうか、前もって確認しておきたかった。だから彼はフエゴのキーをそっと持ち出し、軽くガレリアまで試し乗りしてみようとわたしに持ちかけた。けれどもその後の展開は、キャンプ場の支配人が言うこととはちょっと違うわ。ニコラは注意深く、慎重に安全に運転した（鉤爪がクロチルドの指をそっと包んだ。マリア＝クジャーラの爪は、猫みたいに突き出たり引っこんだりするらしい)。実を言えば、けっこう難しいテストだったのよ。わたしは彼の首にキスをしたり、ショートパンツの下に手を這わせたりしたんだから。自分のショートパンツも、ちらちら触ってみせたりしたわ。けれどもニコラは動じず、無事キャンプ場の駐車場まで戻ってきた。道からはみ出すなんてことは、一度もなかったわよ」

クロチルドはセルヴォーヌの言葉を脳裏に甦らせた。ニコラは身をかがめてエンジンの下を覗きこみ、《大丈夫、なにも問題ない》と繰り返しながら、真っ黒な手をマリア＝クジャーラの白いレースのドレスに近づけた。彼女はあとずさりし、ずけずけと文句を言って逃げ出した。

誰が嘘をついているのだろう?

声が震えた。

「セルヴォーヌは、あなたと兄が駐車場で話し合っているのを見たと言っているわ」

「そのとおりよ……正確な言葉は、もう覚えていないけれど。わたしは車を降りると、「テストの結果は申しぶんなしだって」ニコラに言った。夜になったら、いっしょに車に乗ってもいいって。でも、ひとつだけ条件をつけたの……」

クロチルドの手を押さえているマリア＝クジャーラの指が引きつった。まるで電流が伝わったかのように、ナタルの手のなかでクロチルドの指も引きつった。

「ひとつだけ条件をつけた。わたしたち二人きりで行きましょうって。ほかの連中は乗せないで」

マリア＝クジャーラの言葉は奇跡的な効力を発揮した。どんなにひどい頭痛もたちどころに鎮める、アスピリンのように。

すべてはセルヴォーヌ・スピネロのでっちあげだった。

ニコラはなにも悪くない。なんの責任もなかった。事故の話は忌まわしい中傷にすぎなかったんだ。

クロチルドは泣くのを必死にこらえていた。そして今、穏やかな幸福感が彼女の心を満たした。いっぽうマリア＝クジャーラの目からは、涙が止めどなく流れ落ち、苦労して仕上げた化粧を台なしにした。黄土色の白粉（おしろい）が、皺の一本一本に入りこんでいる。

「わたしはあなたのお兄さんを、ずっと待ってたのよ、クロチルド。翌日になるまで、ずっと。いちばんきれいなドレスを着て、目のまわりにきらきら輝く星を降らせ、髪にバラを挿して、ひと晩じゅう待っていた。彼こそわたしの最初のひとなんだと、心に決めて。ほかの誰でもなく、彼こそが。ええ、星空の下でずっと待っていたわ。その星がひとつ、またひとつと消えていくまで。そして最後の星が見えなくなったとき、こう思った。あいつは最低のくそ野郎だって。わたしは男たちをみんな、心底軽蔑しながら、家に帰って寝たわ。目を覚ましたとき、初めて知ったの、事故のことを……信じられなかった（真っ赤な爪が手に刺さったけれど、クロチルドはそのままにしていた）。わたしはいろんな男としょっちゅう寝てるけど、誓って言うわ、クロチルド、そのたびに思うのはあなたのお兄さんのこと。もしわたしが作家なら、それは本の冒頭に掲げる献辞みたいなものかもしれないわね。ええ、そう、クロチルド、彼が経験することのなかったセックスという小さな死を、わたしは毎回忘れずに捧げているのよ。わたしはそれを、彼に与えずに終わってしまった。愚かにも、つまらない挑戦心から。わたしが今、どんな男たちも受け入れ、今夜ベッドに連れこめる相手を明日まで焦らしたりしないのは、ニコラに許して欲しいからなのよ」

マリア＝クジャーラはそう言いながら、ずっと泣いていた。けれどもクロチルドは、もう聞いていなかった。彼女はいくつかの真実に、意識を集中させていた。

マリア＝クジャーラは嘘をついていない。それは明らかだ。

ということは、すべてセルヴォーヌ・スピネロの作り話だったんだ。

どうしてそんなことをしたのだろう？

嫉妬心から？　悪意から？

セルヴォーヌの思いつきは、さほど複雑なものではない。二つの明らかな事実を、結びつければいいだけだ。フエゴのステアリング・システムに不具合があった理由を説明するため、彼は事故の話をでっちあげた。けれどもセザルー・ガルシア軍曹は、ナットがはずれてリンクロッドが落ちたのだと断言していた。それにセルヴォーヌの話にあった、ボールジョイントの傷については触れていなかった。あくまで人為的な工作だというのが、軍曹の意見だった。両親の事故の原因について、嘘をつかねばならない者がいるとしたら、その工作をした張本人以外あり得ないのでは？

マリア＝クジャーラは立ちあがり、化粧がめちゃめちゃになった顔を鏡に映して微笑んだ。

「あと少しで開演だから、新たな傑作を描き直している暇はないわね（彼女は鏡にむかって舌を出した）。でもまあ、むこうも気にしちゃいないでしょ。観客が見に来ているのはわたしのきれいな目じゃないんだから」

毎日、慣れた同じ動きをする職人のように、彼女は片手ですばやくブラジャーをはずし、もう片方の手でハンガーに掛かっている白い水着を取った。

「フランス語、イタリア語、英語で書かれた契約書の第一条には、『ボーイズ、ボーイズ、ボーイズ』の第二節の終わりで、プールに飛びこむことって明記されているのよ。さらに第一条には、ビキニのサイズは80のCカップと指定されているわ」

マリア＝クジャーラはこれ見よがしに胸をナタルにむけていたけれど、クロチルドはもう嫉妬はまったく感じなかった。彼女の打ち明け話を聞いて、クロチルドの胸に限りない共感が生まれていた。

「さあ、ブラッド、遠慮しないでよく見て。プライベート上演よ。どうせこの胸は、わたしのものじゃないんだから、楽しんでちょうだい……ええ、まだわたしのものじゃない。片方三千五百ユーロ、十年ローンで借りなくちゃならなかったから。青春の代償をクレジット払いするなんて、すごいことを考えつくものよね」

小さな白いビキニのトップをつけようと身をくねらせながら、マリア＝クジャーラはクロチルドにむかって言った。

「わたしのことを恨まないでね。あなたはわたしと数歳しか違わないはずだけど、とってもかわいいわ。それに魅力的な目をした恋人もいて。だから、悪く思わないで。男たちはあなたの微笑みと活気と気品を愛するけど……わたしは十五歳のときから胸ばっかり見られてい
る。男はそれしか見ないのよ。言うなれば、胸がわたしのアイデンティティってこと。左右二つのアイデンティティ」

マリア＝クジャーラはそう言って大笑いした。

今度はクロチルドのほうから、彼女の手を取った。

「あなたの歌はすばらしいわ、マリア。この前、あなたが歌った『いつまでも若く（センプレ・ジオヴァニュ）』を聴いたけど、とても感動的だった。それが男たちを引きつけたのよ、あなたの歌が。体じゃなくて」

過去形で言ってしまったのを、クロチルドはすぐに悔やんだけれど、マリア＝クジャーラは気づかなかったらしい。あるいはただ、聞き流しただけかもしれないが。

「ありがとう、嬉しいわ。そろそろ失礼するわね。プールの時間だから……」

彼女はまた大笑いすると、最後にもう一度ナタルを見つめた。ずり落ちかけた水着から、不自然なほど左右対称のくすんだ乳房が覗いている。彼女は水着を直し、口笛を吹きながらドアにむかった。今度は鏡に目もくれずに。

ボーイズ、ボーイズ、ボーイズ。

*

クロチルドとナタルがキャンピングカーから外に出ると、目出し帽の男たちは夜の闇に消えた。ナタルはビーチに急ぐ人群れに押し流されないよう、クロチルドの手を取った。ダンス好きの若者たちが、興奮気味にディスコのステージへむかっていく。彼らに逆らって歩くのは、地下鉄の通路でUターンするようなものだった。クロチルドはナタルに手を引かれたまま、じっと考えこんでいた。

十代、二十代の蛍光色に輝く騒がしい若者たちは、カーニバルの群衆さながらだ。けれどもクロチルドは気が散るどころか、かえって心が落ち着いた。まわりに蠢く人波から抜け出し、静かに彼らを見下ろしているような気分だった。

ニコラが両親を殺したんじゃない。

フエゴのステアリング・システムには、何者かの手で細工がされていたのだ。

だとするとセルヴォーヌ・スピネロは、怪しいなんてものじゃない。ずばり犯人だと断言してもいいくらいだ。殺された父と母、兄の復讐を果たさなければ。それにまだ、解明すべき謎も残っている。セルヴォーヌ・スピネロを問い詰め、白状させてやる。どうしてバンガローからわたしの財布を盗んだのか？　どうして朝食の支度をしたのか？　どうしてPと署名した手紙を出したのか？　二十七年前の殺人事件を隠蔽するため？　必ずすべてを明らかにし、わたしの人生を立て直そう。

《トロピ＝カリスト》のネオンから遠ざかるにつれ、浜辺で踊る人々はだんだんと減っていった。やがてすれ違うのは、あちらこちらに散らばる若者グループだけになった。クロチルドはその機に携帯電話を取り出した。

セルヴォーヌのことは、とりあえずあとまわしだ。

明日の朝、夜明けとともに攻めよう。

その前に、夜を無駄にしたくなかった。

クロチルドはナタルの手を放し、数歩遠ざかった。ナタルは少し離れて立ったまま、若者たちのグループを眺めていた。男女入り交じってまわし飲みをしている酒瓶を、うらやましそうに目で追っている。

今、どこ?

クロチルドは携帯電話の《繰り返し》キーを押した。彼女はこのメッセージをフランクとヴァランティーヌに、今日一日でもう十回ほど送っていた。けれども娘と夫からはなんの返事もない。彼女はしばらく待ったものの、やはり返信は表示されなかった。

オーケー、沖ではネット回線が通じないのかもしれないわ。どうせ夜は、船を泊めているだろうし。ヴァランティーヌがろくすっぽ返事をよこさないのは、毎度のことだ。こっちが十通メールを送って、ようやく一通返ってくるくらい。昼間はもっと少ない。

でも、フランクは……

クロチルドはもう一度、返信のない携帯電話の画面に目をやってから、暗く閑散とした浜を見あげた。毛むくじゃらの怪物みたいなぎざぎざの岩が、あたりを囲んでいる。石をまたぐたびに、ウミウイキョウの茂みが足の下できしむような音をたてた。浜辺の数メートル先、闇に眠る岩礁の脇に、小さな釣り船が見えた。擦り切れかけたロープで錆びた鉄輪につながれたアリオン号が、静かな波に揺られて二人を待っている。

背後で鳴り響く音楽が、陸風よりも強く彼らを海へと押しやった。

クロチルドはナタルの手を握った。

「船まで連れていって」

ナタルは微笑んで彼女を見つめ、なにも言わずにズボンのすそを膝までたくしあげた。彼はクロチルドの手を引いて、暗闇のなかに誘(いざな)った。砂のうねりやよじのぼる岩をすべて、空(そら)で覚えているかのように。それから彼は突然、クロチルドを腕に抱えて水に入った。ボートまでの数メートルを、彼女が濡れずに越えられるようにと。

絶対に濡らしてはいけないダイナマイトみたいに抱きかかえたまま、クロチルドをアリオン号に乗せようとしたとき、波が彼の胸のあたりまで押し寄せた。持ちあげていたダイナマイトは、一瞬にして湿った爆竹と化してしまった。二人はずぶ濡れになって船の底に転がった。そうやって寝そべっていれば手すりに隠れて、ビーチで踊る何百人もの人々からは見えないだろう。

《デペッシュ・モード》のナンバーを奏でるエレクトリック・サウンドが、波音にリズムを刻んでいる。

　海風が冷たい。

　クロチルドは陶酔感に浸っていた。長い悪夢も終わりに差し掛かっている、あと数時間で真実が明らかになるような気がした。セルヴォーヌを問い詰めれば、しまいには口を割るだろう。彼女の母親はまだ生きていて、何年間もずっと娘を待ち続けていたのだと告白するのではないか。馬鹿げた考えだと、自分でもわかっていたけれど。

　クロチルドは寝そべったまま、最後にもう一度携帯電話に目をやった。やはり連絡は入っていない。彼女は蛇が脱皮するみたいに体をくねらせ、濡れたショートパンツを脚に沿ってずり下げた。ストリップティーズじゃ、マリア＝クジャーラに負けるわね。彼女は気持ちを落ち着けようと、そんなふうに自分を茶化した。

「イタリア美人に興奮したんじゃない？」

　ナタルも蛇みたいにもぞもぞと動きながら、太腿に張りついたショートパンツを必死に剝（は）がそうとしている。ポロシャツはもう脱ぎ終え、上半身を拭って甲板の手すりに注意深くかけてあった。

「そりゃまあ……とってもね（モルト・モルト）」とナタルは答えた。「きみもぼくのことをブラッドって呼んでくれたら……」

「お断りよ！　だってわたしにとってあなたは、これからもずっとジャン＝マルクだもの。『グラン・ブルー』のなかでイルカと戯れていたジャン＝マルク・バールよ」

あとは二人ともなにも言わず、寄り添って寝そべったまま黙って残りの下着を脱ぎ捨てた。クロチルドは濡れて冷たい体を、ナタルの体に押しあてた。彼がうえになったり、わたしがうえになったりは無理そうね。こんなふうに横に並んだまま、愛し合わねばならないんだわ、とクロチルドは思った。いつかまたどこかで、愛を交わす日があったら、やっぱりこうやってとんでもない場所を選んで、缶詰のイワシみたいに（このイメージに、彼女は思わず笑ってしまった）することになるのだろうか。車がぶんぶん通る街道脇の草むらとか、ヴェネツィアへむかう寝台車の上段とか、公演中の舞台の下とか……

船はゆっくりと揺れた。

彼女の人生もまた。

＊

「船を舫(もや)っているこの綱、ほどいてしまわない？」

クロチルドとナタルは裸であおむけになり、アリオン号の底に寝ころがっていた。それは海が優しく揺らす、星空の下のゆりかごのようだった。クロチルドはもう、何百、何千とある星のなかからベテルギウスを見分けられなかった。

「この綱、ほどいてしまわない？」と彼女は繰り返した。

アリオン号はロープ一本でつながれているだけだった。ナイフでも歯でも、尖った爪でもいい。それで陸から切り離すことができる。

聖堂のような静けさの彼方から、マリア＝クジャーラがアカペラで歌う『いつまでも若く（センプレ・ジオヴァニュ）』が微かに聞こえてきた。クロチルドはこの歌を待って、ナタルとひとつになるつもりでいた。そのほうが、喜びが高まるような気がして。三十年近くも待っていた瞬間。青春の幻、人生の幻。だから最後にもう少し、我慢しようと思っていた。けれども、待ち切れなかった。あと数分の我慢ができず、『ジョー・ル・タクシー』を聴きながら快感の頂点に達してしまった。

せっかくがんばったのに。

この綱、ほどいてしまわない？　とクロチルドは、今度は頭のなかで繰り返した。

ナタルは返事をしなかった。

クロチルドはこれ以上、たずねるつもりはなかった。

二人は時間の感覚がなくなるまで、黙って流れ星を探していた。

少なくとも、クロチルドはそうしていた。

「もう行かなくては、クロ……」

無数の星が躍っている。悪戯好きの神様がふざけて、掻きまわしたみたいに。

「家に帰るの？」

「オーレリアの夜勤が零時に終わるから、帰ってくる前に家にいないと」

夜空に散らばる星のなかからベテルギウスを、王子さまの惑星を、双子座のカストルとポルックスを見つけること。太古から愛を喚起し続けた星ならなんでもいいから。

「どうして、ナタル？」

また船が揺れた。けれどもそれはナタルが腹ばいになって、ショートパンツとベルトを捜しているからだった。朝になっても酔いが醒めていない恋人ってところね。

「どうして何年もずっと、彼女と暮らしてこられたの？」

ナタルはクロチルドに笑いかけた。それは《本当に知りたいのか？》とたずねるかのような笑み、クロチルドには抗いきれない笑みだった。

「きみには納得いかないかもしれないが、オーレリアはとても努力して、ぼくに寄り添ってくれている。ぼくの人生に寄り添い、それを支えてくれる。オーレリアは几帳面で、思いやりがあり、正直で、まっすぐで、頼りになって、優しくて……」

クロチルドはまばゆい星の光で、網膜を焼ききってしまいたかった。鉄板のうえを金属棒の先でこするような金切り声を抑えることができない。

「いいわ、もうわかった。そうなんでしょうとも」

彼女は声がうわずらないよう、気持ちを落ち着けようとした。

「だからって、わたしの疑問に変わりはないわ。あなたがオーレリアについてなんと言おうが、わたしには理解できない。だってあなたが彼女を愛しているとは、どうしても思えないの」

「だから？　だから、なんだっていうんだ、クロ？」

＊

さあ、行って、見てきて(ゴー・ゴー・アンド・シー)、愛しいひと(マイ・ラヴ)

＊

ナタルは帰っていった。クロチルドが服を着終えて数分したところで、携帯電話にメッセージが入った。

フランクからだった。


万事快調。

予定どおり、数日後に帰る。

愛している。

ナタルと交わした言葉が、まだ胸にわだかまっていた。自分自身の人生を映す鏡のように。

「あなたが彼女を愛しているとは、どうしても思えないの」

「だから、なんだっていうんだ？」

47

一九八九年八月二十三日水曜日　バカンス十七日目　アクアマリン色の空

いよいよ、待ちに待った日が来た！

昨日と明日の読者さん、八月二十三日のことはずっと前から話してきたけど、今日がその日ってわけ。

聖女ローザの日。優しさの目覚め、約束の宵、官能の夜。

お馬鹿なわが兄ニコラにとっては歓喜（ジュイール）の日（ジュール）。それについては、改めて説明するまでもないよね。パパとママにとっては嘘（マンソンジュ）にまみれた水曜日（メルクルディ）。二人は出会いを記念して、まだ愛し合っている、愛は存在すると偽りの誓いを立て合う。そう、愛は大人たちにとってサンタクロースのようなものだ。恋人たちが眠ったあと、暖炉の下に、しわくちゃの冷たいシーツのなかに、プレゼントを届けてくれるサンタクロース。

どうぞご勝手に！　わたしはサンタクロースを信じてる。

小さいころ、休み時間の校庭で友達が言った。サンタクロースはいないって。でもわたしは、聞こうとしなかった。

いつか恋人と別れるとき、愛は存在しないって言われても、わたしはきっと耳をふさぐでしょうね。

誓ってわたしはサンタクロースを信じてる。宇宙人も、一角獣も、人魚も、人と話ができるイルカも信じてる。

ナタルもそれを信じてる。

わたしは彼にむかって走った。

カサニュお祖父ちゃんとの交渉結果を伝えるため、スタレゾ港でナタルと待ち合わせをしていた。アルカニュ牧場の柏、バラーニュの熊、カピュ・ディ・ア・ヴェタ山の鷹（たか）、ルヴェラタの守護神をわたしは手なずけ、口説き落とした。オセリュクシア海岸のイルカ保護区計画に、お祖父ちゃんはオーケーを出してくれそうだ。そうしたら、キス一回じゃ足りないね。キスは毎日、それにアリオン号で沖に出て、イドリルやオロファンといっしょに心ゆくまで泳がせてもらう。ほかにもいろいろ約束してもらわなくちゃ。大人になったわたしのために。もうサンタクロースは信じなくても、まだ愛は信じているわたしのために。

わたしはルヴェラタ半島の稜線に沿って小道を進んだ。北東にむかって急な坂道を下れば、スタレゾ港に出る。北西に行けばピュンタ・ロサへ、まっすぐ前に進めばルヴェラタ灯台まで小道は続いていた。ここは半島のなかでいちばん高く、いちばん狭いところで、四方に海を見渡せる。ここでしゃがんでおしっこをしても、わたしが降らす小雨がどっちの海に注ぎこむか、見当がつかない。西側の断崖から滝のように流れ落ちるのか、東側の海岸へむかう小川となるのか。

そんなことを考えただけで、歩みが緩んだ。すばらしい景色を前にして、思わず足が止まるように。半島の赤、海の青。その変化に富んだ色調は、どんな巨大なパレットからもたらされたのだろう。神様はきっとひげもじゃの画家で、三本の絵筆とイーゼルでこの世界を創り出したんだ。どう、すてきな考えでしょ。スタレゾ港の家々に目を凝らしたけれど、薄紅色の岩に挟まれてほとんど見えなかった。まるで断崖に穿(うが)たれた、四角い洞窟のよう。アリオン号は停泊していなかった。

わたしは立ち止まり、じっと海を見つめた。太陽のかけらみたいに黄色いフェリーが一隻浮かんでいる以外、船の姿はまったくない。どうしようか。いちばんいいのはこの小道で風に吹かれながら、のんびり水平線を眺めていることだ。ナタルの船は、いずれ港に戻ってくるだろう。わたしは《ボン・ジョヴィ》のキャップをうしろにずりさげ、サングラスをかけて石のうえに腰かけた。

「恋人を待ってるのか?」

背後からいきなり声をかけられて、わたしは飛びあがった。

「誰のこと」

「おまえが恋焦がれている男さ。ずっと年上のな」

声の主はセルヴォーヌ・スピネロだった。そうか、このゲス野郎、わたしをスパイしていたんだ。ナタルのことも、もうよく知っているみたい。もしかして、父親のバジルが余計なことをしゃべったのかもしれない。だとしたら、驚きだけど。

「恋焦がれてるだって？　冗談じゃないわ。ナタル・アンジェリの仕事を手伝ってるだけよ」

「じゃあ、そうしとけ。アンジェリは年増好みみたいだから」

こんなやつを相手に、言い返すのも馬鹿馬鹿しいくらいだ。セルヴォーヌはルシザ入江にじっと目をむけている。ルヴェラタ半島の南にある湾だけど、風がいいとかでウィンドサーファーが集まるの。バラーニュ地方じゃ最高のスポットだって、ウェットスーツの連中が言ってた。あいつら、ときどきユープロクト・キャンプ場のトイレを勝手に使いに来るのよね。

「いいか」とセルヴォーヌは続けた。「こっちはアンジェリの思惑なんか、お見通しさ。オバさん連中は金を持ってるってことさ。むこうに入江が見えるだろ？　ほら、みんながウィンドサーフィンをしている入江だ。おれはあそこで商売を始めようと思ってる」

セルヴォーヌの言うとおり、入江の沖合にはウィンドサーファーが馬鹿みたいに群れている。色とりどりの帆を立てた狂乱の舞いってところね。でも、いったいどこに、店なんか作れるの。ルシザ入江は岩と石ころだらけなんだから。砂浜っていうより、地面に積もった砂の山が、風に吹かれて動いているだけ。

わたしはあっちの海こっちの海と目をやり、アリオン号が戻ってこないかうかがっていた。

「ルシザ入江の浜なんて、なにもないじゃない」

「そうとも。だからあそこに海の家を建ててるんだ。日陰で読書できるパラソルや、子供たちの遊び場があるような」

思わず怪訝(けげん)な顔で、見返してしまった。読書とか子供とか、およそセルヴォーヌらしくない言葉だもん。

「それでお金儲(もう)けをしようってわけ？」

「誰が金の話なんかしてる？　おれが考えてるのは、言ってみりゃ壮大なナンパ計画さ」

こうして彼は、その計画とやらを語り始めた。ちょっと長くなるから覚悟して。それに一語一句、セルヴォーヌが言ったとおりじゃないけれど、彼がどういう人間かわかってもらえると思う。セルヴォーヌも彼なりに才能はあるんだろうけど、結局ろくなもんじゃないってこと。計画はうまく行くかもしれない。でも、それで得をするのは彼ひとり。

お祖父ちゃんとは正反対。それにナタルとも正反対。

「いいかい、クロチルド。おれは何年も前から、この入江を観察し続けてきた。ルシザ入江へ最初にウィンドサーフィンをしに来た連中は、若くて独身で子供もいなかった。真っ黒に日焼けして筋骨たくましい、冒険家タイプの男たちと、カリフォルニアかオーストラリアかハワイにでもいそうな、スポーツ好きの魅力的な女たちだ。本当はリヨンやストラスブール、ブリュッセル出身かもしれないけどね。彼らはここで出会い、情熱をともにし、互いに惹(ひ)かれ合って恋に落ち、激しく愛し合って結婚し、やがて子供がひとり、もうひとりと生まれ、ワンボックスカーを買ってウィンドサーフィンのボードを屋根に積み、子供を乗せてビーチに戻ってくる。もちろん毎年、同じビーチ、同じスポットに。ただ、ずっと観察をしていて気づいたことがある。男は決してウィンドサーフィンに対する情熱を失わない。決してだ。けれども女は、子供とビーチに残っている。パパはどこ？　ほら、あそこ、猛スピードで走っていく大きな赤い帆がパパ。彼女はスコップやバケツ、水のボトルを持って夫を待ち続ける。海の家があれば、そこで本でも読むだろう。彼女は退屈している。誰か近くに男がいれば、おしゃべりもするはずだ。気さくなウェイターとか、地元の若者とか。遊具が二つ、三つ備えてあれば、子供はそれに夢中になっている。二歳にもなれば、ひとりで回転遊具によじのぼり始める。砂浜で転んだ愛児を抱きあげるのも、六歳かせいぜい八歳まで。そのあと子供はヒーローである父親とともに、波のうえを滑り出す。海からあがった子供は、母親に言う。《ママ、見たでしょ？　パパと遊んでとっても楽しかったよ》って。彼女は微笑み、幸せを感じるだろう。よかった、少なくとも夫と子供は楽しんでるってね。けれども彼女自身は、かれこれ十年もウィンドサーフィンをやっていない。一年間ずっと、この三週間のバカンスを心待ちにしていた。そして今、ひとり浜に残り、ただ夫と息子が戻ってくるのを待っている。夜は彼らのウェットスーツを広げたり、補修したりするだけ。もっと続けようか、クロチルド。でも、攻撃プランはもうわかったはずだ。あんなに美しい女たちがひとりで退屈している場所は、世界中探したってどこにもないだろうさ。がっちりした男たちが沖に出ているあいだ、女たちが待っているこの浜以外にはね。チャンスに恵まれない男たちは、しかるべき場所を選ぶしかないんだ」

なんとも怪しげな分析。わたしは振り子のように動かした目をセルヴォーヌの顔にむけ、まじまじと見つめてしまった。アリオン号はあいかわらず、影も形もない。

彼はさらに追い打ちをかけた。

「文句があるなら、かまわない。サーファーでも探検家でも宇宙飛行士でも、好きな相手を見つければいいさ。せいぜい、月旅行の約束でもしてもらえ。話はそれからだ。でもおれは、ルシザ入江で相手を探す。おれにはもったいないような美人で、優しくて、働き者の女の子をね」

「あなた、どうかしてるんじゃない」

わかってる、そんなこと言うべきじゃなかったって。でも、思わず口から出ちゃったのよ。サーファーの奥さん代表みたいなつもりだったんだ。サーファーだけじゃなくて、船乗りや長距離トラック運転手、兵士の妻、愛する人を待って暮らすすべての女たちの代表みたいな。

セルヴォーヌは見るからにむっとしていた。

「馬鹿はおまえのほうさ。ナタルに何を期待してるんだ？　水平線をいくら見たって無駄だぞ。どうせまだ戻ってきやしない。アリオン号がどこへ行ったのか、教えてやろうか？　おまえの恋するナタル・アンジェリがどこへ行ったのか？　おまえのママといっしょに、沖へ出たんだ。そうさ、今ごろおまえの天使が投げ捨てたママの下着を、イルカたちがぱくついているんじゃないか」

セルヴォーヌを黙らせたかった。わたしは水平線をゆっくりと滑っていく白い帆を、呆けたように見つめていた。ヨット。ヨットばかり。トロール船は一隻もない。それでもセルヴォーヌは言葉を続けた。

「悲しむことないさ。ママを恨むんじゃない。彼女は美人でセクシーだからな。禁欲生活をするなんてもったいない。それにわざわざ沖に出て、アンジェリとことに至るくらいのデリカシーは持ち合わせているし。父親のほうとは違ってな……」

「わたしのパパがどうしたっていうわけ？」

けれどもゲス野郎は、勝ち誇ったような顔をしただけだった。それ以上、ひと言もつけ加えず、右側のスタレゾ港をただじっと見つめている。アリオン号はあそこから出航したんだ。セルヴォーヌは〝税関吏の小道〟を目で追い、半島の先端、ルヴェラタ灯台の前でぴたりと止まった。

そして彼は言った。

「ここでは灯台もなにも、すべてイドリッシ家のものだ。だからおまえの父親は、灯台の鍵を持っているはずさ」

わたしはセルヴォーヌを残して歩き出した。

百メートル先の灯台にむかって、小道を進んだ。

そっとドアを押してみる。鍵はかかっていない。

なかに入ると、押し殺したような笑い声が聞こえた。

わたしはうえを見あげた。

螺旋(らせん)階段をゆっくりとのぼるうち、めまいに襲われた。渦巻状の階段や暑さ、高さのせいじゃない。小窓の前を通るたび、切り立った崖の先端にいるのだと思い知らされるからでもない。

わたしはめまいに襲われた。

ここにいるのは二人だけだと、無邪気に思いこんでいたから。

パパと愛人。

その二人だけだと。

＊　＊　＊

待ちに待った日、と彼は繰り返してノートを閉じた。

証人たちが告白しなければならない日……あるいは、永遠に黙らねばならない日。

48

二〇一六年八月二十三日　午前八時

セルヴォーヌ・スピネロは早起きが好きだった。客たちが目を覚ます前にキャンプ場を歩きまわり、人気のない通路を抜けてテントから聞こえるいびきやため息に耳を澄まし、冷めたバーベキューセットの下に転がるワインの空瓶を数え、シュラフにもぐっているキャンパーの脇をそっと通りすぎるのが好きだった。領地を見てまわる城主みたいだ、と自分では思っていた。農民たちと挨拶を交わしながら、今年の収穫も悪くなさそうだと確かめて歩く城主。このわたしがいるから、秩序と調和が保たれているんだ。

それでも、極端な早起きというわけではない。

朝七時半に目覚め、七時四十五分にベッドから飛び出す。

妻のアニカは毎朝、彼よりたっぷり一時間も早くから仕事に入っていた。受付で帳簿をつけたり、ストックの管理をしたり、客の出入りをチェックしたり。そうやって夜明けから待機して、朝食や朝刊を希望するキャンパーや、どこに遊びに出かけようかという相談に応対しなければならない。

彼女は完璧だった。

セルヴォーヌがコーヒー片手に前を通っても、アニカはエクセルの画面から顔をあげなかった。陰でみんなが噂し合っているのを、彼も知らないわけではない。アニカはちょうど四十歳になったところだが、若者のようにエネルギッシュだった。納入業者とは堂々と渡り合い、子供たちには優しく忍耐強く、男性客にはにこやかで、女性客とは愛想よくおしゃべりをする。そのうえコルシカ語とカタロニア語を含む、ヨーロッパの六か国語が話せた。彼女はモンテネグロからルシザ入江に流れ着いた、元ウィンドサーファーだった。セルヴォーヌは彼女を恋人から奪い取った。捨てられたコソボ出身の成金男は、シボレーの四駆でひとり出ていった。もちろん、みんな不思議がった。あんなに魅力的で有能で頭のいい女性が、どうしてあのろくでなしと結婚しているんだろう?

つまり、このおれと!

正直なところを言えば、セルヴォーヌも毎朝、同じことを自問していた。二十年前、浜に残されたアニカを口説き落とした。まあ、そんなこともあり得るだろう。でも、どうして彼女はずっとここにいることにしたのだろう? 彼女だって、時とともに気づいたはずだ。セルヴォーヌが嘘つきで、打算的で、口ばっかりだってことに。結局完璧な女性ほど、ろくでなしのダメ男に弱いということなのか。億万長者が慈善事業をするのと、ちょっと似ているかもしれない。たぶんアニカが彼といっしょにいるのは、憐れみからなのだろう。

「まあ、なんてこと」とアニカは、パソコンの画面に目をむけたまま突然叫んだ。

彼女が日課としている朝の仕事には、地元のニュースを仔細に確認することも含まれていた。

「どうしたんだ?」

「クロヴァニ湾で見つかった水死体の身元が判明したそうよ。昨日から心配していたとおり、ヤコプ・シュライバーのようだわ」

セルヴォーヌは顔をしかめた。

「やっぱり……何があったんだろうな?」

「それはわからないけど。《コルス＝マタン》紙のサイトにあった三行だけの記事だから」

セルヴォーヌはポケットに右手を突っこみ、かさばる鍵の束を握りしめた。急いでなにか言わなくては。妻が不自然だと思わないようなことを。

「午前中のうちにカルヴィの憲兵隊へ出むき、カドナ大尉に問い合わせてみよう。詳しい話が聞けるはずだ」

彼は急いで受付から出た。アニカがほかの常連客と同じように、ヤコプ・シュライバーのことも気にかけているのはわかっている。セルヴォーヌは彼女の前で茶番を演じたくなかった。少なくとも、今朝はそんなことをしている余裕はない。

彼は手近な通路を抜けながら、現状を整理した。シュライバーが行方不明になっていたおかげで、この数日、時間稼ぎをすることができた。クロチルドに、ニコラのことで適当な作り話を吹きこんでおいたのも役立った。けれどもその後、事態はどんどん悪化し、みんなが真実に近づきつつある。とはいえ、万事休すというわけではなさそうだ。わが宮殿たる《ロック・エ・マール》は基礎工事が順調に進んでいるし、老カサニュは病院に救急搬送された。つまり、おれの未来は輝かしいってことだ。あともう少し持ちこたえれば、それでなんとかなる。

セルヴォーヌはキャンプ場を見てまわり、ごみ置き場の前で足を止めた。猫がごみ袋を食いちぎり、油で汚れた紙やビニールの破片、つぶれた牛乳パックを撒き散らしていた。畜生め！　野良猫どもは毎晩のように、こんな悪さをしでかすのだ。

セルヴォーヌは目をあげた。彼より先にもうひとり、キャンプ場の従業員がそこにいた。オルシュだ。大男は長いホースを引っぱりながら、足を引きずって歩いている。夜九時から朝九時のあいだに、キャンプ場に水を撒くのが彼の仕事だった。そのあとはひび割れた地面にいくら水を撒いても、太陽が一瞬で干あがらせてしまう。

キャンプ場の支配人はオルシュが近づくのを待った。

「おい、猫のことは前にも言っただろ」

オルシュはなんの反応もなく、黙って主人を見つめた。

「冗談じゃない。毎朝、こうじゃないか」

猫に怒鳴ってもしかたないが、責める相手が必要だ。セルヴォーヌはごみを蹴散らした。

「ああ、汚らしい」

いらいらした口調で少し強く言うだけで、オルシュは命令されなくてもキャンプ用のベッドをごみ置き場の前に持ち出し、夜通し番をするだろう。そのぶん、仕事は増えることになるが……オルシュはご主人様の役に立ちたいんだ。ご主人様にかしずき、怒鳴りつけられるのが大好きなんだ。

「猫どもを追い払わなくては」

命令するまでもない。ほのめかせばいいだけだ。オルシュは農場育ちなので、有害動物の対処はわかっているはずだ。

「それがおまえの仕事なんだぞ」

オルシュは宙を見つめた。

まあいい。セルヴォーヌはその場をあとにした。彼は海豹洞窟へ下る松林を見やり、毎朝しているように目を閉じた。そして頭のなかで、葉の落ちた木々を地中海を見下ろす六百平方メートルのプールに置き換えた。設計はもう、アジャクシオの建築家にしてもらっている。あとは銀行の融資と……建築許可が下りるのを待つだけだ……そうとも、未来は明るいぞ。

スポーツ用具や野外レジャー用品をしまってある倉庫の前まで来たとき、キャンプ場の支配人の脳裏に新たな警告灯が灯った。ドアが閉まっていない。オルシュのやつ、またちゃんと確認しなかったな。誰でもなかに入って、好きに使えてしまうじゃないか。スキューバダイビングや急流下り、カヤックの道具、ぜんぶ合わせれば何万ユーロにもなるんだぞ。

セルヴォーヌは毒づきながら倉庫に入り、ほどけた懸垂下降用ザイルを拾いあげた。ハーネスを留めるカラビナのことが、一瞬頭に浮かんだ。ゾイキュ峡谷で、ヴァランティーヌがはめたあとに外れたカラビナだ。留め金の部分を適度にひねり、真鍮(しんちゅう)製の器具を緩めておいた。今ならあのときより、ためらいなくできるだろう。ともあれすべて計画どおりに運び、結果は上々だった。あれだけヴァランティーヌを怖がらせれば、出しゃばりなクロチルドを遠ざけられるだろう。ところがそれは、大間違いだった。ヴァランティーヌは父親と船旅に出かけたが、邪魔な女はしっかりここに残りやがった。

そしてあの女は、最後にすべてを暴き出す……

あとはどんな選択肢が残っているだろう？　バンガローの金庫から財布を盗んでみたが、なにも効果はなかった。カサニュの孫娘がどんな女か、あらためて思い知らされただけだ。あいつにも消えてもらうしかないのだろうか？　老いぼれドイツ人のこめかみにペタンクの球を叩きつけたのは、事故みたいなものだった。ヴァランティーヌを水面に落下させたり、オルシュに猫を殺させたりするくらいは、やってできないことではない。けれども、冷徹な殺人者になれるかといったら話は別だ。コルシカ人については、いろんなことが言われている。復讐だとか、殺人だとか、ベレッタで片をつける沈黙(オメルタ)の掟だとか。そんな荒々しい気質が島民の血にあるだなんて、ただのたわごとだ。アジャクシオとカルヴィのあいだで生まれた百人中、カサニュ・イドリッシみたいに決然とことにあたれる男はひとりだけ。あとの九十九人は、猪(いのしし)やヤマシギを撃つことしかできない者ばかりだ。それでも、好奇心が強すぎるクロチルドを厄介払いする方法を、なんとか見つけねばならない。

セルヴォーヌはふり返って外を見た。オルシュは視界から消えていた。さっそく野良猫狩りにむかったのだろうか？　セルヴォーヌはダイビング・スーツを覗きこんだ。インストラクターのやつ、ちゃんと片づけていかなかったな。合成ゴム製のスーツもマスクもシュノーケルも、放りっぱなしじゃないか。水中銃まで乱雑に散らばったままだ。これでは、誰かが一挺持っていってもわからない。

キャンプ場の支配人はダイビングの用具を箱や洋服掛けに戻し、選り分けて数を確認した。大人八名分のダイビング用具がそろっているはずだった。

ところが、ひとつ足りないものがある……

ダイビング・スーツ八着、コンプレッサー八台、ウェイトベルト八本。ところが、水中銃は七挺しかない。セルヴォーヌはテーブルの下、戸棚の下、あちこち捜した。けれど、どこにもない。

「捜し物はこれかな？」

もちろんセルヴォーヌは、誰の声かすぐにわかった。水中銃も目に入った。それは彼の心臓に、狙いが定められていた。

「道具はもっとよく整理整頓しとかにゃいけないな、セルヴォーヌ。それから従業員は、もっと大事にしないと。秘密を分かち合うことも重要だぞ。宝のひとり占めは危険だ」

それは三分続いた。セルヴォーヌが話す決心をするまでに一分。信じがたい出来事を打ち明けるのに二分。そして告白のあと、許しを請うため一瞬の沈黙。

けれど正直に話しても、命は助からないとすぐにわかった。最後にセルヴォーヌの脳裏に浮かんだのは、アニカの姿だった。ルシザ入江で最初に会ったときのアニカ。彼女は二十三歳で、シュテファン・ツヴァイクの『未知の女の手紙』を読んでいた。摘みがたい花のように美しいアニカを、セルヴォーヌはあえて摘み取った。それから彼はアニカに感心してもらおうと、あらゆる努力をしたけれど、どれもこれもうまくいかなかった。

指が引き金にかかる。

せめてアニカは、おれの死を悼んでくれるだろうか?

銛(もり)がセルヴォーヌの心臓を貫いた。

49

それじゃあ人殺しとは、こんな程度のことだったのか？
初めはびくびくしている。
そっと近づいて、矢を放ち、立ち去る。
問題は片づいた。
そうとわかったら、あとは忘れるだけ。
彼はゆったりと腰をおろし、また日記をひらいた。

＊　＊　＊

一九八九年八月二十三日水曜日　バカンス十七日目　蒼ざめた屍色の空

わたしはもっとよく見ようと、灯台の螺旋階段をさらに何段かのぼった。映画スターのカップルを追いかけるカメラマンみたいに。彼らの姿が斜め前に見えたところで立ち止まった。わたしのほうが、たぶん二十段ほど下だろう。わたしの位置から目に入るのは、灯台のてっぺんと鉄製の手すり、空を背景に浮かびあがる二つの人影だけだった。

大きな二つの影。

こうして下から見あげると、なんだかパパの背がとても高く感じられた。まるで灯台と同じくらいに。パパはウィンドブレーカーを着ていた。蛍光ブルーのフードが、今にも飛んでいきそうなビニール袋みたいにはためいている。わたしは我慢しきれず、子ネズミさながらそっと、さらに三段のぼった。スパイをするのは慣れているわ。その気になれば、完全に気配を消すことだってできる。そうやって覗きこんだものに、打ちのめされるとしても。

彼女はパパの前に立っていた。片手をパパの背中にまわし、もう片方の手をうなじにあてて、襟足にかかる髪の毛を弄んでいる。やがてその手は肩に置かれた。まるでパパが今にも手すりを越え、飛び去ってしまうかのように、しっかりと押さえている。映画でローアングルって言うじゃない。ここからだとちょうどそれで、彼女もパパに劣らず背が高く見えた。はっきりとはわからないけれど。

二人はキスをしていた。唇を重ねていた。

それでもまだ、わが目が信じられなかった。

バジルの店の客たちが冗談を言って笑い合う声が、まだ頭のなかに響いている。灯台の下を抜けて、どこかに通じる地下道があればいいのに。でも、今度は逃げなかった。わたしは階段をのぼった。さらに二段。もし二人が下に目をやったら、確実に見つかってしまう。でも、大丈夫。彼らは夢中で抱き合っているから。海風に負けないよう、根と根を絡め合って生えている海岸の木のように。

彼女はわたしに半ば背中をむけていたけれど、初めて顔を見ることができた。髪はブルネットで、とても美人だった。地味だけれどセクシーな、明るい色のロングドレスを着ている。謎めいていて、挑発的で、愛情たっぷり。とてつもなく官能的な、いかにも愛人タイプって感じ。大嫌いだって言うひともいるでしょうね、ああいう女は……

でもママは、負けないくらい美人。

引き分けってところかな。

絞め殺してやりたい気持ちが勝らなければ、危うくパパに感心するところだった。芝生屋さんのパパ。ときにはコルシカ人、ときにはよき夫にして優しいパパが、絶世の美女たちを落とすなんて。

最後の一段……

これが最後よ、約束する。

まずは車輪がひとつ見えた。それから、もうひとつ。さらにあと二つ。そしてベビーカー全体が。もちろん、赤ちゃんも見えていた。さっきは言わなかったけど、実は最初から気づいていた。

見逃しようもない。

乳児の月齢はよくわからないけど、ざっと見たところ数か月。ともかく、半年には満たないはず。でも正直なところを言うと、最初のショックが治まったあと、わたしが本当に驚いたのは赤ん坊のことじゃない。

わたしが本当に驚いたのは、赤ん坊を抱いていたのが官能的なブルネットではなかったってこと。彼女はパパを抱きしめていた。

じゃあ、赤ん坊を抱いていたのは誰かって？　もうわかったでしょ？

それはパパのほうだったの。

50

二〇一六年八月二十三日　午前九時

クロチルドは眠りこんでしまった。アリオン号の船底で、ぐっすりと。明け方近く、オセリュクシア海岸で浮かれ騒ぐ人々がまどろみ始めるころ。《トロピ＝カリスト》の明かりが消え、マリア＝クジャーラがガウンを羽織り、テクノミュージックの最後の響きが、寄せては返す波の音に洗われ薄れゆくころに。

アリオン号は優しく揺れていた。クロチルドは、船の隅に落ちていた古い毛布にくるまった。毛布は潮と重油の臭いがした。初めはうとうとしながら、藁ぶき小屋のディスコに取りつけられた緑や紫のレーザービームに照らされ、星を眺めていた。母は無事惑星に帰っただろうか、またときどき地上におりてくるのだろうか。飛び去る彗星(すいせい)のような男たちのことを夢想した。ペトラ・コーダ断崖のビッグバンに隠れた、記憶のブラックホールを探索した。そんな半睡状態がしばらく続いたあと、クロチルドは眠りに落ちた。

携帯電話の呼び出し音で目が覚めた。

ナタルだわ！　あの卑怯者は、わたしをここに置きっぱなしにして、尻尾を巻いて奥さんのところへ帰った。尻尾じゃなくて、ヒレかしらね。わたしの夢を、アリオン号の底に置きっぱなしにして。彼女はそのなかで眠った。重油とカモメの糞の臭いがする夢のなかで。あの卑怯者、建築家だったママの幽霊を追って、わたしの人生を見捨てた。わたしは彼を救うために、なんでもするつもりだったのに。身も心もすべて賭して、挫折した彼の運命を守る弁護人になるつもりだったのに。けれど、遅すぎたんだ。三十年近くも遅すぎた。

でもまあ、詫びの電話をかけてくるなんて、ナタルも気が利いているじゃない。

「クロチルド？　ナタルだ。義父がきみに会いたいって言うんだ」

ずいぶんと妙な謝り方ね。

「ガルシア軍曹が？　どこで会うの？　彼の水風呂で？」

クロチルドは体を起こした。周囲から、穏やかな波音が聞こえてくる。気分爽快だわ。わたしは自由だ。アリオン号をつないでいるロープを、ほどいてしまいたいくらいだ。

「いや、ぼくの家に来てくれ。ピュンタ・ロサ荘に」

「オーレリアと離婚し、わたしに求婚するつもりだって、お義父さんに言ったの？」クロチルドは冗談めかしてたずねた。

「クロ、真面目な話なんだぞ。今朝、殺人事件があった。ユープロクト・キャンプ場で」クロチルドは汚れた毛布を握りしめた。どうしてか、彼女はとっさにヴァランティーヌのことを考えた。

「セルヴォーヌ・スピネロが殺されたんだ」とナタルは続けた。

クロチルドは悪臭を放つ毛布を顔に押しつけた。

セルヴォーヌ・スピネロは兄のニコラのことで、嘘をついていた。両親の車のステアリング・システムに細工をしたのは、彼だったのかもしれない。けれども秘密を明かさないまま、殺されてしまった。

彼女は酸っぱいものがこみあげるのを、喉のあたりで必死にこらえた。指や腕、体中から、ガソリンと海水と糞の臭いがしている。アリオン号が揺れるたびに、吐き気は強まった。

「水中銃の銛で、心臓を撃ち抜かれて」とナタルはつけ加えた。「即死だったらしい。義父のセザルーはきみと直接会って話したいそうだ。きみの家族について、言っておかねばならない大事なことがある。きみが憲兵隊に出頭する前に、伝えておいたほうがいいからって」

「事件があったころ、わたしはあなたの船で眠っていたわ。ひとりで。憲兵隊が犯人を見つける手伝いなんか、できそうにないけど」

「そうじゃないんだ、クロチルド。憲兵隊はきみの手を借りる必要はない」

「どういうこと？」

「犯人はもう捕まってる」

クロチルドは毛布を遠くに撥ねのけた。彼女はアリオン号のうえでよろよろと立ちあがり、海を見つめた。陸地から何千キロも離れた海を漂流する筏で、途方に暮れている遭難者のように。

「誰が……誰がスピネロを殺したの？」

「キャンプ場の雑用係さ。きみも知っているんじゃないかな。どこかですれ違っていれば、きっと覚えているはずだ。ひげもじゃの大男で、片方の腕と脚、顔の半分が麻痺している。犯人は彼さ。オルシュ・ロマニ。憲兵隊はもう彼を逮捕した」

＊

オーレリアは海に囲まれたピュンタ・ロサの家の前で、ナタルの手を握って待っていた。セザルー・ガルシアはその左に、二歩離れて立っている。クロチルドはパサートを数メートル手前に止め、あたりを見まわした。絵葉書か雑誌のグラビアにでもありそうな、絵に描いたような光景だ。夢の家。その前に立つハンサムなブロンドの男。紺碧(こんぺき)の宝石箱。古色を帯びた石と、現代的な木やガラスとが、絶妙に組み合わさっている。オーレリアさえもが、そのなかにしっくりと溶けこんでいた。たしかに魅力的とは言い難いけれど、すらりとしたスタイルは、かつて美しかったと思わせるに充分だった。輝く顔、きれいに描いた眉、引きしまったウェスト、長い脚。この外見を保つため、お金も努力も惜しまないのだろう。シックで端正なドレスや、日焼けした肌のようなストッキングを見れば、それがよくわかる。ハイヒールも堂々と、エレガントに履きこなしていた。十七歳のオーレリアを知らなければ、老いの兆しがあらわれ始めた彼女のなかにある、不格好な少女時代を見抜くことは難しいだろう。

わたしとはずいぶん対照的だわ、クロチルドは思った。彼女はアリオン号で一夜を明かしたあと、オセリユクシア海岸から直接ここに駆けつけた。シャワーも浴びなければ、化粧もせず、香水もつけていない。まだナタルのキスや愛撫の跡が、彼の熱い体液が体の奥に残っている。

オーレリアはクロチルドを上から下まで、じろじろとねめつけた。

女はライバルの匂いを嗅ぎ取れるのだろうか？　禁断の愛の匂いを。

まあいいわ。クロチルドは自分の魅力をことさらアピールするつもりはないけれど、豹の役、野良猫の役は嫌じゃない。悪くないわ。ライバルのアンゴラ猫のテリトリーにずかずかと入りこみ、大騒ぎを起こす野良猫も。

ナタルもオーレリアも、クロチルドに挨拶なしだった。セザルー・ガルシアがその間を与えなかった。彼は娘と娘婿の前を通りすぎ、絵葉書の景色を巨体で覆った。

「こっちへ来い、クロチルド。こっちへ……あんまり時間がないんだ。鍵をくれ、オーレリア」

セザルーは娘の手から鍵の束を受け取り、家から数メートル離れた物置小屋にクロチルドを引っぱっていった。窓も装飾もない、ガレージのような建物だった。四方の壁は石造りで、天井から裸電球がさがっている。椅子が一脚に、テーブルがひとつ。壁に取り付けたスチールの棚には、ダンボール箱が何十も並んでいる。ソムリエの地下酒倉(カーヴ)にしまわれた古いワインより、分類が行き届いているようだ。

「なかなか便利なんだ、この小屋は」と引退した憲兵隊員は、ドアを閉めながら言った。「海岸沿いにはこの手の小屋が、いたるところに建っている。羊を海の近くに放牧するとき、羊飼いたちが避難場所として使っていたものでね。壁の厚さは五十センチにもなるし、平らな屋根は粘土で固めてある。だからなかはエアコンもいらないし、トーチカよりも安全だ。わたしはここに、すべての資料、用具、思い出の品を保管してある。退職のとき、憲兵隊に置いてきたくなかったものすべてを。ときどきここに来て、仕事をしているんだ。自宅よりもスペースがあるし、涼しいんでね。あの家はあっちこっちから日が入るので、たまったもんじゃない(セザルーは電灯の明かりしかない部屋の壁を、ざっと見まわした)。わかってるとも、きみが何を考えているか。周囲には見渡す限り海が広がっているピュンタ・ロサに来て、こんな穴倉にこもっているなんて馬鹿げてるって言いたいんだろ。でもな、クロチルド、ここだけの話、あんまりいつも海ばっかり見ていると、うんざりしてくるんだ。いくら絶世の美女だって、毎朝目の前で顔を拝まされたんじゃやな」

あんまり時間がなかったんじゃないの、とクロチルドは、セザルーの言葉を頭のなかで繰り返した。けれども元憲兵隊員はあれこれ無駄話ばかりして、いっこうに核心に入るようすはない。彼女は自分から切り出すことにした。

「オルシュは無実です」クロチルドはいきなりきっぱりと断言した。「誰がセルヴォーヌ・

スピネロを殺したかはわかりませんが、オルシュではありません」

セザルーは笑みを浮かべただけだった。

「きみは何を知っているんだ？　その場にいたわけでもないのに」

たしかにそうだ……わたしは何を知っているのだろう？

「直感とでも、確信とでも、好きなように呼んでください。でも……」

オルシュの顔と不自由な体が目の前に浮かんだ。彼は死刑執行人にとって理想的な犠牲者、うってつけの生贄（いけにえ）だ。

セザルー・ガルシアはファイルをクロチルドに示した。

「凶器の水中銃には、彼の指紋が残っていた。セルヴォーヌ・スピネロを殺した水中銃だ」

弁護士としての職業意識が、クロチルドのなかで頭をもたげた。ここ何年も、扱っているのは面白くもない離婚訴訟ばかりだったけれど。協議を友好的に進める手腕は、とりわけ男性側に好評だった。当然だろう。彼らは皆、穏便に別れたいと思っている。子供の養育費を値切ったり、親権を争ったりする男は、弁護士に女性を選んだりしないから。

「オルシュの指紋が？」クロチルドは反論にかかった。「そんなもの、ユープロクト・キャンプ場のいたるところにあるはずだわ。あと片づけはみんな、彼がやっているんだから。ダイビングの道具も、ほかのものも」

「犯行時刻、すでに起きていた者は、彼を含めて多くない」とセザルー・ガルシアは主張した。「それに彼は犯行時刻の数分前、セルヴォーヌ・スピネロに叱責されている。侮辱されたと言ったほうが、いいくらいだろう」

「上司に侮辱された従業員が、手近なペンやらハサミやらで心臓を突き刺してたら、労働審判所審判員はみんな失業でしょうね」

ガルシア軍曹はまたしても笑みを浮かべ、目の前のファイルをひらいた。部屋は涼しかったが、元憲兵隊員が窮屈そうに着ている白いシャツは、汗でびしょびしょだった。

「それだけじゃないんだ、クロチルド。オルシュの部屋を捜索したら……ペタンクの球が見つかった」

「ウァオ……片手が不自由だと、ペタンクの球を持ってちゃいけないとでも？　コルシカではそれが犯罪になるの？」

「ただの球じゃない、プレスティージュ・カーボン125という、珍しいものだった。誰のものかはすぐに判明した。キャンプ場でそれを持っていた者はただひとり……」

しばらく沈黙が続いた。

「ヤコプ・シュライバーだけだ。三日前から行方不明の老ドイツ人。そして球の表面には（セザルーはこめかみから流れ落ちる汗を、シャツの端で拭った。丸出しになった腹の贅肉は、ほとんどテーブルのうえにのっていた）、血痕が残っていた。大量の血と、白髪交じりの頭髪がこびりついていたんだ。間違いなく、シュライバーのものだろう」

「まさか、そんな……」

「オルシュは天使じゃない。虐待されている哀れな障害者ってわけじゃないんだ。あいつはこれまで、何度もトラブルを起こしている。暴力沙汰やなにやらで、有罪判決を受けているんだ。誰かにそそのかされた可能性は、否定しないがね。オルシュはひとに命じられたとおり、なんでもやってしまうから。母親は彼がものごころつく前に亡くなった。父親が誰かはわからない。祖母のスペランザが苦労して育てたんだ」

赤ん坊だったオルシュの姿が、おぼろげながらクロチルドの記憶に甦った。アルカニュ牧場の柏の木の下でベビーカーにのせられていた、やけに静かな赤ん坊の姿が。当時十五歳だったクロチルドにとって、ベビーカーのなかの人形とさして変わりはなかった。

喉に絡まって酸のようにひりつく疑問の言葉を、クロチルドはなんとか吐き出した。

「オルシュの父親が誰なのか……本当にわからないんですか？」

すでに答えを知っている質問だった。

「公然の秘密ってやつさ」

セザルーはそう答えて、作り笑いを浮かべた。首や腕を動かすたびに、汗で濡れた脇の下の布地が皮膚にくっついたり剝がれたりを繰り返した。彼は透けた布が湿った腋毛（わきげ）に貼りつくのを待って、話を続けた。

「みんなはっきり口にしたがらない秘密だ。きみに来てもらった理由も、そこにある。オルシュは傷害事件で何度もぶちこまれているので、国立ＤＮＡデータベースに登録されている。彼の出生に関する噂を確かめるのは、わけなかったさ」

さっさとけりをつけましょう！　ようやく爆弾投下ってわけ？

「もうわかっただろ、クロチルド。いや、前からとっくに気づいてたかもしれないが、間違いない。きみとオルシュは同じ父親の子供だ。きみのお父さんは一九八八年八月、スペランザの娘サロメ・ロマニとのあいだにオルシュをなした。子供は一九八九年五月五日に生まれたが、彼はその後二週間しか、父親とすごせなかった。正確には十六日間だ。いや、それすら怪しいもんだ。だってポールは結婚していて、すでに二人の子供、ニコラときみの父親だったのだから。ポールは赤ん坊が自分の子供だとわかっていたのかどうか、そこまではわたしも確信がないが」

おぼろげな光景が甦り、クロチルドの脳裏に渦巻いた。螺旋階段、灯台、父の腕に抱かれた赤ん坊。いつもは記憶の底にしまいこまれているが、決して忘れたことのない光景。ふるいにかけ、抑えこんできた光景だ。それは最後の数ページが、すべてを説明するページが欠けている物語のようだった。

「オルシュは……生まれつき障害があったんですか？」

「ああ、サロメはあの子を産むまいとした。しかしロマニ家で、中絶は許されない。あの一家ほど熱心なカトリック教徒は、ほかにいないだろう。だからサロメは、わざと赤ん坊を《流そう》とした。昔はそんな言い方をしたものさ。マルセル・パニョルの小説『泉のマノン』のラストで、お祖父ちゃん（パペ）がたずねるじゃないか。『赤ん坊は無事生まれたのか』って。すると、こう答えが返ってくる。『無事です。でも、背中が曲がってます』って。あれと同じで、オルシュは生まれつき、片手片脚が不自由だった。顔も半分麻痺している」

やはりオルシュは、わたしの腹違いの弟なんだ。クロチルドはなかなか実感が湧かなかった。脳が自動操縦に切り替わり、弁護士としての条件反射で動いているような気がした。ともかくここは、セルヴォーヌ・スピネロ殺しに集中しなければ。あれこれ考えるのはあとまわしだ。弟の存在で、わたしの人生はどう変わるのか？　それもあとで考えよう。

「オーケー」とクロチルドは引退した憲兵隊員に言った。「オルシュは望まれずに生まれた子供ってわけね。だからって、殺人犯になったりしないわ」

ガルシア軍曹の表情が緩んだ。彼にとって、いちばん厄介な話はすんだのだろう。

「血を分けた弟だからな、庇いたい気持ちもわからんじゃない（彼が小さく笑うと、だぶついた腹のうえでシャツがぴちゃっと音を立てた）。それにイドリッシ家の人間は、なかなか自分たちの罪を認めたがらないからな」

クロチルドはいきなり声を荒らげた。

「バロンよ。わたしのファミリーネームはバロン。バロン弁護士です。今、オルシュには弁護士が必要なはずだわ」

セザルー・ガルシアは顔を拭おうと、シャツに目をやった。けれども乾いている面は、もう残っていなかった。このまま会話が続いたら、岸に打ちあげられたマッコウクジラさながら、干からびてしまうかもしれない。

「そこであなたに頼みたいのだけれど」

クロチルドはそう言うと、さっと立ちあがり、壁ぎわの棚に並んだファイルやケースを見て歩いた。数分後、彼女はふり返って、棚にあった小さなケースを借りていいかとセザルーにたずねた。刷毛（はけ）、アルミパウダー、酸化銅の粉など、指紋採取に必要な道具が収められたケースだった。

「間違いないさ、クロチルド。水中銃についていた指紋は、たしかにオルシュのものだ。でも、きみの気が済むなら……」

「それから、あなたが持っている捜査書類を貸してください。オルシュの指紋のコピーだけでもいいので」

「それだけ？」

「それだけです」

セザルーは立ちあがり、Rの棚へファイルを探しに行った。

「すべてコピーを取ってある。もちろん、本当は禁じられているのだが、長年ここコルシカで憲兵隊員の仕事をしてきた者にとって、いわば生命保険代わりだ」

彼はファイルをひらき、モノクロ写真を取り出した。

親指のほかに、三本の指の指紋が写っている。

「ほら、オルシュの指紋だ。ほかの指紋に紛れていても、太い指はひと目でわかる。おまけにとてつもない力の持ち主で、普通の男が二人がかりでも、かなわないだろうよ」

「ありがとう、感謝します」

クロチルドはドアにむかい、少しためらってからふり返った。

遠慮することないわ。秘密の箱を最初にあけたのは、ガルシア軍曹のほうなんだから。

「ところで、あなたの娘さんはどうやって、ナタル・アンジェリを捕まえたんですか？」

予想外の急襲だったけれど、ガルシア軍曹は感情をおもてに出さなかった。平然としてファイルを片づけ、それからおもむろに腰かけた。数メートル歩くだけで、一日分の運動としては充分だとでもいうように。首筋から汗が滴り落ちている。

「オーレリアは彼に夢中だった。真剣に愛していたんだ。あいつは何事にも、とても理性的なんだが、おかしなことに恋する相手はいつも変わり者でな。役者、歌手、綱渡り芸人。灰色の蛾が、灯火に引きつけられるみたいなものなんだろう。看護師という職業と、関係があるのかもしれん。あまり面白みのない人生を送っているから、浮世離れした夢想家とベッドをともにするくらいしかたないさ」

「わたしが訊いたのは、そうじゃなくて」とクロチルドはそっけなく応じた。「どうしてナタルは彼女にうんと言ったのかってこと。ナタルはどうして彼女のようなひとと結婚したんだろう？　オーレリアを侮辱するつもりはないけれど、ナタルならより取り見取りだったはずよ。もっと美人で、もっと面白くて、もっと若いひとと結婚できたでしょうに」

セザルーは、壁ぎわの棚にずらりと並んだファイルを見渡した。さっき冗談半分に、生命保険代わりと言ったファイルを。彼は答えをためらっているようだったが、やがて意を決した。

「わが身を守るためさ、クロチルド。簡単な話じゃないか。このコルシカで憲兵隊員の娘と結婚するってことは、憲兵隊の保護下に入ることを意味する。つまりは軍、国家、フランスの保護下に入ることを」

「身を守るって、誰から？」

「よくわかってるはずだ、クロチルド。もちろん、きみのお祖父さんからだよ。カサニュから身を守るんだ。きみのご両親が亡くなったあの事故のあと、ナタルは何週間も異様に怯えていた。すっかり打ちのめされ、家に閉じこもりっきりで……」

クロチルドはナタルがここ、ピュンタ・ロサで語った奇妙な話を思い浮かべた。

でも、きみの両親の車がペトラ・コーダ断崖の岩に激突したちょうどそのとき、きみのお兄さん、お父さん、お母さんが亡くなったちょうどそのとき、ぼくは窓から見たんだ。きみのお母さんを。今、きみを見ているようにはっきりと。彼女はぼくをじっと見つめてた。まるでどこかへ飛び去る前に、最後にもう一度ぼくに会いたかったとでもいうように。

死んだはずのママがこうやって姿をあらわしたせいで、ナタルはおかしくなってしまったのだろうか？

たとえママがペトラ・コーダ断崖の事故で奇跡的に一命を取り留め、カルヴィにむかう救急車のなかでまだ生きていたとしても、点滴器具やらなにやらをはずしてピュンタ・ロサ荘の前まで行き、微笑みながら立っていたなんてあり得ない。

「ナタルはイルカ保護区作りのことで、怯えていたのでは？」まさかと思いながらも、クロチルドはさらにたずねた。「わたしの両親が死んだあと、カサニュはそんな話、もう聞きたくないと言い出したのでは？」

セザルーは手の甲でクロチルドの言葉を一蹴し、まわりのダンボール箱に唾を飛ばしながら話を続けた。

「イルカなんて、カサニュにとってはどうでもいいことさ。問題はあの事故だ。いや、事故というのは正確じゃない。問題は、車に細工がなされていたことだ。ボールジョイントのナットが、ひとりでにはずれるはずないからな。あれは誰かがわざと仕組んだこと、つまり殺人事件なんだ」

クロチルドはめまいがした。

ナタルが？　彼が犯人だっていうの？　邪魔者を片づけるため、車のステアリング・システムに細工をしたと？　わたしの母を愛するあまり、わたしの父を殺そうとしたと？　そんなの、馬鹿げてるわ！

「それじゃあ……セルヴォーヌ・スピネロのことはまったく疑っていなかったの？」

「親友の息子を？　セルヴォーヌは当時、十八歳にもなっていなかったんだぞ。おれの知る限り、カサニュがセルヴォーヌを疑っていたとは思えないな。そもそも、どうしてあいつがそんなことをするんだ？」

「理由はわからないけれど……」

クロチルドはドアをあけた。これ以上、軍曹に明かさないほうがいい。それに、至急カルヴィの憲兵隊へ行って、オルシュと話さなくては。けれどもその前に、確かめておかねばならないことがある。ほんの数分で済む、簡単な検査だ。

外に出ようとしたとき、ガルシア軍曹が大声で呼びとめた。

「クロチルド、きみが過去をほじくり返すつもりなら、最後にもうひとつ、伝えておいたほうがいいだろう。オーレリアは何年ものあいだずっと、ナタルにたずね続けた。あいつがあんまり粘るものだから、ナタルもしまいには音をあげた。彼はきっぱりと答えたそうだから、嘘ではないと思う。二十七年前、彼ときみのお母さんのあいだには、なにもなかった。きみのお母さんは夫を嫉妬させたかっただけで、ナタルに気があったわけじゃない（セザルーはそこで、しばらく沈黙を続けた）。ナタルもきみのお母さんに恋してたわけじゃない」

相矛盾する記憶の残像、疑念を掻き立てる古い残像が、脳裏に次々と甦った。クロチルドはドアノブに手をかけた。けれどもセザルーは、力ずくで引き止めようとするかのように、きっぱりとした声で言った。

「待ってくれ、クロチルド。ドアをあける前に、あと少しだけ。ナタルは何年か前、娘に打ち明けたそうだ。その話を、あらかじめきみにしておきたいんだ」

「打ち明けたって、何を？」

「ナタルは二度ときみに会うことはないと思っていたから。あれから何年もたち、もう過去の話だと思っていた（セザルーは申しわけなさそうに笑みを浮かべた）。だから彼は娘に打ち明けた。一九八九年、彼が愛していたのはきみだったって」

薄暗い部屋から出たとたん、陽光がはじけた。舞台にあがった役者の目をくらませるスポットライトのように、光は半島を囲む海の波をきらきらと輝かせている。目の前の人影がはっきり見えるようになるまで、数秒かかった。

　オーレリアはナタルの腕をしっかり握っていた。決してひとには譲れない、自分だけの大切な宝物、世界の果てからもたらされた珍しい品みたいに。二十七年前、オセリュクシア海岸で兄の腕にしがみついていたオーレリアの姿が、一瞬頭に浮かんだ。あのときと、まったく同じだわ。ナタルはじっと水平線を見つめている。彼にとって周囲の海は、呪いにほかならないと言わんばかりに。

　その瞬間、クロチルドは確信した。オーレリアは気づいている。

　昨晩、アリオン号のなかで、わたしとナタルのあいだに何があったのかを。

　しかたない。

　これでよかったのかも。

　どっちでもいいわ。ピュンタ・ロサを離れ、オルシュのことに集中しなければならない。セルヴォーヌ・スピネロ殺しやヤコプ・シュライバー殺し、両親の車に仕掛けられた細工のことに集中しなければ。すべては結びついているはずだ。

　それに、フランクとヴァランティーヌにも連絡を取らなければ。昨晩、短いメールが来たっきり、音沙汰なしだ。


万事快調。

予定どおり、数日後に帰る。
愛している。

クロチルドは黙って車にむかった。けれども心のなかで、自問せずにはおれなかった。ナタルに会うのはこれで最後だろうか？

これが映画なら、男は愛していない女の手をふり切り、別の女の腕に飛びこむに違いない。観客は皆、それを期待している。みんなは彼を許す。捨てられた女のことは、誰ひとり顧みずに。映画なら、みんなが感情に味方し、理性は隅に追いやられる。

けれどもナタルは動かなかった。オーレリアの抱擁をほどこうとするそぶりさえ見せなかった。

クロチルドはパサートに乗りこんだ。

ナタルはあとでメールを送ってくるだろうか？

一生に一度、せめて一度だけでも、気概を示せるだろうか？

船をつないだ綱を、思いきってほどくことができるだろうか？

クロチルドは最後にそう自問し、エンジンをかけた。

＊

カーブをいくつも抜けてカルヴィの入口まで来ると、クロチルドは憲兵隊の数百メートル手前で道路の端に車を止めた。せかせかとシートベルトをはずし、助手席のハンドバッグのほうに身を乗り出す。彼女は心のなかで、自分に毒づいた。なによこれ、ごちゃごちゃじゃないの。なんでもかんでも、詰めこんである。書類、古いチケット、メモをなぐり書きしたまま忘れた付箋（ふせん）紙、通りで配っているちらし。そんなしわくちゃの紙くずを投げ捨てるわけにもいかず、ごみ箱まで持っていくのも面倒でそのままにしてあった。彼女は中身をすべてシートにぶちまけ、紙の山を引っ掻きまわしてお目あてのものをつまみあげた。

それは手紙だった。クロチルドは冒頭をもう一度読んだ。

わたしのクロ、
あなたは小さかったころみたいに、今でも偏屈で強情っぱりかしら。でも、あなたにお願いしたいことがあるの。

気を落ち着けなさい。ここはひとつ、慎重にいかなくては。彼女はダッシュボードに手紙を置き、ケースから刷毛とアルミパウダーを取り出した。家裁の判事の命令で、警官が指紋採取をするところを、一、二度見たことがある。そうして感動的な愛の手紙が、不倫関係を示す下劣な証拠物件になってしまうのだ。

何秒か待たねばならなかった。クロチルドはそのあいだに、ポケットを探った。手紙に息を吹きかけて黒い粉を払い、右手の親指と人さし指でつまむ。それから左手で、セザルー・ガルシアから預かったモノクロのコピーを持った。

重ね合わせることはできないが、目を近づけて両方を較べた。

一瞬で片がついた。間違いない。やがて指が震え出した。

手紙の言葉が、激しく躍っている。

わたしの人生は、いつもずっと暗い部屋です。

キスを送ります。

P

いくつも指紋が交ざり合っていた。そのなかに大男の指紋もあった。オルシュの指紋。

彼だったのだ。この手紙を書いたか、少なくとも運んできたのは。

51

一九八九年八月二十三日水曜日　バカンス十七日目　しわくちゃの紙みたいな空

午後八時……

すべてもとどおり……

アリオン号は港に戻り……

パパは灯台から帰ってきた……

みんな予定どおり、アルカニュ牧場の庭にそびえる柏の木の下で食卓を囲んだ。家長のカサニュお祖父ちゃんはテーブルの端に陣取り、指揮者役のリザベッタお祖母ちゃんは立っている。

コルシカの郷土料理やお菓子が次から次へと運ばれた。名前は知らないけれど、下働きのおばあさんも手伝ってた。これまで会ったことのない、遠縁のひとたちも集まっていた。大人たちは大伯父のひとりが作っている有名なクロ・クロンビュ・ワインを飲み、若者たちはコーラを飲んだ。選択の余地はなし。お祖父ちゃんは見るからに不満そうだった。ワインはともかく炭酸飲料までは、コルシカで作ってないから。

集まったイドリッシ一族は、総勢十五人ほど。テーブルは大きな細長い板を四つの架台にのせただけの簡素なものだけど、グループが混ざり合わないようぴったりに計算された大きさだった。端のほうでは男たちが、政治や環境問題、相続について話していた。わたしは興味津々だったけど、不動産税とか投機とか先買いという言葉がところどころ聞こえるだけだった。反対側の端には若者や子供たちのグループ。あいだにいる女たちは、パパが持ってきた黄色いバラの大きな花束でほとんど隠れていた。女は女同士、別の話題でおしゃべりに花を咲かせていた。ほとんどみんな、コルシカ語で話している。ママにわからないように、わざとそうしてるのかな？

ママは赤いバラの模様がついた、黒いドレスを着ていた。カルヴィでパパにプレゼントされたドレスだ。ママは退屈そうにあくびをした。アペリティフを飲んだら、あと一時間ほどでイドリッシ一族に暇を告げ、パパといっしょに《カーサ・ディ・ステラ》で夫婦水入らずの食事を楽しむはずなのに、なんだか全然そんな雰囲気じゃないわ。ほかの家族はみんな、よそ者のわたしとニコラを除いてサンタ・リュシア礼拝堂に車で直行し、《ア・フィレッタ》のコンサートを楽しむ予定になっている。

正直、ママは今にも席を立ちそうだったし、パパはもう少しここにとどまっていたそうだった。このようすからすると、二人の愛の夜も妥協の産物になりそうね。誰も満足させない妥協。

そういうものかしら、わが告白相手さん、夫婦の生活って？　そういうもの、大人の生活って？　妥協が必要なの？　半分だけ確保した自由で満足しなければならないの？　レストランに着いたら、どんな話をするのだろう、隠し事ばかりのわが両親は？　地中海の海流について？　アリオン号から見たイルカや、ルヴェラタ灯台の照明システムのこと？　どうでもいいこと、わたしたちのことを、ただぺちゃくちゃと話すだけかもしれない。食卓のテーブルクロスや、愛を交わすベッドのシーツで白旗を作り、年に一度の休戦をするのだろうか？　クリスマス休戦みたいに。

どうでもいい、わたしの知ったことじゃない。だからこうして逃げ出し、ベンチに腰かけて耳にヘッドフォンをあて、《マノ・ネグラ》を聴きまくりながら、ゆっくりあなたに書いているところ。アペリティフはそろそろ終わるころだ。もうすぐ日が暮れる。昨日はほとんど眠れなかったから、さすがにわたしもうとうとし始めた。

わたしは、自分の言葉を読み返した。

きっと、書いている途中で眠ってしまったんだ。

あたりは静かだった。文章はちゃんとしている。音楽を聴いていると、心が落ち着いた。

そのとき突然、叫び声がした。

中庭で言い争いが始まったみたいだ。罵声や泣き声も聞こえる。

見に行ったほうがいいだろうか。わたしはいつまでも迷わなかった。イドリッシ家のうちわ揉めにも、興味ない。わたしはヘッドフォンをつけ直し、ボリュームを思いきりあげた。

どうせまた、眠りこむんだろうけど。

＊　＊　＊

彼はページをめくった。
もう一枚、続きがある。
それが最後だった。
あとは白紙のページが続くばかりだ。

52

二〇一六年八月二十三日　午前十時

クロチルドは、ポルト街道沿いにあるカルヴィの憲兵隊本部に着いた。なかの雰囲気は、思ったほどぴりぴりしていなかった。興奮した捜査官たちが、慌ただしく行き来するというわけでもない。カルヴィの憲兵隊員は、マイアミの警官よりずっとのんびりしているようだ。カドナ大尉はコーラのボトルを手に、スポーツ新聞を読んでいた。彼は目をあげ、クロチルドを見て心底嬉しそうな顔をした。

「バロンさん？」と彼は、朝一番の女性客に挨拶する商店主みたいに、やけに愛想よく言った。

これは、これは……

けれどもクロチルドは、軽口に応じる気分ではなかった。憲兵隊員は新聞をたたんでコーラを置いた。暇そうにくつろいでいたわけを、説明しなけりゃいけないな、というふうに。

「オルシュ・ロマニの件でいらしたんですよね？　今、隣の部屋にいます。今朝、アジャクシオの司法警察地方局(DRPJ)から捜査官が二人、派遣されてきました。彼らと楽しくやってますよ。

どうやらセルヴォーヌ・スピネロには、多少の後ろ盾があったようですね。彼が殺されたというんで、ちょっとした騒ぎになってます。そんなわけで、われわれ地元の憲兵隊は高みの見物ってわけです。いや、むしろ放水の準備ってところでしょうか。あいつら、火の手があがるのを恐れてるみたいですから」

　これで話はついた。またスポーツ新聞を広げられる。カドナがそう思ったのもつかの間、クロチルドはオルシュが訊問（じんもん）を受けている隣室のドアにつかつかと歩みより、ノブに手をかけようとしている。カドナ大尉はあわてた。

「いけません、バロンさん……」

彼は新聞を投げ出し、コーラの瓶を倒した。

「立ち入り禁止です。お偉方が二人で、取り調べ中なんですから」

クロチルドはじっとカドナ大尉の目を見た。

「わたしはオルシュの弁護人です」

元ラガーマンの憲兵隊員は、そう言われてもぴんとこないようだった。

「ほう？　いつから？」

「たった今から。依頼人には、まだ伝えていませんが」

カドナは躊躇（ちゅうちょ）した。クロチルド・バロンははったりを利かせているわけじゃない。彼女が弁護士だってことは、十日前に盗難届を出しに来たときからわかっていた。よくよく考えれば、彼女が取調室に乱入して、アジャクシオの捜査官があわてふためくことになったからって、こっちはさほど困るわけじゃない。

「だったら、お手柔らかに願いますよ」とカドナは言った。「南コルシカ特別捜査班に追い返されなかったら、せいぜいがんばるんですね……あなたの依頼人は、コルシカが生んだ極めつけのおしゃべりというわけではなさそうだ。沈黙の掟(オメルタ)とやらを、熱心に守り通しているんでしょう。初動捜査によると、生まれてこのかたやつが発した言葉は、せいぜい三語ってところらしい」

クロチルドは部屋に入った。オルシュは正面にすわっている。グレーのスーツを着た二人の捜査官は、こちらに背をむけていた。彼らは同時にふり返った。酒場のポーカー客たちが、扉のあく音にびっくりしたみたいに。西部劇でよくそんな場面がある。すわ、敵の襲撃だとばかりに、テーブルを倒してその裏に隠れ、銃を抜く……

大急ぎで……でも、間に合わなかった。

先制攻撃を仕掛けたのはクロチルドだった。

「イドリッシ弁護士です」

彼女は二人の目前に弁護士の登録証を突き出した。名義はクロチルド・バロンとなっているが、どうせ読みはしないだろう。肩書とイドリッシという名前を聞いただけで、縮みあがっているはずだ。

四角い眼鏡をかけた年かさのほうが、気を取り直したように言った。

「わたしの知る限り、ロマニさんは弁護士のことなどなにも言っていませんでしたが」

まずはそう来たか？　だったらこっちも、手加減しないわ。

オルシュはいつもどおり無表情を通しているが、手が微かに動いたのをクロチルドは見逃さなかった。

「ご覧のとおり、今からわたしが彼の弁護人です。まず二つ、はっきりさせておくべき重要な点があります。第一点、わたしの依頼人となったオルシュ・ロマニは、わたしの腹違いの弟でもあります。第二点、言うまでもなく、依頼人は無実です」

あとには沈黙が続いた。

クロチルドのひと言は、絶大な効果があった。

まずはイドリッシという名前だ。二人の捜査官は、理想的な容疑者を手に入れたつもりだった。言いなりになりそうな前科者。状況証拠はそろっている。ひどく口下手なはみ出し者の弁護など、誰も買って出ないだろう……ところが彼の袖口から、弁護士があらわれた。有力者の名を持った弁護士、血のつながった弁護士が。

とはいえ、まだ試合に勝ったわけではない。それはクロチルドも、よくわかっていた。殺人事件の場合、最初の訊問に弁護士を立ち会わせる必要はない。予審の進展状況について、弁護士に報告すればいいのだ。弁護士が被疑者と面会できるのは予審のあと、最長三十分だけだった。この二人とポーカーで勝負するなら、ブラフを利かすしかなさそうだ。

「最初の訊問時間は、もうすぎたのでは？　今度はわたしが依頼人と、二人きりで話をさせてもらいます」

「まだ終わっていませんよ」あごひげを生やした、若いほうの捜査官が答えた。

このでかぶつは、訊問を始めてから一時間、ひと言もしゃべってないんだぞ。本当はそう言いたいのだろう。

「まずはわたしと話させてください。そうすれば依頼人は、きっと口をきくようになります」

クロチルドを凝視する以外、オルシュは同意のそぶりをなにも見せない。

二人の捜査官は目と目で協議した。

イドリッシの名前を聞いた以上、うかつな対応はできない。彼らは地雷原を進んでいるのだと自覚していた。こいつは四十八時間の拘束くらい、平気で持ちこたえそうだ。トイレに行きたいと言う以外は口をひらかず、七十二時間だって耐え抜くだろう。だったら、降ってわいたこの弁護士に捜査の手伝いをさせたからって損はない。

「三十分だけですよ。それ以上は、一分だってだめです」と眼鏡の捜査官が言った。

彼らは部屋を出ていった。

クロチルドと腹違いの弟を、二人きりにして。


二人きりに？　正確には少し違う。オルシュには、もうひとり友がいた。いや、もう一匹と言うべきだろうか。それは目の前のテーブルを歩きまわっている蟻だった。オルシュは指をあっちにこっちにと動かし、蟻を指によじのぼらせようとしていた。彼はそのことしか、頭にないらしい。一方的にしゃべるしかなさそうね、とクロチルドは思った。そういうケースには、あまり慣れていなかった。日ごろ扱っている離婚訴訟では、たいてい依頼人の女性は、別れる相手の過失を雄弁に並べ立てるものだから。

「お互い、隠し立てなしに行きましょうね、オルシュ。よかったらわたしたちの父親のことは、あとまわしにしましょう。まずは、当座の問題を片づけなくては」

左手の人さし指が動いて、蟻の退路を断った。

「ひとつ、あのゲス野郎を殺したのはあなたじゃないって、わかってるわ。だからわたしが、ここから帰してあげる。わたしを信用していいのよ」

蟻は逃げようと、必死にジグザグ歩きを試みた。親指と中指が円を作った。

「二つ、あなたはまわりのみんなが話すことをちゃんと理解しているけれど、わざとわからないふりをしているのよね。あなたは見かけ以上にいろんなことを知っている。『快傑ゾロ』に出てくるベルナルド少年みたいに。だから助けて欲しかったら、わたしにも手を貸してちょうだいね」

蟻はぐるぐるまわっている。オルシュはそこで初めて、クロチルドのほうに目をあげた。ユープロクト・キャンプ場のトイレ・シャワー・ルームで、彼女が悪ガキたちを叱り飛ばしたときのように。おずおずとして、戸惑ったような目。行かないでと懇願するような、「放っておいてくれ」とつぶやくような、「ぼくは助けてもらうに値しない」「親切は嬉しいけれど、そこまでしてくれなくていい」と言わんばかりの目だ。オルシュの目に浮かんだ表情は、クロチルドが信頼を勝ち得た証(あかし)だった。しかし彼は、よく知らない女と話をする決意がまだつかないようだ。

クロチルドはバッグから二枚の紙を取り出し、テーブルに置いた。一枚目に書かれた最後の数行を指でなぞる。


わたしの人生は、いつもずっと暗い部屋です。

キスを送ります。

P

それから二枚目も。


そこで待っていれば、案内の者が行きます。彼について来て。

少し寒いでしょうから、上着を着てきてね。

彼があなたを、わたしの暗い部屋まで連れていきます。


クロチルドは目をあげる前に言った。

「ひとつ、答えて欲しいの、オルシュ。名前を言って欲しいの。これを書いたのは誰？」

彼女は話し続けた。オルシュは蟻のことしか頭にない。

「わたしの母なの？　この手紙を書いたのはパルマなのね？」

何度でもたずねるわ。テレパシーでもなんでも使って。

「母を知っているんでしょ？　母に会ったのね？　どこにいるのか知っているの？」

蟻はまわりを囲まれ、パニックに陥った。クロチルドはいっそ親指で、押しつぶしてやろうかと思った。そうすればオルシュも、なにか反応するんじゃないか。

「いいかげんにしてちょうだい、オルシュ。これは母の筆跡で、これはあなたの指紋。二通の手紙を届けたのはあなたでしょ。あなたは真夜中、わたしを雑木林（マキ）の小屋まで案内した。でも……でもわたしは、母が自動車事故で死んだのを、この目で見たのよ。母が岩に激突して、ぐしゃぐしゃになってしまうのを。だからお願い、本当のことを知っているなら説明して。さもないと、わたしはおかしくなってしまいそう」

蟻は最後にもう一度ためらってから、突然オルシュの毛むくじゃらの人さし指にのぼった。

「**カンパ・センプレ**」

クロチルドは何のことか、さっぱりわからなかった。

「**カンパ・センプレ**」と腹違いの弟は繰り返した。

「コルシカ語はわからないわ。どういう意味なの？」彼女は紙を差し出し、カバンからペンを取り出した。「ここに書いて」

オルシュは前腕のうえを駆けまわる蟻が怖がらないよう気をつけながら、子供っぽいたどたどしい文字でゆっくりと書いた。

カンパ・センプレ

クロチルドは部屋を飛び出すと、アジャクシオから来た二人の警官にメモ書きを突きつけた。

「これはどういう意味ですか？」

二人はまじまじと見つめ、シュメール語かなにかだとでもいうように、首を横にふった。クロチルドは毒づいた。彼らの言いわけなんか、聞きたくもなかった。われわれは公務員で、最近フランス本土から異動になったんです。コルシカ語はまったくわかりません。英語は話せますよ。イタリア語もなんとか。でも、島の言葉となると……云々（うんぬん）。彼女は南仏生まれのカドナの前を素通りした。むこうもクロチルドを無視していた。

カンパ・センプレ

どうなってるの？　ありえないわ。カルヴィの憲兵隊本部に、たった二語のコルシカ語を訳せる者が誰もいないなんて。通りに出て手近な通行人を呼びとめ、たずねようか。

カンパ・センプレ

隣室から音がして、クロチルドは飛びあがった。

トイレのドアがあいて、清掃係の女が顔を出した。頭にスカーフを巻いて、金の刺繡（ししゅう）がはいった青いチュニックを着ている。このあたりに住んでいる女は、十人にひとりがモロッコ系だ。バケツとモップを持った姿は、オルシュを思わせた。クロチルドは女に近寄り、目の前に紙を突き出した。

「**カンパ・センプレ**」とモロッコ人の女は、完璧なコルシカ語の発音で読んだ。

クロチルドの胸に希望が湧いた。

「教えてください。これはどういう意味ですか?」

なにわかりきったことをたずねるんだとでもいうように、女はクロチルドを見つめた。

「彼女は生きている。彼女はまだ生きているって意味よ」

53

一九八九年八月二十三日水曜日　バカンス十七日目　青あざのような空

「クロ？」

わたしはヘッドフォンをずりさげた。兄の声なんかより、マヌの声を聴いていたい。

「何？」

「もう行くぞ……」

行くって、どこに？

わたしはため息をつき、眠気をふり払った。まだ朦朧としている。石造りの外壁が背中に食いこみ、ざらざらしたベンチで太腿がこすれた。アルカニュ牧場は静まり返っている。みんな、もう出発したのかと思うほど。

出発したって、どこに？

わたしは目を閉じた。テーブルを囲むイドリッシ一族の顔、黄色いバラ、クロ・クロンビュ・ワイン、声高な会話が脳裏に甦る。目をあけると、ニコが前に立っていた。組合運動の責任者か、対テロ特殊部隊の交渉人みたいな顔だわ。銃を持って銀行に立てこもっている強盗を説得して、人質をひとりひとり解放させるなんてぴったりじゃない。

わたしには通用しないけれど。

おれの心はそれを呑みこむ（ス・ラ・トラーガ・ミ・コラッソン）とマヌ・チャオが歌っている。わたしはさらにボリュームをあげた。さっきまで見ていたおかしな夢から、まだ醒めたくなかった。わたしはすわってノートを広げ、ペンを取った。

まだ頭がぼんやりしてる。どれくらい眠ったのか、今どこにいるのかもよくわからない。だいぶ暗くなってる。まどろみ始めたときは、まだ明るかったのに。

わたしは眠りの底から、ゆっくり浮かびあがった……

夢が消え失せてしまう前に、あなたに話しておくね。また眠ってしまう前に。きっと、びっくりするよ。

どうしてだと思う？

だって、あなたもそこにいたの。未来の来訪者さん。あなたも夢に出てきたのよ！

ええ、ほんとにほんと。いえ、まあ、あなた自身が出てきたんじゃないけれど、おかしな夢はあなたの時代の出来事だったの。ずっと未来の出来事。十年後でもなければ、三十年後でもなく、もっとずっと先。少なくとも、五十年はたってた。

ニコラはうんざりしたような顔で、まだ目の前に立っていた。

「クロ、みんな待ってるんだぞ。パパだって、いいかげん……」

パパですって？

わたしが知らないうちに、なにかあったんだろうか？　パパは予定を変更したの？

わたしは空の月と、海の水面に映る月影にちらりと目をやり、急いでまた書き始めた。もし文が尻切れトンボになったり、言葉が途中で終わっていても、わたしを恨まないでね、大好きな読者さん。それはきっとパパに腕を引っぱられ、ノートやペンを置いたまま、無理やりついていかされたから。とりあえずキスを送り、またねって言っておきます。だってあとで、時間がないかもしれないでしょ。

もうすこし続けるね。


ニコラが妙な顔つきで、前に立っている。わたしが夢を見ているあいだに、なにか大惨事があったのかと思うほどだ。隕石が牧場を直撃したとか、津波が柏の大木を押し流したとか。ほら、急いで……やめて、気が散るじゃない。夢が飛び去ってっちゃう。

夢の舞台はすぐこの近く、オセリュクシア海岸だった。でも、時はずっと未来。岩も、砂も、湾の形も昔のままだ。それらはなにも変わらないけれど、わたしはすっかり年老いていた。もう、おばあちゃんだ。ほかにも、いろいろと変化があった。赤い岩のあいだに、奇妙な建物が建っている。ＳＦ映画に出てくるような、ほとんど透明の不思議な素材で造られていた。なんだか、ママが設計した家みたい。でもプールだけは、今とおんなじだ。わたしは大きなプールに、皺だらけの足を浸した。

オーケー、すぐ行くわ。足音が聞こえる。パパの足音だ。

未来の夢のなかには、ナタルもいた。プールでは子供たちが遊んでいる。きっとわたしの子供か孫だろう。確信はないけれど。わかっているのは、わたしがしあわせだっていうことだけ。まわりには、誰ひとり欠けていない。みんなそこにそろっている。五十年たっても、なにも変わらないかのように。誰も死んだりしないかのように。すぎゆく時は、罪びとではない。時の流れを責めるのは間違いだ。時を悪者扱いしてはいけない。時は殺人者ではない。殺人者では……

＊　＊　＊

彼の視線は虚空をさまよった。

日記はこの言葉で終わっていた。

殺人者。

彼は最後にもう一度それを読み返し、ノートを閉じた。

54

二〇一六年八月二十三日　午前十時三十分

前にあそこへ行ったのは夜だった。

夜、オルシュのあとについて行った。

あの羊飼い小屋はどのあたりにあるのか、クロチルドは見当もつかなかった。目印は曖昧だ。たしか川を渡ったあと、急な傾斜地をよじのぼり、どこまでも続く荒れ地を越えたのだった。

クロチルドはまず、《カーサ・ディ・ステラ》へ続く小道の下に車を停めた。真夜中、オルシュを待っていた場所だ。ドアはあけっぱなし、キーも挿しっぱなしで、彼女は羊飼い小屋を捜しにむかった。そしてさっきから何分も、えんえん雑木林（マキ）のなかを歩きまわっている。

カルヴィの憲兵隊本部に残してきた捜査官のことなど、もう念頭になかった。

彼女はまだ生きている（カンパ・センプレ）

オルシュから聞き出せたのはそれだけだったけれど、かまわないわ。いちばん肝心なことはわかった。母は生きているんだ。

母が死ぬのを目の前で見たし、オルシュはなにも説明しなかったけれど、彼のひと言はコルシカに戻ったときから抱いていた疑念を裏づけた。初めからずっと、心の奥にしまいこまれていた秘密を。

母は生きている。

わたしを待っている。

あの、羊飼い小屋で。

小さな丘にのぼると、百メートルほど下にアルカニュ牧場の中庭が見えた。クロチルドはそこで立ち止まった。

日が暮れる前、柏の木の下に何分間か立っていてちょうだい。わたしがあなたの姿を見られるように。

きっとわたしには、あなただってわかるでしょう。

母は山のどこかに隠れて、わたしを見ていたはずだ。きっと今でも、この山にいる。頂のあたりかもしれない。雑木林(マキ)のなかかも。背丈ほどもあるエニシダやヒースのなかに身を潜めれば、相手に気づかれず見たり聞いたり、ようすをうかがうことができる。昼間、もう一度ここに来てみれば、あの夜たどった道筋がわかるだろうと思っていた。暗闇のなかに浮かんだ物影、岩の形や曲がった木の幹、棘(とげ)を突き出した野バラの茂みを目印にして。でも、だめだった。エニシダやイワナシ、ヒースに覆われた栗(くり)と柏の迷路から、抜け出すこともできない。見渡す限り続く雑木林(マキ)の匂いに、クロチルドは頭がくらくらしてきた。

彼女はあきらめて山を下り、カルヴィに戻ろうかと思った。車を飛ばせば、五分ほどの距離だ。アジャクシオの警官を説得してオルシュを憲兵隊本部から連れ出し、この前の晩みたいに案内役をさせられないだろうか？　そんなこと、できるわけないわ。オルシュは殺人容疑で留置されているんだ。予審判事から司法共助依頼を取りつけ、現場検証が認められるのに、何週間もかかるだろう。

あきらめかけたとき、ふとそれが目に入った。

真っ赤な染みが、ヤマモモの実のあいだに隠れている。

血痕だ。

一メートル先にも、今度は乾いた地面に赤い跡があった。三つめは、杉の木の幹にこびりついていた。まるで親指小僧がパン屑(くず)や白い小石の代わりに、自分の血を滴らせていったかのように。

これでわたしに、道案内をしているのだろうか？

クロチルドは、点々と続く血痕を追い始めた。なに馬鹿なことをしてるんだろう？　またしても、そんな思いが脳裏をよぎった。怪我をした獣の血かもしれないわ。狐(きつね)だか猪だか鹿だか。彼女は指でそっと血痕に触れてみた。まだ、新しい。

これをどう考えればいいのだろう？　わたしの前に何者かが、羊飼い小屋へむかったってこと？　血を流しながらも、わたしより先にむこうへ着こうとして？　わけがわからない。

彼女は雑木林(マキ)を抜けながら、必死に考えた。ヒースの葉を掻き分けたような跡があり、枝も何本か折れている。

もしかして、逆なのかもしれない、とクロチルドは突然思いついた。何者かが傷を負ったまま羊飼い小屋をめざして山をのぼったのではなく、うえから下りてきたのでは？　どっちでもいいわ。彼女は血痕をたどるに従い、確信を強めた。このまま進めば、三日前の晩に行った空き地にたどり着くはずだ。オルシュがわたしを残していった場所、フランクが突然あらわれたあの場所に。つまり夫も、行き方を知っていたのだ。なぜ、どのように知ったのかはわからない。今朝から何度も電話しているのに、まったくつながらなかった。

えんえんと続く呼び出し音。

留守電のアナウンスが流れる。

フランク、折り返し電話して。

電話して。

電話して。

あとにしよう。この件を考えるのは、あとまわしだ。

彼女はまだ生きている(カンパ・センプレ)

今、大事なのはそこだ。前に進まなくては。目印になるものが、少しずつ記憶に甦ってきた。緩やかな斜面、木がまばらになり始めた雑木林(マキ)、コルク樫(がし)の大木。さらに何メートルか進むと、彼女を導く血痕の間隔がますます狭まった。そして突然、雑木林(マキ)のむこうに空き地が広がり、羊飼い小屋があらわれた。

クロチルドは心臓が破裂するかと思った。

なんてこと！

胃がせりあがった。彼女は唾を飲みこみ、目をそむけまい、走って逃げ出すまいとした。親指小僧がそこにいた。そこに、倒れている。親指小僧はわざと自分の血を滴らせ、ここまで彼女を導いたわけじゃない。

何者かに刺されたのだ。右の脇腹の下に、赤茶けた大きな血だまりができている。何分も前に死んだらしい。しおれたハンニチバナが作る、薄紫と白の花弁の敷物に横たわっていた。その血を追ってここまで来たのでなければ、眠っているのかと思ったことだろう。

クロチルドは歩み寄った。覗きこんで声をかけるには勇気が要った。

「パーシャ？」

ラブラドールレトリバーの首には、水中銃の銛が刺さっていた。クロチルドは幼いころ、同じ名前の犬を飼っていた。なんだかもう一度、愛犬を奪われたような気がした。

小屋のドアはあいていた。

スズメバチが腐肉のご相伴にあずかろうと、死骸のまわりに群がっている。クロチルドは石造りの建物に近づいた。この前の夜は、木の扉に取りつけられた差し錠や、古城の独房にあるような金属製の鍵に気づかなかった。ひとつだけある窓には鉄格子がはめられ、さらにどっしりとした柏の鎧戸もついていた。

石造りの牢獄に、誰かが閉じこめられている。このなかで、涙に暮れているんだ。

母がこの小屋にいるのだろうか？　ここで、暮らしているのか？

クロチルドは震えながら、なかに入った。

そこで目にしたもの、五日前から経験してきたことは、彼女の想像を絶した。ベッドと木のテーブルがひとつ。しおれた花。ラジオ。何十冊もの本が、棚や床に積みあげられている。そのせいで、ただでさえ狭い部屋は広さが半分くらいになっていた。

隅のスツールに老女がひとり腰かけ、丸めた背中をこちらにむけている。

白髪交じりの長い髪が、腰までたれていた。髪を束ねていたリボンをほどき、かつてどんなに美しかったかを、鏡や孫たち、昔の恋人に見せようとするおばあちゃん。

けれどもこの狭苦しい部屋に、そんな相手は誰もいなかった。

老女はほとんどひざまずくようにして、窓のない、くすんだ石壁の隅によりかかっていた。罰を与えられた子供のようだ、とクロチルドは思った。罰を与えられたまま忘れられ、一生じっとしたままの子供。誰もむかえに来る者はいない。けれども子供は、ただここで老いていく。動いてはいけないという命令に従って。

「ママ？」

老女はゆっくりとふり返った。

手や腕、首筋に血がこびりついている。

「ママ？」

クロチルドは、胸が張り裂けんばかりに心臓を高鳴らせた。そんなことがあり得るだろうか？　これまでずっと頭から離れなかった光景が、二重写しになった。二十七年前も岩に激突する直前、母の体は血まみれだった。その母が、目の前にいる。生きている。そんなこと、あるはずないのに。

でも、ほかに考えられない。


ようやく老女はふり返った。

クロチルドにはわかっていた。はっきり感じられた。

ママ？

しかし突然、言葉は喉につかえて声にならなかった。

老女はじっとこっちを見つめている。哀願するような、許しを請うような目で。八十歳は超えているけれどまだ美しく、堂々としている。彼女は何十年ものあいだ、どんなに苦しんだことか。

けれども老女は、クロチルドの母親ではなかった。

Ⅲ

いつまでも若く（センプレ・ジオヴァアニュ）

55

二〇一六年八月二十三日

彼らは加齢のスピードが違う双子のようだった。ひとりはタートルネックのセーターを着て、もうひとりは肩甲骨まで蛇のタトゥーを入れている。ひとりは大きな四角い眼鏡をかけ、もうひとりは鼻に銀のピアスをしている。ひとりは擦り切れた深緑色の上着を着て、もうひとりはやや小さすぎる赤と白のジョギングウェアを着ている。

カスタニ兄弟商会、中古車、部品販売。と広告にはあった。

タートルネックはトラックで来て、タトゥーは赤い車で来た。

タートルネックは札を数え、タトゥーはでこぼこのボンネットをあけた。

「千五百ユーロ」とタトゥーは、汚れひとつないジョギングウェアで手を拭いながら言った。「これですからね。大陸横断は期待しないでくださいよ」

客はあまりしゃべらず、払いは現金だった。待ち合わせは人目につかないよう、ボカ・セリアの森のはずれ、貯水池の駐車場でたのむと客は言った。それならカスタニ兄弟も願ったり叶（かな）ったりだった。車検証も登録証も登録番号もなし。かろうじて動くだけのボロ車と引き換えに札を数枚もらえば、それで終わりだ。

 タートルネックは札をポケットにしまった。

「でも、気をつけてくださいよ……中古屋で何年も眠っていた車ですからね、エンコしなきゃいいけど」

タトゥーはボンネットを閉めた。

「ひととおり確認したところ、ステアリング、車輪、ブレーキはしばらく持ちそうだ。でも、せいぜい気をつけて」

彼はキーを手渡した。

「さあ、どうぞ」

タトゥーはタートルネックに目で合図した。二人はそれ以上なにもたずねず、トラックに乗りこんだ。たいていあんなボロ車を買うのは、自分で車を組み立てたり改造したりするカーマニアだ。けれども今日の客は、メカに興味はなさそうだった。タトゥーはスピードをあげ、タートルネックはバックミラーから客の姿が消えるのを眺めた。あいつがあのボロ車をどうしようが、どのみちカスタニ兄弟の知ったことではなかった。

＊

客の男はカスタニ兄弟のトラックがキャヴァロ岬のむこうに消えるのを待って、しばらく車を見つめた。信じられない思いだった。コルシカだろうがどこだろうが、インターネットの広告サイトで数時間検索するだけで、ランプの精にも見つけられないようなものが手に入る。彼は松林の陰に止まっている四駆に近づいた。中古車屋とここで待ち合わせをしたのには、確たる理由があった。人目につかず、物陰に車を停められるからだ。彼は四駆のドアをあけて助手席からノートを取り、買ったばかりの車の運転席に置いた。

ノートなら、わけなく移せる。

やっかいなのはこのあとだ。

彼は松の下に停めたオフロード車のトランクをあけ、棘に気をつけて枝を払いながら身を乗り出した。

「車を乗り換えるぞ」

女は目を見ひらき、麻痺した両手両足を伸ばした。何時間も詰めこまれっぱなしで、関節が固まってしまった。彼女は松の匂いを嗅いだ。

「車を乗り換えるぞ」

何のために?

彼女はオフロード車のトランクで体を丸めていたせいで、手足がうまく動かせなかった。男は彼女がトランクから出て、何歩か歩くのを手伝った。どうして車を乗り換えるのだろう。彼女はわけがわからないまま、言われたとおりに歩いた。顔を直撃する太陽の光がまぶしくて、目をぱちぱちさせながら。

二人とも、少しずつ目が慣れてきた。

やがて正面に、車が見えた。

赤いルノー・フエゴ。モデルＧＴＳ。

男は、肩で支えている女の脚がよろめくのを感じた。彼は力をこめた。女の驚きは、予期していた。

「あれを見ると、なにか思い出すのでは、イドリッシ夫人？」

56

二〇一六年八月二十三日　午前十一時

老女は母親ではなかった。

彼女はじっとクロチルドを見つめた。顔には、血がついている。もしかしたら赤く染まった涙が、腫れた傷痕に縞模様をつけているのかもしれない。老女は白髪交じりの長い髪で傷口を拭った。罪深きマグダラのマリアのように。

違うわ。クロチルドは記憶の底を掘り返しながら思った。目の前で泣いている女は、母のはずがない。

だってもっと歳を取っている。一世代分くらいも。

老女は祖母のリザベッタだ。

新たな謎と罠、そして不幸。

クロチルドはそれ以上、考えている暇がなかった。羊飼い小屋は突然、闇に包まれた。まるで入口に、暗幕が下ろされたかのように。クロチルドはふり返った。暗幕と思ったのはあながち間違いではなかったが、正確には黒いドレスだった。魔女スペランザのドレス。スペランザの影が部屋を洞穴に変えると、石の割れ目からネズミや蜘蛛、甲虫が這い出して彼女を出迎えた。

スペランザはクロチルドを一顧だにせず、リザベッタに話しかけた。

「あいつら、オルシュを連れていってしまった。もう、誰もいないわ」

あいつらって？　とクロチルドの頭のなかで叫ぶ声がした。

「彼女がパーシャを殺したんだ」とスペランザは続けた。

彼女？

言葉が頭のなかでぶつかり合った。魔女はテレパシーで交信できるのかもしれない。わたしが必死に問いを念じれば、魔女たちは答えてくれるのでは？

「わたしが着いたとき、ドアはあいていたわ」とリザベッタが言った。

「誰？」とクロチルドは小声でたずねた。「誰のことを言ってるの？」

返事はない。

魔女たちは耳が聞こえないのかもしれない。幽霊には補聴器がないんだわ。

今度は声を張りあげた。

「ママはどこなの？　ママは生きているって、オルシュが言ったわ。彼女はまだ生きている（カンパ・センプレ）って。ママはどこ？」

リザベッタはゆっくりと立ちあがった。なにか答えるのかと思ったら、羊飼い小屋に響いたのはスペランザの声だった。

「ここではだめよ、リザ。ここではだめ。話すなら、山を下りてからにして」

リザベッタは迷っていたが、魔女はさらに続けた。

「カサニュが戻ってくるから。病院の車で、昼前にはアルカニュ牧場に着くわ。まだ準備ができてないのに」

*

まだ準備ができてない。

クロチルドはとっさに、なんの話かわからなかった。

三人はひと言も言葉を交わさず、黙ってアルカニュ牧場にむかった。老女たちは足早に歩いた。クロチルドよりも速いくらいだった。皺だらけの手でどの枝につかまればいいのか、どの岩に足をのせればいいのか、すべて心得ているのだろう。歩き慣れた道。痩せて軽々とした体。

まだ準備ができてない。

ずいぶん焦っているみたいだ。老女たちは腕時計に何度もちらちらと目をやった。そしてアルカニュ牧場に着くと、クロチルドのことなどそっちのけで仕事にかかった。クロチルドは、ただ彼女たちを目で追うしかなかった。早く着きすぎてしまい、もてなしの準備が終わるまで放っておかれる招待客のように。二人はまず、台所に直行した。

リザベッタが冷蔵庫をあける。

「フィガテル・ソーセージのレンズ豆添えができるわ」

それがこの三十分でリザベッタが発した、最初の言葉だった。スペランザは返事もせず、野菜籠からトマトと玉ねぎを取り出した。リザベッタは早くもエプロンをかけてまな板を用意し、豚バラ肉の塩漬け燻製（くんせい）とフィガテル・ソーセージを並べた。

そしてようやくほっとしたように、孫娘をふり返った。

「おかけなさい、クロチルド。カサニュは二十四時間以上、カルヴィの病院ですごしたのよ。きっとそのあいだ、なにも口にしてないわ（彼女は置き時計に目をやった）。病院で出すヨーグルトやピュレ、真空パックのハムなんて、とても食べられたものじゃないから。この七十年間、カサニュが食卓についたとき、料理の支度ができてなかったことは一度もないのよ」

リザベッタは笑いながら手を洗った。

「あなたには理解できないでしょうね。パリでは、そんなことないでしょうから。でも、ここではそうなの。男たちのせいじゃないわ。わたしたち女が、そう育ててしまったのよ。彼らが小さかったころから」

「ママはどこなの？　パルマはどこにいるんです？」

リザベッタはまた時計に目をやり、それから大きな包丁をつかんだ。

「ともかくすわりなさい。これからすべて話すわ。お祖父ちゃんが帰ってくる前に。安心して。コルシカの女にはそれができる。家の切り盛りをしたり、話をしたり」

　リザベッタはそうだろうが、スペランザは違った。彼女はうつむいて、豚バラ肉を一心に細かく刻んでいる。

「長い話になるわ。あなたにも関係した話よ。そもそもは、あなたが生まれる前に端を発していることだけれど」

　彼女は包丁から目を離し、てきぱきと肉の脂身を切り取っているスペランザのほうをちらりと見てから、また話を続けた。

「スペランザは五十年以上前から、ここで働いているの。働いているなんて言い方は、ふさわしくないわね。彼女はここで暮らして、今と同じようにわたしと家事いっさいをこなしていた。掃除、料理、庭の手入れ、家畜の世話を。スペランザの娘サロメは、一九四八年にここで生まれた。あなたのパパの三年後に。サロメとポールはいっしょに育ったのよ」そこでリザベッタは、またスペランザのほうを見た。スペランザは角切りにした塩漬け燻製肉（コッパ）の大きさを、一心に検分している。「二人はいずれ結婚するだろうと、ここでは誰もが思っていた。そんなふうに、決まっているものだと……そうして月日がたち、サロメは美しく成長した。すらりと高い背、褐色の肌、腰まで伸びた長い髪。雌鹿のような目をして、子山羊のように優雅で。あのかわいらしい笑みを前にしたら、カルヴィの城塞だってひとたまりもないでしょうね。まさにおとぎ話だわ。王子様のポールは八十ヘクタールにもなる雑木林（マキ）の跡取り息子。サロメは美しいけれど貧しいシンデレラ。でもわが家では、誰もそんなこと気にしていなかった。大事なのは同じ仲間だってこと。主人か使用人かは関係ないわ。十五歳のときから、二人はもう結婚を約束していた。ええ、そう、おとぎ話そのもの。昔々ルヴェラタに、ポールとサロメがおりました。二人は結婚し、たくさんの子供が生まれました」

リザベッタは言葉を切り、フィガテル・ソーセージを慣れた手つきできっちり四等分した。そしてまた、ちらりと時計を見る。

十一時二十七分

「けれども一九六八年の夏、すべてが一変した」とリザベッタは、ゆっくりとした口調で続けた。ソーセージを焼くのと同じように、話の時間も正確に計っているかのように。「最初はなにがあっても、不安には思わなかった。キャンプ場にやって来たハンガリー系フランス人の娘とポールがいい仲になったときも、正直わたしたちは本気で心配してはいなかった。コルシカ人は冬にコルシカのツバメを追い、夏には本土のツバメを追うなんて、ここでは言われるくらいだから。ほかの娘と同じように、パルマも八月の末には帰っていく。ポールはフェリーの前で少しめそめそするかもしれないが、一週間もすれば元気になる。わたしはそう思っていたし、みんなもそう思っていた。けれど、二人は手紙を書き合っていた。郵便配達人がアルカニュ牧場に届けるパリ消印の手紙を、どんなに燃やしてしまいたかったことか。こんなこと言うのはおかしいけれど、もしそうしていれば、あなたは今ここで、わたしの話を聞いていないでしょうね。でも多くの悲劇が避けられ、たくさんの人が死なずにすんだわ」リザベッタは選り分けていたレンズ豆をそのままにして、孫娘の手をそっとつかんだ。

「ポールはパルマと六九年のクリスマス、パリで一度目の再会をした。そして翌年の復活祭には二度目の再会をし、さらにキリスト昇天祭に会ったあとは、そのままひと夏パルマとすごし、コルシカに戻ってはこなかった。キクラデス諸島をまわっていたのよ。ナクソス島やシフノス島、サントリーニ島から絵葉書が送られてきたわ。コルシカ島を嫉妬で苦しめようとするかのように。わたしたちがそんな気持ちでいるなんて、ポールには想像できなかったのね。もう終わりだ、とみんな思ったけれど、サロメだけは別だった。かわいそうに、あの子は決してポールを忘れられなかった。たとえサロメが忘れようと努力しても、かつての恋人は毎年夏になると戻ってきた。初めは奥さんを連れて、七一年の夏からは奥さんと息子を連れて、七四年の夏からは奥さんと息子、あなたを連れて。それからもずっと、ポールは夏になると戻ってきた。みんな、あなたがたを、愛想よくアルカニュ牧場に迎え入れた。わたしはあなたのお母さんに、コルシカの郷土料理を教えてあげたほどよ。スペランザは彼女といっしょに、マヨナラやミント、アンジェリカを摘みに行ったわ。わたしたちはパルマをもてなした。だって彼女は、家族の一員なんだから。たとえわたしたちの息子を奪い去ったとしても。本当はそれだけで、彼女を決して愛せないとしても。心の底では、彼女を恨んでいたとしても」

リザベッタは心配そうに時計を見た。十一時三十二分。彼女はクロチルドの手を放し、鍋の沸騰したお湯にレンズ豆を入れた。スペランザは少しも感情を露わにせず、玉ねぎの皮をむいている。

「毎年、夏になると」とリザベッタは、スペランザを見ないようにしながら続けた。「サロメは人目を避けて泣いていた。あの子は誇り高い娘だったから、ポールがアルガ海岸で妻にキスしているところを目にするくらいなら、身を隠しているほうがいいと思ったのね。彼が子供たちと遊ぶのを見たり、自分のものとなるはずだったしあわせを目の当たりにして苦しむくらいなら。だからなのよ、あなたがサロメにほとんど会ったことがないのは」リザベッタはそこで細切り肉と玉ねぎを鍋に入れ、オリーブオイルを加えた。「けれども、時はサロメに味方した。少なくとも彼女は、そうなるだろうという希望にすがっていた。貞女と売女だったら、最後に勝つのはいつも貞女のほうなのよ」

リザベッタの口から《売女》という言葉が飛び出したのに、クロチルドはびっくりした。そんな汚い表現をするなんて、祖母の憎しみはいかばかりか。スペランザはそれに呼応するかのように、音をたてて皿を積み重ねた。

「十年あまりのあいだに」とリザベッタは続けた。「パルマの切り札はすべて消え去ってしまった。ポールを魅了したものすべてが。物珍しさ、目新しさ、異国情緒。好きに呼べばいいわ。ここではいつでもそうなのよ。コルシカ人は船員や教師、商人になってここを出ていく。彼らは若くて、故郷の島にいると息が詰まると感じているから。もっとほかの場所で、ほかの香りを嗅ぎたいと思っている。でも最後に残るのは、子供時代から慣れ親しんだ香りなのよ。わかる？　オーストリア＝ハンガリー帝国の王女様は彼を宮殿ではなく、ノルマンディの郊外に住まわせた。庭はたった四百平方メートル。ここでは八十ヘクタールの雑木林が待っているというのに。見える景色は、地中海の代わりにトウモロコシ畑。太陽の輝きだって違うし、幼馴染（なじみ）の友達もいない。芝生を売る仕事にも、きっと嫌気がさしていたでしょうね。そう、ポールはコルシカが懐かしくなったけれど、もう帰るに帰れなかった。そして無意識のうちに、それをパルマのせいにした」

リザベッタは火にかけた鍋の煮え具合を確かめ、刻んだトマトを加えると、またクロチルドの手をそっと握った。

「これ以上のことは、わたしにもわからないわ。ポールからサロメに連絡をしたのか、サロメからポールに近づいたのか？　いつの夏から二人がまた会うようになり、いつの夏からキスをし、いつの夏から再び愛し合うようになったのか、はっきりしたことはわからない。一日のうちにそうなったのか、何年ものあいだによりが戻ったのか（そこでリザベッタはちらりと目をあげ、スペランザを見た）。ポールは本気だったのか、まだあなたのお母さんを愛していたのか、再びサロメを愛するようになったのか、それはわたしにもスペランザにも、誰にもわからない。一九八八年のクリスマスに、サロメはルヴェラタ灯台から身を投げたけれど、さいわい命に別状はなかった。エニシダの茂みに落ちたので、衝撃が和らいだのだろう、とパンエイロ先生は言っていたわ。けれどもサロメにはさらなる試練が待っているだろう、と彼はつけ加えた。サロメ自身というよりも、お腹の赤ん坊に。パンエイロ先生は赤ん坊のことを心配していた」

スペランザは玉ねぎとトマトの皮を押しやり、エプロンで目頭を拭った。

「ええ、サロメは妊娠していたの。堕（おろ）すにはもう遅すぎたわ。赤ん坊は彼女のお腹に、必死にしがみついていた。一九八九年五月五日に、その子は生まれた。誕生のとき、泣き声ひとつあげなかった。片腕、片脚、顔の半分が麻痺していた。するとサロメは別の戦略に出た。もはやなにも失うものがない、未婚の母が取りうる戦略に。もう体面なんかにかまってはいられない。息子の名誉を守るために、どんなことでもする覚悟だった。こうして一九八九年の夏、サロメは初めて姿を隠すことなく、堂々と浜に出た。そしてあなたのお母さんからほんの一メートルのところに、ビーチタオルを敷いた。ビキニのトップをはずし、赤ん坊に乳を飲ませた。軽やかなドレス姿でスタレゾ港の市場を闊歩（かっぽ）し、ベビーカーの車輪でパルマのパンプスを踏みつけもした。もちろんあなたのお母さんは、サロメが何者かわかっていた。もちろん、赤ん坊の父親が誰かもわかっていた。そう、あの八九年の夏、まだ十五歳だったあなたが気づいていないところで、サロメはパルマを追いつめていた。それは効果を発揮したわ。おそらく、サロメ自身が期待した以上に」

十一時三十六分

リザベッタはことこと煮立っている鍋にフィガテル・ソーセージを加え、タイムをふりかけた。それからローリエの葉も半分。

「あなたのお母さんは愛人を作った……」

それは違うわ、お祖母ちゃん、とクロチルドは言いかけた。ナタル・アンジェリとママとのあいだには、なにもなかったの。けれども、祖母が深鍋をガスコンロのうえに置く音で、クロチルドは思わず口をつぐんだ。あれはわたしを黙らせるゴングなんだ。

「サロメはあなたのお父さんに、責任の自覚をうながした。スカーフでくるんだ赤ん坊のオルシュを、彼の腕に抱かせた。こうして子供対子供、女対女、コルシカ対フランス本土の決戦が始まった。あなたのお母さんには、イドリッシの名前がある。役所の書類に記された名前が。けれどもそれ以外、イドリッシの名があらわすものはすべて、サロメが手にしていた」

クロチルドの脳裏に、ひとつの思いがよぎった。あの八九年の夏、父はわたしたちを見捨てようとしたのか？　母は兄とわたしを連れてフランス本土へ戻り、父はこのアルカニュ牧場にとどまって別の子供を育て、別の家族を築こうとしたのか？

リザベッタはワインの栓を抜いた。二〇〇七年産のクロ・クロンビュだった。

「一九六八年八月二十三日、パルマがルヴェラタにテントを張った日に、すべてが揺らぎ出した。やりなおすなら、あの日から始めねばならないのよ」

彼女はワインの味見をして顔をしかめ、また続けた。

「それでもあなたのお母さんには、たしかにまだ優位な点があった。ポールは義務感が強かったので、あなたたちを見捨てようとはしなかった。パルマがあなたたちを連れてフェリーに乗るのを、黙って見すごしたりはしなかったでしょう。パルマをひとりで帰らせもしなかった……結局、これまでの夏と同じく、彼女が勝利を収めようとしていた。あの八月二十三日、ポールはテーブルを黄色いバラで飾った。これまでは毎年、情熱の赤いバラだったけれど。黄色いバラの花言葉は陳謝。過ちや裏切りを謝り、許しを請うこと。聖女ローザの日、パルマはポールと《カーサ・ディ・ステラ》で夕食を楽しみ、夜をともにして和解する。次の夏まで、一年間の休戦協定を結ぶのよ。サロメには、選択の余地がなかった。彼女はその晩に、すべてを賭けるしかなかった。最後の晩のことを、覚えているわよね。親戚や友人が十五人ほど集まって軽く一杯やってから、プレッズナのサンタ・リュシア礼拝堂で行われる多声合唱コンサートにむかう予定になっていた。けれどもあなたには、そのあと何があったのか知る由もなかった。途中で席を立ち、音楽を聴きながらベンチで眠ってしまったから」

クロチルドは、最後にここですごしたひとときのことを思い出した。ノートを広げ、《マノ・ネグラ》の強烈なリズムに身をまかせていた。庭から叫び声が聞こえたけれど、注意を払わなかった。

「サロメが赤ん坊を抱いて中庭にあらわれたとき、わたしたちはみんな息を呑んだわ」

沈黙が続いた。リザベッタは先を続けるのをためらっているようだった。スペランザがゆっくりと立ちあがり、隣の部屋にむかった。彼女は戻ってくると、袖の折り返しで肉のくずをのけ、黙ってテーブルに額縁を置いた。それは肖像写真だった。美しい女がひとり、写っている。微かに日焼けした肌。切れ長の黒い目。少しひらき気味の口。すっととおった高い鼻は、堂々たる稜線のようだ。

サロメに違いない。初めて見る女の姿に、クロチルドは動揺した。顔も体型も、びっくりするほどよく似ている。リザベッタは写真にむけて、包丁を突き出した。

「そう、あなたのお母さんとサロメはそっくりだった。だからこそポールはあの六八年の夏、彼女に目を引かれたんでしょうね。同じ瞳、同じスタイル、同じ微笑み、同じ優美さ。さらに謎めいた魅力も、そこに加わっていた」

クロチルドは写真を見つめた。おぼろげな記憶が甦ってくる。ほとんど忘れかけていた記憶、一度だけサロメの姿を見たときの記憶が。事故の日、サロメはルヴェラタ灯台で父といっしょにいた。見たのは正面ではなく、背中からだったけれど。

十一時四十二分

リザベッタは片手で木のへらを持ち、もう片方の手でオイルを加えながら、豚バラの塩漬け燻製と切ったフィガテル・ソーセージ、玉ねぎ、タイム、トマトをてきぱきと混ぜ合わせた。そうやって、しばらく茹(ゆ)で具合に集中しているようだった。やがて彼女は弱火にして、クロチルドをふり返った。

「ええ、わたしたちは息を吞んだ。わたしたちが黙っているのはサロメに味方しているからだって、あなたのお母さんは思ったんでしょうね。でも、わたしたちはただ驚いていただけだった。サロメは一か八かの賭けに出て、パルマに思い知らせようとした。あなたの場所はこのアルカニュ牧場にはないんだ、これまでもずっとなかったんだってことを。いくら美しくても、あなたは捨てられ、別の女にとって代わられるだろうって。サロメはそれまでずっと、ポールを取り戻すためにパルマと張り合ってきた。ドレスにはドレス、ビキニにはビキニ、肌には肌で。自分も彼女に劣らず美しいと示すために。けれどもその晩、サロメはさらなる挑発に出た。つかつかとアルカニュ牧場に入ってきたとき、サロメはあなたのお母さんとまったく同じかっこうをしていたのよ。彼女と同じように、黒いリボンで髪をひとつにまとめ、同じ化粧をし、同じ暗めの口紅を引き、ブレスレットやルビーのネックレスや、イミザの香水まで、すべて同じものをつけていた。あなたのお母さんは鏡の前に一時間以上も立ち、めかしこんだことでしょうね。その晩、《カーサ・ディ・ステラ》でポールを魅了するために……サロメもそれに劣らず美しかったわ。髪型から表情から、なにひとつ負けていなかった。サロメはそれでもまだ、満足しなかった。覚えているわよね、クロチルド。あの晩、あなたのお母さんは、黒地に赤いバラの模様が入ったブノアのドレスを着ていた。ポールがカルヴィでプレゼントしたドレス。サロメも同じものを着ていた。あとで知ったことだけど、あの子は大枚三百フランをはたいて、ライバルと同じ服を着ることにした。胸もとがあいたミニのドレスは、自分にもよく似合うんだってことを、ポールに示そうとしたのよ。パルマに劣らず魅力的で、刺激的なはずだって。サロメはやって来るなり、なにも言わずに赤ん坊をスペランザにあずけた。会話は突然止んだ。酔いがまわった十五人のコルシカ人をいっせいに黙らせるなんて、大したもんだわ。やがてカサニュが、思いきってこう言った。『サロメ、すわりなさい』って。そして立ちあがり、自分とわたしのあいだの椅子を引いた」

クロチルドは台所の窓から、人気のない庭を眺めた。つる棚、柏の巨木。一九八九年八月二十三日、わたしが何分かうとうとしているあいだに、あそこでそんな出来事があったなんて信じられなかった。前の晩はずっと兄を見張っていたので、眠くてしかたなかった。それにだらだらと続く一族の集まりに、いつまでもつき合っていたくなかった。早くひとりになりたかった。背後でスペランザが立ちあがり、くずをごみ箱に投げ捨てて、また椅子に腰かけた。首からエプロンを下げ、手には包丁を持ったまま、リザベッタの話の続きを黙って聞いている。

「パルマにとって、それは挑発と侮辱にほかならなかった。わたしたちはなにも示し合わせていたわけではないけれど、サロメを止めようともしなかった。正直言って、わたしはあの子に荷担したのかもしれない。だって、彼女にワインを注いであげたのだから。それを目の前にして、あなたのお母さんだって黙っていられなかった。突然あらわれた女が、自分の地位を奪おうとしている。彼女が存在しないかのように、初めから存在していなかったかのようにこの女はひと言もしゃべらず、彼女を石もて追おうとしているのだ。わたしたちみたいに、ただ黙っていられるはずないわ。お母さんのことは、覚えているわよね？　彼女の性格からして、あり得ないわ。パルマは立ちあがった。昨日のことのように、記憶に焼きついている。言葉のひとつひとつ、息づかい、物音まで鮮明に。わたしたちはあれからずっと、その重みをずっと計り続けている。嘘じゃないわ。あの瞬間のことを考えなかった日は、一日としてない。わたしたちはあのとき、人生でもっとも馬鹿げたことをしでかしたんじゃないかって、思わない日はないくらいよ……」

　クロチルドは寒さで身震いした。椅子にすわっていても、頭がぐるぐるした。彼女は倒れこまないよう、凍えた指を白いタイル張りの壁にあてた。スペランザは背後で、包丁を握っている。リザベッタはレンジの前に立ったままだった。「あなたのお父さんを見てこう命じた。『彼女に出ていくように言って』と彼女は続けた。「ポールが答えないでいると、パルマはもっと大きな声で繰り返した。『彼女に出ていくように言って』と。

家族、親戚、友人たちは皆、じっとポールを見つめていた。あなたのお母さんに対する敵意を込めて。もし彼が命令を受け入れたら、ただじゃおかないというように。『そんなこと言うなよ、パルマ』『ここはわたしの家よ。みんな、わたしの家族よ。だから、彼女を出ていかせて』

あのときの静寂を、今でもよく覚えているわ。小鳥も、柏の枝を吹き抜ける風も、みんな声を潜めていた。あなたのお父さんは、答えるまでにずいぶんと時間がかかった。まるで人生が、そこにかかっているかのように。実際、かかっていたんだわ。ようやく、ポールは口をひらいた。『たのむよ、パルマ。そう簡単にはいかない。みんなが我慢しなくては』

それを聞いたパルマの顔には、怒りがありありと浮かんでいた。あの瞬間、みんながそれを見たはずよ。怒りに満ちた目、憎しみに満ちた目を。それで決まりだった。でもポールだけは、どうやらそれに気づかなかったらしい。妻を失うことは、問題ではなかった。パルマを失うことなど、頭になかった。あのときたったひとつ、ポールが失うのを恐れていたもの、それは体面だった。一族を前にした自分の体面だけだった。だから彼はこう続けた。『みんながが我慢しなくては。ぼくも、きみも。ぼくは今夜、家族と離れ、きみと夜をすごすことにしたじゃないか』『我慢？　今日が我慢だっていうの？』

パルマは椅子や黄色いバラの花瓶、クロ・クロンビュ・ワインのボトルをひっくり返した。たぶんあなたはこのとき、なにか物音を聞いたのでは？　そして目を覚ましたのでは？」

クロチルドは肩をすくめてウォークマンのボリュームをあげ、また夢のなかに戻っていく自分の姿を思い浮かべた。

リザベッタは鍋の火を止め、レンズ豆の煮え具合を確かめて、食卓の準備を始めた。十一時五十七分。完璧だ。

「あとはもう、大してつけ加えることはないわ。パルマがそのあと叫んだ言葉。そのときは、なにもおかしいとは思わなかった。むしろ、みんなが予期していた言葉、期待していた言葉だった。でもあとになって、事故があったあとになって、その言葉が何度も繰り返す録音テープみたいに、頭のなかで反復し続けた。言葉はあとになって、その重みを増していった」

「母は何て言ったの？」

「長くは話さなかったわ。ひとこと言うごとに、パルマは山を包み始めた闇のなかに一歩ずつ遠ざかっていった。

『コンサートに行けばいいわ。この女といっしょに行けばいい』

まず一歩。

『席は譲るわ。それがあなたがたの望みなんだから。あなたがたみんなの、望みなんだから』

また一歩。そして彼女はふり返った。

『でも言っておくけど、子供たちは連れていかないでね』

最後の一歩。あとは庭から出ていくだけ。

『聞こえたでしょ。さあ、彼女と行けばいいわ。でも、子供たちを車に乗せてはだめよ。こんなことに、子供たちを巻きこまないで』

この最後の言葉について、わたしは何度となく考えた。そしてこう思った。このアルカニュ牧場で、わたしたちの一族を前にして、あなたのお母さんがよりどころにできるのは子供だけだった。彼女には、あなたとニコラしかいなかったのだと。たとえコルシカに夫を奪われようと、子供を奪われることだけは認められなかったのだと。パルマの戦いは、あなたを自分の側に置いておくことだった。たとえサロメに自分の地位を乗っ取られ、すべてを奪われようと、子供たちには手を触れさせまいとしていた。わたしはこれまでずっと、そんなふうに考えてきた。だってわたしも母親だから。わたしもパルマの立場だったら、同じ反応をしたでしょうね。だからこそパルマは、ポールとサロメがあなたがたをコンサートに連れていかないよう、あんなにも言い張ったんだわ」

背後でスペランザが、重ねた皿を乱暴にテーブルに置いた。クロチルドはふり返らなかった。リザベッタは話を続けた。

「けれどカサニュもスペランザも、ほかのみんなも、わたしのようには考えなかった。あなたのお母さんは小道を歩いて、車が停めてあるほうへむかった。彼女の姿が見えなくなると、サロメは椅子から立ってポールに近づき、片手を背中にあててキスをした。まるでこの十五分間、この十五年間、なにもなかったかのように。人生の長い空白期間を、今閉じようとしているかのように。彼女はひと言もしゃべらず、しばらくそうしていた。それからフエゴが停まっている道へ悠然とむかうと、助手席にすわった。彼女が勝ったのよ」

スペランザはグラスやフォーク、ナイフを置くたび、わざとらしくかちゃかちゃと音を立てた。

「そのあとのことは、あなたも知ってのとおり。ポールはあなたのお母さんのあとを追うべきか、迷っていたと思うわ。父親も含めた十五人の目が注がれていなかったら、きっとそうしていたでしょうね。けれども彼はみんなの前で、威厳を失ってしまった。パルマとサロメのあいだでやりとりされる、おもちゃにすぎなかった。だから彼は、権威を取り戻そうとした。侮辱を受けた男が皆するように、子供たちにむかって声を荒らげた。さすがに手をあげることまでは、しなかったけれど。だってほら、あなたのお父さんはそういうひとじゃないから。男は子供たちに理不尽な命令をして、自分は偉いのだと思いこもうとするのよ。そう、あとのことはあなたも知ってのとおり。一族中がお芝居でも観てるみたいに、アルカニュ牧場の跡取り息子たるポールがどうするのか、興味津々で見守った。サロメは車のなかで待っている。ポールは立ちあがり、息子のニコラに大声で命じた。妹を連れてフエゴの後部座席に乗ってろ。口答えするなって」

リザベッタはそこでひと息つき、椅子に腰かけて孫娘の目を見すえた。

「あの晩、ニコラが何を企んでいたのかは知らないけれど、たぶん友達を引き連れてどこかへ出かけるつもりだったんでしょうね。ニコラは心底がっかりしたようすだった。まるで雷に打たれたみたいに、顔を歪めていたわ。母親が出ていったことも、それに比べればものの数ではないとでもいうように。けれどもニコラは従順だった。ニコラのことはよく知らないけれど、誇り高くて義務感が強いのは、いったい誰に似たのかしらね。ニコラのか、父親似なのか、たぶんその両方なんでしょう。ともかくニコラはとても落胆し、恨みがましい目で父親を見ていたけれど、結局なにも言わずにあなたを迎えに行った」

クロチルドは兄の最後の言葉を思い出した。ベンチに腰かけたまま動こうとしない彼女の手首を、父親は乱暴につかんで引っぱった。あんなふうに痛くされたことは、それまで一度もなかった。

今、ようやくそのわけがわかった。

「あなたはまだ夢うつつだった。誰も言葉を発しなかった。だからあなたには、予想もつかなかったでしょうね。車の助手席にすわっている女、お母さんと同じ服を着て同じ髪型をし、化粧からなにからそっくりの女、お父さんの手を握っている女がお母さんではないなんて」

あのときの光景が、クロチルドの目に浮かんだ。

車のなかでは沈黙が続いていた。ときおり父とニコラが、ほんの少し言葉を交わすだけ。あとの前にすわっている女は、結った髪とうなじ、イヤリング、ドレスしか見えなかった。

もの、母の顔や微笑みは、何年ものあいだに想像で作りあげたものだった。車に乗っていたあの女(ひと)は、母だとしか思えなかったから。父はフエゴが岩に激突する前、彼女の手を握った。ニコラは知っていた。ドラマのなりゆきを見て、聞いて、わかっていた。けれどもわたしには、一瞬たりとも疑いようがなかった。

正午

リザベッタは立ちあがり、庭のほうに一歩踏み出した。

「病院の車は時間どおりに着くわ。運転手のジョヴァンニは古い友人だから、カサニュは待たされるのが嫌いだってよくわかっているはずよ」

クロチルドは額に入ったサロメの写真から、目を離すことができなかった。心配そうに時計を見ていたリザベッタは、声を和らげて言った。

「もうわかったでしょ。イドリッシ家の納骨堂でスペランザが毎日花をたむけている棺は、あなたのお母さんのものじゃないの。あれは……娘の棺なのよ」

ジョウロを持って墓地にいたスペランザの姿が、クロチルドの脳裏に浮かんだ。スペランザは納骨堂に刻まれたパルマ・イドリッシの名前に剪定ばさみで傷をつけ、呪いの言葉を発した。

この女は、ここにいるべきじゃない。ここに刻まれた名前は、イドリッシ家とは無縁なんだ。

この記憶に呼応するかのように、背後でスペランザが初めて声を出した。

「わたしは迷わなかったわ、クロチルド。娘を別人の名前で埋葬するのを、一瞬たりとも迷わなかった。娘はイドリッシ家の墓で、ポールといっしょに眠ることができるのだから。サロメは事故のあと自殺したことにし、マルコーヌの墓地に空の棺を埋めた。これが娘の願っていたことなのよ。イドリッシ家の一員になること、それがあの子の夢だった（スペランザは手にした包丁を、テーブルに置いた丸パンに突き立てた）。サロメは命を失うことで、ようやくその夢を叶えたんだわ。わたしに子供を残して。なぜなら……（彼女は感情を高ぶらせ、クロチルドの目を見つめた。丸パンに刺した包丁のように鋭い視線だった）なぜなら娘を殺したのは、あなたの母親なんだから」

正午一分

病院の車が、ゆっくりと中庭に入ってきた。二人の女は、もうそれしか頭になくなった。

彼女たちはさっとあたりを見渡し、台所が整っているのを確かめると、エプロンを洋服かけに引っかけて外に出た。

クロチルドはひとりになった。

最後の言葉が、まだ脳裏に渦巻いていた。

なぜなら娘を殺したのは、あなたの母親なんだから。

彼女は無意識のうちに、ポケットから携帯電話を取り出した。メールが届いている。やっとフランクが返信してきた。夫は彼女に連絡を取ろうとしている。

セルヴォーヌ・スピネロが殺されたって？

すぐに帰る。

ユープロクト・キャンプ場に着くところだ。きみはどこにいる？

急いで会おう。

フランク

メールは四十五分前に送られたものだった。中庭ではリザベッタが、カサニュに手と杖を差し出している。スペランザは料理の仕上がりを確かめるためか、カサニュの命令は聞くまでもないのか、さっさとなかに戻ってきた。

彼女は暗い目でクロチルドをねめつけた。

なぜなら娘を殺したのは、あなたの母親なんだから。

クロチルドはフィガテル・ソーセージが焦げるのもかまわず、スペランザの行く手を遮った。

「まだ答えてないわ。自分たちの話はしたけれど、お祖母ちゃんもあなたも、まだわたしの質問に答えてません。母はどこ？　母はどこにいるんです？」

「彼女は逃げ出した」とスペランザは不快な声で言った。「パーシャを刺し殺し、逃げ出したんだよ」

57

二〇一六年八月二十三日

キャンパーがユープロクト・キャンプ場のゲートを通り抜けてビーチにむかうには、アメリカ合衆国に入ろうとするメキシコ人が国境の町ティファナのゲートを越えるよりさらに面倒な手続きを要することになっていた。にこやかだが融通の利かない、二人の若い憲兵隊員が、ビーチバッグの中身をひとつひとつ調べている。タオルを広げさせ、身元を確認し、出入りの時間も記録して。かろうじて金属探知機をまぬがれることができたのは、水着姿で待っている日焼けした女の子ぐらいだった。こんなことして、何の意味があるんだ、と急いでいる者たちは文句をたれた。あいつら、何を探しているんだろう？　凶器は見つかったし、犯人も捕まったっていうのに。週千二百ユーロでバンガローを借りている観光客にとって唯一心配な問題は、誰が今日、トイレ掃除をするのかということだった。清掃係は、カルヴィの憲兵隊本部に留置されているのだから。それじゃあ、代わりは誰が見つけるんだ？　キャンプ場の支配人は、アジャクシオの死体安置所に送られてしまったのに。

そんな大混乱のなかで、アニカ・スピネロは悲嘆に暮れた顔でフロントに立ち、客たちに毅然と対応していた。ありとあらゆる言語で、彼女は説明した。はい、お客様は全員訊問を受けることになります。いいえ、テントのなかまでは調べられません。はい、キャンプ場は営業を続けます。なにも変わりはありません。このまま海水浴や日光浴をお楽しみいただけます。いいえ、今日はイベントはありません。スキューバダイビングやペタンクも行いません。いいえ、眠ってないわ、ありがとう、マルコ。煙草をもらえるかしら。それにティッシュも、箱ごとお願い。いいえ、休まなくても大丈夫。横になったり、睡眠薬を飲んだりは必要ないわ。ええ、幽霊船の舵(かじ)を取る船長みたいに、ここでこうしているほうがいいの。だってこのキャンプ場は、セルヴォーヌが一生かけて作りあげた、彼の王国なんだから。彼が死んだ今、わたしが船長役をやらなければ。いいえ、ユープロクト・キャンプ場を閉めるつもりはないわ。それはセルヴォーヌを、もう一度殺すようなものだもの。まあ、ありがとう、ご親切に……

ヴァランティーヌは受付のカウンターに、摘んできたばかりのジャコウソウの花束とお悔やみのカードを置いた。

「スピネロさんのことは好きでした」とヴァランティーヌは言った。「ママはそうでもなかったみたいだけど。知らせを聞いて、すぐ戻ってきました」

アニカは心のこもった笑みを浮かべた。

「ヨットは楽しかった?」

「ええ……」

あまりはっきりしない口調だった。

「お父さんはいっしょじゃないの？」

「どこかに行っちゃって」

アニカはそれ以上たずねなかった。いつの間にかまた、心ここにあらずだった。彼女は何年も昔のことを思い出していた。サーフィンをやめ、陸(おか)にあがった人魚のようだったころのことを。なにもかもが中途半端で終わりかけたとき、受けとめてくれたのはセルヴォーヌだけだった。

「アニカさん、わたしになにか、用事があったのでは？」

アニカは忘れていたみたいに、しばらくじっと考えた。

「ああ、そうそう、ごめんなさい。あなたに伝言があったんだわ。すぐにアルカニュ牧場へ行ってちょうだい。大至急よ。お母さんが待ってるから」

＊

キャンプ場の前には憲兵隊の車が三台、停まっていたけれど、ひとつカーブを曲がると、もう誰もいなかった。ずいぶん対照的だ。コオロギやバッタ、キリギリスは、人間たちの騒ぎなど関係なく生きているんだわ。雑木林(マキ)に隠れるのが容易なわけが、ヴァランティーヌにはよくわかった。憲兵隊員たちから数メートル離れて茂みに入ったら、それでおしまい。もう、誰も探しにやって来ない。警察犬でも無理でしょうね。逃亡者の足跡を隠そうとするかのように、香りの強い花があたり一面に咲き乱れている。

ヴァランティーヌは小道をのぼって、まっすぐアルカニュ牧場にむかっていた。小道と舗装道路が交差するカーブのむこうに、車が停まっているのが見えた。すぐにはぴんと来なかったが、どこか気になる車だった。古い記憶を呼び覚ますような。いやむしろ、古い映像を思い出させるような。形といい、色といい、テレビの連続ドラマで主人公が乗っているヴィンテージカーってところね。ヴァランティーヌは舗装道路にむかいながら、ママがわたしに何の用だろうと考えた。アニカ・スピネロは大至急って言ってたけど。彼女はため息をついた。もう、うんざりだわ。アルカニュ牧場、祖父母、曽祖父母、ママ、幽霊、死者……

そうだ！

思い出したわ、あの車。古い写真で見たんだった。家で、ママがよく出してきた写真。なんていう名前だったかしら、あの赤と黒の車……ヴァランティーヌはひとりで苛ついた。もう、舌の先まで出かかっているのに。たしかラテン語みたいな、おかしな名前だった……

ヴァランティーヌは近づいてみた。助手席に、老女がひとりですわっている。会ったことのない老女だけれど、ヴァランティーヌは彼女から目を離せなくなった。体中に震えが走る。幽霊に出会ったかのように。

ヴァランティーヌはそんなあり得ない印象を、必死にふり払おうとした。老女はわたしにそっくりだ。一瞬、鏡を覗きこんだのかと思うほど。歳とった姿が映る鏡を。あれは六十年後のわたしだ。

馬鹿げてるわ。

先を急ぎましょう。アルカニュ牧場の木陰に腰を落ち着けるまで、まだあと二百メートルの高さをのぼらねばならない。それでもヴァランティーヌは、思わず赤い車をふり返った。また、老女と目が合った。老女はヴァランティーヌに、なにか懇願しているかのようだった。口では言えないメッセージを、必死に目で表現しているような気がする。あたりには誰もいない。ただ、虫の鳴き声がするばかりだ。そんな静けさが、急に気味悪くなった。

「頭に来ちゃうわ」とヴァランティーヌは、不安をふり払おうと声に出して言った。「なんて名前だったかしら、あの車？　ママにさんざん聞かされた事故の車だわ」

「フエゴだ」と背後で声がした。

58

二〇一六年八月二十三日　正午

カサニュ・イドリッシは病院の車から降りるのに、妻の手助けをふり払った。そして運転手のジョヴァンニに二十ユーロ札を渡し、妻が差し出した杖も苛立たしげに押し返した。

「大丈夫だ、リザ。まだ脚は、ちゃんと二本ついている」

彼は段をのぼって家に入ると、支度の整った食卓を眺めた。ナイフにフォーク、皿、グラス。どれも四人分がセットされている。

カサニュはそのとき初めてふり返り、部屋の隅に立っているクロチルドに気づいた。

「招待客がひとりいるの」とリザベッタは小声で言った。

スペランザはもう、レンジの前に立っている。まるで煮込みの鍋ほど大事なものは、なにもないかのように。ほかのことはすべて、忘れてしまったのだろうか？　聖女ローザの夜も、娘の死も、魔女がクロチルドに投げつけた最後の言葉も？


彼女は逃げ出した。パーシャを刺し殺し、逃げ出したんだよ。

違うわ！

クロチルドにはそんなこと、とうてい認められなかった。母は二十七年間、雑木林（マキ）の奥でひとり、待ち続けたというのに、娘が会いにやって来たまさにその日、娘が隠れ家を訪れたまさにその時間に、逃げ出したりするだろうか？　会いに来るようにという誘いの手紙を、わたしに送ったそのあとに。

筋がとおらないわ、そんな話。

「招待客がひとりか」とカサニュは冗談めかして言った。「いやはや、子供たちがここにいたころ、友人や親戚がよくやって来たころ、家族に意味があったころは、このテーブルを囲むメンバーが十人を下ったことなどなかったのに」

リザベッタは指をよじらせた。

「彼女が……逃げたの……」

カサニュはやけにまじまじとリザベッタを見つめたが、なにも言わなかった。

「逃げたのよ」とスペランザは繰り返した。「パーシャを殺して。そして、オルシュは……」

「オルシュは留置場にいる」と老コルシカ人は遮った。「話は聞いた。ジョヴァンニが途中、ひととおり話してくれた。警察は、オルシュがセルヴォーヌを殺したと言っているらしいな」

カサニュはクロ・クロンビュ・ワインのグラスをひと息で空け、皿とナプキンリングのあいだにナイフを置いて、椅子を引こうとした。なにもあわてるほどのことではない、もう手は打ったと言わんばかりに。クロチルドは祖父の袖をつかみ、声を張りあげた。

「オルシュは大丈夫、わたしが守るわ。これでも弁護士ですから。オルシュは無実よ」

カサニュはグラスを置いた。

「無実？」と彼は訊き返し、くすっと笑いかけた。けれどもすぐにナプキンを口にあて、笑いを止めた。

そうやって、わたしを子供扱いすればいいわ。お祖父ちゃんのちっぽけな心と、お祖母ちゃんの料理には悪いけど、ここははっきり言わせてもらうわよ。

「ええ、無実よ」とクロチルドは大声で繰り返した。「オルシュには、蟻一匹殺せやしないわ。彼がわたしの弟だから言ってるんじゃない（クロチルドはそこで少し間を置き、放ったばかりの爆弾の効果を確かめた）。わたしのママを愛していたのは、彼ひとりだから。この二十七年間、ママを支えてくれたのは彼ひとりだから」

爆弾の威力は絶大だったらしいわね、とクロチルドは思った。三人とも手を宙で止め、身をすくませている。なんだか顔の皺まで、深くなったかのようだ。呪いをかけられ動けなくなった魔女の前で、レンズ豆、タイム、ローリエがぐつぐつと煮立っていた。

「わたしは真実を知りたいの。お願い、お祖父ちゃん、何があったのか話して」

カサニュ・イドリッシはしばらくためらっていた。彼はスペランザ、リザベッタ、鍋、ワインのボトル、パン、四枚の皿を順番に眺め、それからようやく椅子を押し戻した。

「ついてきなさい」

＊

今度はカサニュも念のため、杖を持っていくことにした。二人は庭に出ると、黒いニワトコが両側に生えた小道にむかった。小道は納屋の裏から山にむかっている。台所の窓の前を通ったとき、かちゃかちゃと皿を片づける音が聞こえた。カサニュは孫娘をふり返った。

「皿が四枚か……終わりの始まりってやつだな。あの二人も、いずれ差しむかいでの食事に慣れにゃいかん。わたしはいつまでも、この世におらんだろうから。女たちの運命とは、そういうものだ。男たちが出かける世話をし、彼らにつきそい、彼らを待ち、彼らのもとを訪れる。若いうちは学校の近くの家に住み、歳を取ったら墓地の近くの家に暮らす」

クロチルドは微笑んだだけだった。彼女は一瞬、祖父の手を取ろうか迷ったが、カサニュは目の前の小道を指さした。

「なにもカピュ・ディ・ア・ヴェタ山にのぼろうっていうんじゃないさ。パンエイロ医師の言うことなど、あてにはならんが。心臓が止まったって、脚は動き続けるだろうよ。すべて説明しよう、クロチルド。コルシカの姿を見せてやろう。コルシカの話を聞かせてやる。そうすればおまえも、われわれのことが……ところで、あの二人から何を聞いたんだ？」

二人は狭い道を進んだ。クロチルドは、さっき聞いたばかりのことを繰り返した。愛人、父親の隠し子、八月二十三日の晩、母の代わりに車に乗ったサロメのこと、事故、パルマが最後に言った言葉に関するリザベッタの疑念について。

　カサニュはうなずいた。

「リザベッタはわたしの意見にずっと反対だった。あいつには別の考えがあったんだろう。しかし、なにも言わなかった。リザは忠実な妻だからな、われわれが決めたことを尊重した」

「男たちが決めたことでしょ？」

「そうだな……だが、スペランザもわれわれに賛成だった」

「何があったの？　事故のあと、何があったの？」

　カサニュは硬さを確かめるかのように、杖で地面を叩いた。彼は歩くのと同じくらいゆっくりと話した。

「あの晩は、本当に慌ただしかった。われわれは夜の九時少しすぎに、事故の一報を受けとった。電話してきたのはセザルー・ガルシアだった。彼は現場にいて、状況を説明した。ペトラ・コーダ断崖から車が転落したんだ。生存者はおまえひとりだった。それ以外は、なにもわからない。事故？　テロ？　復讐？　当時、わたしには、少しばかり敵もいたからな（謎めいた微笑みが彼の顔をよぎった）。わたしはあらゆる可能性を検討したが、とりあえずおまえの母親を捕まえることにした。パルマは徒歩でアルカニュ牧場から立ち去った。そして彼女が最後に叫んだ言葉が、まだわたしの脳裏に響いていた。《さあ、彼女と行けばいいわ。でも、子供たちを車に乗せてはだめよ》という言葉が。脅しのような、まるでそのあと起きることを知っていたかのような言葉が」

　クロチルドはなにも言い返さなかった。彼女はふり返り、数百メートル下方の、ルヴェラタ岬に目をやった。この距離から見ると、木々に覆われた半島は理想的な逃げ場所のように思える。ちっぽけな海岸、ぽつぽつと散らばる家、白い小道。でもそれは、幻想にすぎない。半島は袋小路だった。

　カサニュはクロチルドの視線を追った。

「おまえの母親がむかう先を予想するのは、難しいことではなかった。わたしはミゲルとシムオーヌにあとを追わせた。二人はルヴェラタ灯台の近くで、パルマを追いつめた。ナタル・アンジェリの家のすぐうえ、百メートルほど手前だった」

　それがあの晩、ナタルが見た幽霊の正体だったんだ、とクロチルドは思った。彼の一生につきまとってきた幽霊。でも、真実はあっけないほど単純で、明白だった。ナタルは夢を見たんじゃない。ピュンタ・ロサの高台から彼に微笑みかけたのは、パルマ本人だった。そのあとカサニュが放った追手が、彼女を捕まえたのだ。パルマはその晩、ナタルのもとにやって来た。彼に身をまかせるため？　それとも、ただ彼の腕のなかで泣くため？　それは誰にもわからないだろう。パルマやナタル自身にも。

　二人はラベンダーが香る小道を進み続けた。右手に弾丸の跡で覆われた岩があった。カサニュは歩く道筋を慎重に選んであったのだろう。たしか国民兵の岩って呼ばれてたはずだわ。一九四三年九月、コルシカが解放される数週間前に、レジスタンス活動のメンバーがここで銃殺されたからだ。カサニュは銃弾の跡を指でなぞっただけで、また話を続けた。

「おまえの母親は、愛人のもとに駆けつけようとした。わかっただろ、クロチルド。だとすると事故の前の出来事も、違った意味を持ってくる。アルカニュ牧場の中庭で、われわれの前で、サロメの前で、パルマは侮辱された被害者を演じ、辱められた女の長ぜりふを滔々と口にした。バカンスのあいだじゅう、聖女ローザの日はどうしても譲れないと言い張っていた。ポールといっしょに《カーサ・ディ・ステラ》で取る記念日の食事は、とても大事なのだと。けれどもそれは、見せかけにすぎなかった。パルマはナタル・アンジェリのもとへ行くことだけを考えていたんだ。当時わたしは、おまえのたのみを聞き入れようとしていたのに。わたしはおまえに説得され、イルカの保護区を作るために地所の一部をナタルにあげるつもりでいた。かわいそうに、おまえも利用されたんだ。あいつらは、ぐるになっていたんだ。アンジェリが共犯者だという証拠はない。彼はパルマの計画を知っていたのか？　ポール殺しに手を貸したのか？　パルマを止めることができなかったのか？　確証が得られていたら、ただではすませなかったろう。わたしはやつを脅し、口を割らせようとした。少しばかり、やりすぎてしまったようだ。やつは臆病風に吹かれて、セザルーの娘オーレリアと結婚した……島の一角で起きたごたごたでは、セザルー・ガルシア軍曹にずいぶん目をつむってもらった。けれども自分の娘婿が殺されたら、黙っちゃいないだろう。時とともにナタル・アンジェリを許せるようになった、と言うつもりはない。しかし、やつも操られていたのだと思うようになった。たしかにちょっとばかりハンサムだが、あんな酒びたりの意気地なしに、人殺しなどできやしない。共犯者ですらなかったってな」

　クロチルドは祖父の腕を引いた。

「共犯者って、なんの？」

　カサニュは黙って歩き続けた。一メートルのぼるごとに、道の西側には雑木林(マキ)の眺望がひらけ、地中海に臨むバルコニーやプールを備えたカルヴィの家々まで続いた。

「翌日すぐにフエゴが鑑定に出され、その日のうちに正式な報告がなされた。事故だった、ということで一件落着し、遺体は家族のもとに返された。あとは埋葬を終え、忘れるだけだ。当局はほっと息をついたことだろう。あれが殺人だったら、復讐だったら、バラーニュ地方の名家間の抗争だったら、イドリッシ家対ピネリ家、カサソプラーナ家、ポジオリ家の戦いだったら……公式の見解は、事故ということで落ち着いた。過労か飲みすぎかスピードの出しすぎか、初めからそういう運命だったのか、ともかくカーブでハンドルを切り損ねたというわけだ。けれども、カルヴィの腕利き整備工アルド・ナヴァーリは古い友人だ。父同士も、コルシカ解放のために戦った仲でね。だから警察に話す前に、わたしに結論を教えてくれた。ポールの車には細工がされていたって。ボールジョイントのナットが緩められていたんだ。これは推測じゃない、たしかなことだとアルドは言っていた。リンクロッドは無傷だった。ねじれもなにも、まったくない。つまりそれはなにかの衝撃で緩んだのではなく、車が出る前にわざと緩められていたわけだ。彼には黙っているようたのんだ。警察には、みんなが望んでいるとおり、なにもおかしな点はなかったと報告すればいいと。アルドはためらわず、偽の報告書を警察に提出した。もともと彼が警察に協力するのは、年に三回もなかったし、わたしの考えにも賛成だった。家族の問題に警察を入れるなってことだ」

カサニュはクロチルドをふり返らず、バラーニュの村々を見渡した。モンテマッジョーレ、モンカル、カレンザナ。

「セザルー・ガルシアも数か月かけて、同じ結論に達した。彼は友人に鑑定し直してもらったんだ。けれども、時すでに遅しだった」

クロチルドは怯えたように、祖父を見つめた。彼がこれからどんな告白をするのか、考えたくなかった。

「それじゃあ、自分の手で犯人を捕まえ、自分の手で裁いたってこと？」

「自分の手で裁いたのかって？ほかにどんな裁きがあるっていうんだ？頭の固い本土のお役人が行うような裁きか？くじ引きで選ばれ、推定無罪の原則とやらを繰り返し聞かされている陪審員が下す裁き？有罪は火を見るよりも明らかなのに、証拠がないばっかりに犯人を釈放するような裁き？おまえは弁護士なんだから、なんの話をしているのかよくわかっているはずだ。わたしはそんな茶番を、嫌というほど見させられてきた。そうとも、クロチルド。わたしはそんな裁きなど、全く信用していない。法律も信用していない。刑法はもちろん、都市計画法やら商法やらもな」

クロチルドはよろめいた。目の前に、カルヴィ湾が完璧な曲線を描いている。

「それじゃあ、自分の手で裁いたのね？」

「裁判を受ける権利は与えたとも。本土の司法当局がひらくのに劣らない、公正な裁判を」

「それじゃあママには、ちゃんと弁護士がつけられたんでしょうね」クロチルドは皮肉っぽくたずねた。

カサニュはじろりと彼女をにらんだ。彼の声に、冷笑的なところはまったくなかった。

「申しわけないが、弁護士がなんの役に立つのか、わたしにはまったく理解できないね。いや、おまえのことじゃない。おまえは離婚だとか、子供の親権だとか、養育費だとかを扱っている。時代の要請だから、いい悪いの問題じゃない。解決するには仲裁者が必要だ。だが、わたしが言ってるのは殺人事件だ。弁護士の出る幕はない。捜査をして、手がかりを集め、証拠を見つける。真実がどちらの側にあるかを論議し、事実に基づいて有罪か無罪かを決める。それだけのことだ。弁護士がやるのは、客観的な証拠を捻じ曲げることくらいじゃないか。どうして犯人に弁護士が必要なんだ？」

「でも、無実だったら？」

するとカサニュは、粘りつくような笑い声をあげた。

「無実だって？　この国の司法がどういうものか、わたしはよく知っている。無実っていうのは、いい弁護士をつけた犯人のことだ」

クロチルドは拳を握りしめた。頭のなかで、さまざまな思いが沸き立っていた。よかったわね、お祖父ちゃん、あなたがどこまでイカレてるか、見とどけてあげるわ。だって司法っていうのは、そんなものじゃないから。孫のオルシュはどうなの？　彼は今、留置所に入れられてる。わたしでだめならもっと腕のいい弁護士を、あなたは真っ先に雇うはずだわ。

「それなら、公正な裁判とやらについて話して」

カサニュは目の前の木を見つめ、立ち止まった。クロチルドは古い言い伝えを思い出した。傭兵隊長のサンピエロ・コルソは、自分を裏切ってジェノヴァに売った妻の家族をここで縛り首にしたという。妻のヴァニーナには情けをかけ、自らの手で絞め殺した。

「わたしは友人や土地の者を集め、アルカニュ陪審団を作った。みんな名誉と家族の絆を尊ぶ、信頼に足る者たちだ。全部で、十名ほどだったかな」

「バジル・スピネロも一員だったの？」

「ああ……」

「ほかには？　親戚？　聖女ローザの日の晩、サロメがあらわれた場にいた人たち？」

カサニュは無言だった。この質問には、答えられない。

「クロチルド、おまえが何を考えているかはわかってる。パルマの有罪は初めから決まってたと、思っているんだな。だが、それは違う。わたしはきちんとした裁判を望んでいた。陪審員の前に証拠を提示し、彼らが事実を知ったうえで判断することを。彼らが事実に基づいて判決を下すことを。ただ、事実に基づいて。わが息子と孫が殺されたんだ。誰かに責任を負わせればいいんじゃない。犯人を見つけねばならないんだ」

「そして見つけたのが、パルマだったっていうの？　わたしのママだったと？　ママが車の下にもぐりこんで、きっちり締まっているはずのナットを緩めたと？　そんなことを信じる陪審員が、よく十人も見つかったものね」

「建築家はもともと男の仕事だからな、パルマは機械(メカ)にも強かったろう。わたしはあらゆる可能性を探った。カサソプラーナ家もピネリ家もほかの一族も、名誉にかけて無関係だと断言し、わたしはそれを信じた。コルシカでは、家族同士の争いごとを解決するのに、車に細工をしたり子供を巻きこんだりはしない。敵を殺すなら、正々堂々面とむかっていく。調書のなかで、たしかな事実はひとつだけ。何者かがポールの車のステアリング・システムに細工をしたということだ。フエゴがどこかのカーブで、制御不能に陥るように。これは計画的な殺人なのだから、問題は二つに絞られる。ポールを殺す動機があったのは誰か？　彼が車に乗ることを知っていたのは誰か？　おまえは気に入らないだろうが、答えは簡単じゃないか。二つの条件を満たす唯一の人物、それはおまえの母親だ。あの晩、パルマはフエゴに乗るまいとした。彼女は愛が冷め、自分を捨てようとしている男の隣に、ライバルの女をすわらせた。しかも男は、彼女の手から子供まで取りあげようとしている。ポールはニコラとおまえもいっしょでなければ、サロメやオルシュとコルシカで暮らそうとはしなかっただろうからな。ポールと離婚したらすべてを失う、とパルマは思ったのだろう。いつかポールが受け継ぐはずの、イドリッシ家の財産も。けれども、まだ結婚しているうちに、彼が事故で死んだなら……」

　カサニュは話しながら、縛り首の木の高い枝に目をやった。

「あの晩、パルマはおまえの父親に、子供たちを車に乗せないように言った。おまえも、ニコラも乗せてはいけないと。彼女は二度も念を押してから、立ち去った」

二人は歩き続けた。岩を越えるときだけは、お互いしばらく黙りこんだ。太陽の下を三十メートルほど進むと、新たな雑木林（マキ）の木陰に入った。カサニュは平らな熱い岩にそっと手をあて、息を整えた。もし、お祖父ちゃんの言うとおりだとしたら？　とクロチルドは思った。カサニュの話しぶりはとても真剣だった。そして弁護士にできることは、否定しがたい論証を悪意で捻じ曲げることだけだとしたら？　明白な事実をただの偶然だと言い張り、感情に訴えて確信を揺るがせることだとしたら？　わたしなら、ほかのどんな弁護士よりうまくやれそうだわ。

「まったく疑いの余地はない」とカサニュは、クロチルドの心を読んだかのように続けた。「あの晩、車に乗るべきかどうかを決めることができたのは、おまえの母親だけだ。彼女には、ひとつならず動機もある。愛憎、金、子供。彼女はあの晩、愛人のもとへ行こうとしていた。おまえたちを守ろうとして、自らの非を認めてしまった。だが、ほかにどうすることもできなかったのだろう」

カサニュはふり返って、初めて孫娘の手を取った。カサニュの手は、肉や血を抜きとられたみたいにかさかさで皺だらけだった。まるでコルク樫の樹皮だ。

「ほかに容疑者はいないか、ほかに説明はつかないか、ずいぶん考えてみた。嘘じゃないさ、クロチルド。でも、納得のいく答えは出なかった」

クロチルドは思わずこう言い返した。

「だからって、ママが犯人だとは限らないわ」

カサニュはため息をついた。二人は開墾地の前まで来ていた。放し飼いにされた山羊が何頭か、草を食(は)んでいる。

「やれやれ、クロチルド、これだから弁護士は好かんのだよ。だから本当の司法を望んだんだ。わが国の司法はおまえみたいに推論する。証拠がなければ犯人はいないし、判決もない。フランスの司法はそうやって事件を終わりにして、罪が罰せられることはない。わが息子と孫を殺した犯人も、なんの罰を受けることもなくのうのうと暮らしてたことだろう。そんなこと、このわたしが受け入れられると思うか？　アルカニュ陪審団は、もっとも疑わしい者に有罪を言い渡さねばならない。アルカニュ陪審団はためらわなかった。投票の結果は満場一致だった。おまえの母親は有罪だ。誰もそれを疑わなかった」

ひどい話だわ……クロチルドは寒さで体中が震えた。血管のなかに、氷塊が流れているみたいだ。空の真上から、ヒースとイワナシの小枝越しに陽光が射し、肌を温めて氷塊を溶かした。二人の前には牧草地が広がっている。カサニュは花崗岩(かこう)の古塚に腰かけた。クロチルドは思い出した。そういえばここは、小さいころによく来たパオリの原だわ。フランス革命の直後、独立派がコルテで鋳造させた金貨をここに埋めたと言われている。コルシカがイタリアの手を離れ、フランスのものになる前の狭間(はざま)の時期だ。金貨は島が本当に独立したとき、役に立つだろうからと。

けれど宝箱はもとより、一枚の金貨も見つかっていない。

伝説や噂は耳にするけれど、証拠はなにもなかった。

「アルカニュ陪審団はパルマの有罪を認めた」とカサニュは続けた。メリメが『コロンバ』や『マテオ・ファルコーネ』で描いたような時代だったら、おまえの母親は処刑されていただろう（乾いたスポンジのような手が、クロチルドの手のなかでこわばった）。わたしなら二十七年前、躊躇なく死刑を宣告しただろう。しかし、ほかの者たちは反対した。リザベッタはもとより、バジルもだった。いくら疑わしいとはいえ、パルマはイドリッシ家の一員で、生き残った孫娘の母親なんだからと。それに彼女は自白してない、とリザベッタは主張した。もしいつか、別の真実が明らかになったらどうするんだと。バジルは別の論点から、パルマを擁護した。フランスの司法制度では、最悪の殺人犯にも死刑は科されない。それより野蛮な真似はできないというわけだ。こうして下された判決は、終身刑だった。アルカニュ牧場から山にのぼれば、人ひとり幽閉しておく場所は雑木林のなかにいくらでもある。それにおまえの母親は、なにも反論しなかった。自白もしなかった代わりに、身の証を立てようともしなかった。逃げようとするそぶりすらなかった」

今日まではね、とクロチルドは思った。二十七年前、裁判の真似事が行われたとき、母は自分が乗るかもしれなかった車で夫と息子を亡くしたばかりだった。たったひとり、ショック状態のまま責められ、追いつめられ、罪悪感に苛まれていたら、弁明する力なんか残っていたと思う？

母はあの晩、すべてを失ったのだ。

娘を除いてすべてを。

クロチルドはそう言い返そうとしたが、カサニュは手をふりほどいて彼女の肩にあてた。

「わたしは怪物でもなんでもない、クロチルド。おまえの母親が失ったのは自由だけ、彼女が払わねばならなかった犠牲はそれだけだ。泥棒やレイプ犯、殺人犯だって、服役すれば自由を奪われることに変わりはない。それ以外の面では、決して悪い扱いはしなかった。それどころか、ボルゴの刑務所に詰めこまれた囚人たちより、ずっと恵まれていたぞ。リザベッタが彼女のために用意した料理は、刑務所の食事なんかよりずっとおいしいはずだ。看守のオルシュだって、彼女には恭しく接していた。パーシャは獰猛なシェパードよりずっと人なつっこいし。われわれはただ、裁きを下そうとしただけなんだ」

クロチルドは一歩あとずさりした。

「でも、ママは逃げ出した。そうしたら、どうなると思う？　警察に駆けこんで、お祖父ちゃんたちのことを訴えるわ」

カサニュは笑って首を横にふった。

「もしパルマがそうしていれば、とっくに警官がここに来ているだろうよ。いや、おまえの母親は、警察に駆けこんだりしていない。二十数年間も羊飼い小屋に閉じこめられていたなんて、そんな突拍子もない話をするものか！　たしかに、ただ人質として捕まっていたのなら、そうしていたかもしれないが、パルマはわれわれのことを訴えなかった。それは彼女の有罪を示す新たな証拠だ（カサニュは目をきょろきょろさせ、孫娘の視線を捉えようとした）。これからパルマを捜し、見つけ出す。おまえも話ができるだろう。コルシカの男なら、何年も雑木林（マキ）に身を潜めていることもできるだろう。だが、よそ者の女には無理だ。二十七年間も小屋から出たことのない、よそ者の女にはな」

一瞬、二人の目が合った。カサニュも同じことを考えているのだろうか、とクロチルドは思った。パルマは一九八九年八月二十三日の晩と同じところへ、同じ家にむかったのではないか？　そこで暮らす男に再会するために。

ナタル・アンジェリ。

たしかに彼は、まだピュンタ・ロサに住んでいる。

「さあ」とカサニュは言った。「アルカニュ牧場に戻ろう」

二人は黙って道を引き返し、縛り首の木や国民兵の岩の前を通りすぎた。クロチルドはとても信じられない、納得いかないだろう。彼女が受け入れるには時間がかかる。しばらくそっとしておこう、というカサニュの思惑どおり、二人はなにも言わずに歩き続けた。クロチルドはさまざまに想像を膨らませた。オルシュは、幽閉されたパルマに食事を運ぶ役をまかされていたのだろう。彼女は無口な少年と少しずつ親しくなり、子犬が生まれたときには名前をつけてあげた。彼女は小耳に挟んだ会話の断片や、リザベッタと交わした言葉から、クロチルドが再びコルシカにやって来ることを知った。長年、暗い部屋で、ベテルギウスの星明かりだけで暮らしてきた末に、ようやく娘と再会できるかもしれない。彼女はまず、自分が生きていることを証明する走り書きの手紙をオルシュに届けさせた。次には、二十七年前と同じ朝食を準備させ、そして真夜中、自分が囚われている小屋まで娘を連れてこさせた。娘に再び会うため、ただもう一度、娘の顔を見るため。娘を危険にさらさないため。

でも、どんな危険に？

母はどんな秘密を隠しているのだろう？

母がパーシャを殺したはずはない。もうすぐわたしに会えるというときになって、逃げ出すはずはない。車のステアリング・システムに細工をしたはずはない。八月二十三日の晩、子供たちの命を危険にさらすようなことをしたはずはない。今日、聞かされた話はどれもこれも、いずれ劣らず筋の通らないことばかりだ。そのなかで、たったひとつ大事なこと。

それは母が生きているという事実だ。

彼女はまだ生きている（カンバ・センブレ）。

今度はわたしが勝負に出る番だ。それがわたしの仕事なんだから。

無実を証明することが。

カサニュは歩を速めた。小道がアルカニュ牧場まで、緩やかな下り坂になっていたから。すべてを打ち明けてすっきりし、あとは料理のことしか考えていないのかもしれない。四枚の皿とフィガテル・ソーセージが待ってるぞ。

そんなに急がないで、お祖父ちゃん、とクロチルドは思った。孫娘の話を聞いたら、食欲なんかなくなっちゃうかもしれないわよ。

彼女は、杖を握っている祖父の手をそっとつかんだ。

「お祖父ちゃん……もし、別の手がかりがあるとしたら？　犯人は別にいるかもしれないとしたら？」

カサニュは立ち止まらなかった。むしろスピードをあげたくらいだ。

「ほら見ろ」と彼は答えただけだった。「弁護士などつけなくてよかったよ」

クロチルドは目いっぱい皮肉っぽい声で言い返した。

「誰のせい？　わたしが弁護士になったのは、お祖父ちゃんのひと言があったからなのよ。覚えてる？　二十七年前、カピュ・ディ・ア・ヴェタ山の山頂で。すべて、初めから決まってたことなんだわ。お祖父ちゃんのひと言で、わたしは弁護士になろうと思いたった。それはただ、こうして何年もたってから、お祖父ちゃんが犯した人生最大の判断ミスを証明するためだったんだわ」

けれどもカサニュはにこりともしなかった。

「ほかの手がかりもすべて追ってみたんだ、クロチルド。嘘じゃない」

「セルヴォーヌ・スピネロの線も？」

するとカサニュが歩くテンポが、杖と右足のあいだで乱れた。

「セルヴォーヌ・スピネロだと？　やつがこの件とどんな関係があるんだ？　当時はまだ、十四歳だったんだぞ」

「十七歳よ……」

「十七なら、それでもいい。どのみち、少年にすぎん。あいつがフエゴの細工にどう関わってるっていうんだ？　これが本土の弁護士のやり口なのか？　数時間前に死んだ人間を持ち出して、すべてをその背中におっかぶせるのが？」

クロチルドは聞き流した。二人は歩き続け、やがてアルカニュ牧場の柏の梢が見え始めた。男にははったりを利かせねばならない。それは祖父が相手でも同じだ。

「セルヴォーヌはママのことを知っていたんでしょ？　ママの裁判のことや、終身刑のことを。それでセルヴォーヌはお祖父ちゃんを脅迫していたんでしょ？」

カサニュは天を仰いだ。

「車の細工とは無関係だが、たしかに何年かして、セルヴォーヌは父親のバジルがほかの陪審員と話しているのを聞いたらしい。セルヴォーヌは抜け目ない男で、いつもこそこそと嗅ぎまわっていたからな。二〇〇三年に父親が死んで、あいつはキャンプ場を受け継いだ。だがおまえの言うように、わたしを脅迫したわけじゃない。ここでは、そんな言葉は使わん。そんなことをしたら、バーのテラスで、ハチの巣にされる。やつはただ、知っているとほのめかしただけだ。われわれは話し合う必要すらなかった。契約の条項は、互いに心得ていた。もしやつが警官なり、新聞記者なりに話したら、わたしや家族みんなが刑務所送りになるかもしれない。そうなったら、アルカニュの地所は誰が管理する？　セルヴォーヌは新たな建物を建てたいので、数へクタールの土地を使わせて欲しいとたのんだだけだった。ユープロクト・キャンプ場のレストランを広げたり、トイレ・シャワー・ルームやバンガローを増やしたり、フィンランド風の山小屋を建てたり、オセリュクシア海岸に藁ぶきのディスコを作ったり。土地はそのままわたしのものだが、あいつが開発するというわけだ。マリーナ《ロック・エ・マール》の土地は、あいつが買い取ったものだが、わたしのお墨つきをもらいたいとのことだった。一族の名誉とコンクリートの建物の数へクタール分とだったら、どちらをとるかはわかりきっている」

「それが脅迫じゃなかったら、なんて呼ぶのかしらね？」

「交渉さ。セルヴォーヌはわたしを恐れていなかった。親友の息子だからな、危険はないとわかっていたんだ」

カサニュはびっくりしたように目をくるくるさせた。二人はアルカニュ牧場の中庭に着いたところだった。柏の木が彼らのうえに、大きな影を投げかけている。

「じゃあ、セルヴォーヌを殺させたのはお祖父ちゃんじゃないのね？」

「いいや。どうしてわたしがそんなことをするんだ？　セルヴォーヌ・スピネロは野心家で、あまり誠実な男ではない。商売熱心だが、土地を大事にしようという気はないようだ。しかし、彼なりのやり方でコルシカを愛している。世代が違えば、方法も変わるってことだ。コンクリートも悪くない。その点では、やつの言うとおりだった」

クロチルドは打ちのめされた。結局、カサニュもほかのみんなと同じだ。男は理想を中途半端にあきらめてしまう。世界は急速に変転しているから、それは巨大なユートピア圧搾機だからと。彼女は少し迷ったけれど、すぐにあきらめた。これ以上、わたしの見立てを説明しても無駄だろう。セルヴォーヌ・スピネロは、あの晩ポールとパルマが車に乗るとは思っていなかった。二人は《カーサ・ディ・ステラ》まで歩いて小道をのぼり、そこに泊まる予定だったのだから。大人たちは誰も知らなかったが、あの晩車を運転するのはニコラのはずだった。だからこそ、セルヴォーヌ・スピネロはフエゴのステアリング・システムに細工をしたのでは？　ニコラはマリア＝クジャーラを車に乗せていくつもりだった。犯人が殺そうとしたのは、ニコラとマリア＝クジャーラだったのだ。羨望、嫉妬、遺恨から。カサニュには、思いもよらないことだったでしょうね。十八歳以上の大人たちは、この可能性に誰も気づかなかった。若者グループの秘密は、沈黙の掟（オメルタ）に支配されたコルシカの村以上に、外からはうかがい知れないものなのだ。


　二人は、リザベッタが植えた蘭の花壇に縁どられた中庭をゆっくりと横ぎった。クロチルドの予想に反して、カサニュは台所に直行せず、庭のベンチに腰かけた。二十七年前、クロチルドがまどろんでいたベンチに。

　そう、あの夏、若者グループのなかで何が起きていたのか、誰も見抜けなかった。大人たちは、誰ひとり。

　でも、もしかして……

　クロチルドは、カサニュがベンチのうえでゆっくり深呼吸するのを眺めていた。お祖父ちゃんは猫みたいだわ。眠っている大きな猫。怠惰で無気力そうだけれど、少しでも危険を察知したら、とたんに反応して飛びあがる。すばやく、正確に、情け容赦なく。

リザベッタが家から出て、心配そうに近づいてきた。スペランザはドアの前で、こちらをうかがっている。

「大丈夫、あなた？」

カサニュはなにも答えず、陽光を浴びて眠気を誘われたようにそっと目を閉じ、うなずいた。ああ、大丈夫だ。杖、帽子、家、柏の木、一族。

でも、もしかして……

クロチルドは、頭のなかが沸きあがるような気がした。

事故が起きる十数分前、彼女は今、カサニュがいるベンチに腰かけ、うとうとしながら《マノ・ネグラ》を聴いていた。そして父親に引っぱられてフエゴに乗る前、最後の言葉をノートに書きつけていた。

でも、もしかして……

八九年の夏、若者たちのあいだで起きていたドラマを、大人は誰も知らなかった。

でも、もしかして、あの日記を読んだ者がいたとしたら！

リザベッタは夫の肩に手をあて、無事を確かめ安心した。そして孫娘の胸の内を察し、内緒話をするみたいに、耳もとに口を近づけた。

「事故の晩、このベンチにノートを忘れていったわよね。だから……」

そのときクロチルドのポケットのなかで携帯電話が振動し、リザベッタは先を続ける間がなかった。

フランクからだ！

ようやく返事が来た。

クロチルドは一メートルほど離れた。

「フランク、帰ったの？」

夫は息せき切ったような声をしていた。ずっと走り続けてきたような、あるいはまわりで風が吹きすさんでいるような。二日前から話していなかったけれど、二人は変わりはないかと声をかけ合うこともなかった。

「ヴァルはいっしょか？」

「いいえ、どうして？」

「今、キャンプ場の受付で、アニカといっしょにいるんだが、きみから伝言が届いていたって言うんだ。至急アルカニュ牧場に来るよう、ヴァランティーヌに伝えて欲しいって」

クロチルドは脚がふらっとし、あわててベンチにつかまった。

「それはわたしじゃないわ。伝言なんかしてないもの」

「じゃあカサニュか、アルカニュ牧場の誰かか」

「わからないけど、ちょっと待って。訊いてみるから」

クロチルドはリザベッタの前に立った。けれども彼女が口をひらく前に、祖母は言いかけた言葉を続けた。

「事故の晩、ベンチに残されていたノート。あれはわたしが拾ったわ」

59

二〇一六年八月二十三日

フエゴは松の針葉を掻き分けながら、石ころだらけの狭い道を走った。垂れ下がった枝がほとんど一メートルごとに車体をこすり、松脂臭い擦り傷を残した。カスタニ兄弟は彼が買ったこの逸品の手入れには、あまり気を遣っていなかったらしい。はっきり言って、どうでもいいと思っていたのだろう。その点は彼も同じだった。

午後七時四十八分

どのみち、あともう少しで、この車は……
正確には、一時間十四分後……
同じ車。
分単位まで同じ時刻。
同じ場所。

乗っている者も同じ。

そして警察は、同じようにめちゃめちゃになった遺体を見つけるだろう。

どうせ決着をつけねばならないなら、華々しく行こう。始まったときと同じように、この悲劇を終わらせるんだ。運命に報復し、敢然と挑むために。円環を閉じ、金庫にきっちり鍵をかけて、地中海の底に沈めるために。

彼はバックミラーを覗いて、確かめた。大丈夫、県道八十一号にも、数メートルむこうのハイキング道にも、車の姿はない。この道を使うのは、屋根の板石を切り出す採石場の車だけだ。観光客がここまで足を踏み入れることはないし、地元の住人ならなおさらだ。この場所を見つけるのに、時間はたっぷりあった。彼はそのために、二十七年間もかけたのだ。

午後八時三分

彼はここで静かに、心穏やかに運命の時を待つことにした。女たちが退屈するようなら、あれを読ませてやればいい。

とりわけ、ヴァランティーヌは興味を持つだろう。

彼は大きな松の木陰を選んでエンジンを切り、ハンドブレーキをかけて右を見た。

「仕上げの前々段階まできましたよ、イドリッシ夫人。気に入っていただけるといいのですが。あなたをがっかりさせないよう、準備万端整えたんですから」

もちろん、パルマ・イドリッシは答えなかった。彼は隣の席に腰かけたパルマのほうに、身を乗り出した。

「申しわけない、パルマさん」

彼はシートベルトをはずしてグローブボックスをあけ、ビニールの袋を取り出してうしろをふり返った。後部座席には、手を縛られたヴァランティーヌがすわっていた。ベージュ色の絆創膏（ばんそうこう）で、口をふさがれている。きょろきょろと動く目には、激しい動揺がはっきりと見てとれた。

「プレゼント用のラッピングをしてる暇がなかったが、あけてみたまえ、ヴァランティーヌ」

ヴァランティーヌは縛られた手で、ビニール袋から色褪（あ）せた青いノートを取り出した。ページは黄ばんで、反り返っている。

「ここは年少者に花を持たせましょう。いいですよね、パルマさん。それにこの日記の内容は、あなたもすでにご存じのことばかりでしょうしね」

パルマはやはり答えなかった。

「手首は動かせるだろ、ヴァランティーヌ。それに目も。だったらこのノートは、きっときみを夢中にさせるぞ。誰だって、母親の頭のなかを覗けたらって思うもんじゃないか」

母親が自分と同じくらいの歳だったころ、どんなことを考えていたかわかったら、と彼は頭のなかでつけ加えた。

ヴァランティーヌはためらった。閉じたノートにかけた指が震えている。けれども彼は確信していた。ひとたび表紙に目をやり、母親の筆跡を認めたなら、ヴァランティーヌはひらかずにはおれないだろう。ひとたび一行目を読み始めたならば、たしかにクロチルドの日記だとわかるだろう。たとえ自分が生まれる何年も前に書かれたものだとしても。

それに、ヴァランティーヌには知る権利がある。

母親がどんな人間なのかを知る権利が。祖母がどんな人間なのかを知る権利が。

断崖に突っこむ前に。

海に沈む前に。

あとのことはすべて、この車も、このノートも、同じ運命をたどるだろう。

そして、車に乗った三人も。

60

二〇一六年八月二十三日　午後八時

「フランク？　フランク？　聞いてるの？」

クロチルドは声を張りあげた。音がやけに遠く聞こえる。夫はまだヨットで、沖を走っているのではないかと思うくらいだ。海の底から浮かびあがりながら、返事をしているのではないかと。電波の具合が不安定なのは、雑木林（マキ）に囲まれたここ、アルカニュ牧場なのだろうけれど。

「フランク！　誰もヴァルに伝言なんかしていないわ。わたしも、お祖父ちゃんも、お祖母ちゃんも。アルカニュ牧場に来るようになんて、誰も言ってないわ」

「なんだって！」

「どういうことなの、フランク？　ヴァルはいっしょじゃないの？」

「ぼくは……シャワーに行ってたんだ。ほんの十五分ほど。セルヴォーヌ・スピネロが殺されたのを知って、ヴァランティーヌは動揺していた。彼を慕ってたからな、アニカにお悔やみを言いたいって……シャワーを出たら、ヴァルの姿はなかった。アニカから伝言の話を聞いて、きみに電話したんだ」

ベンチ、柏、中庭。すべてがぐるぐるまわり出した。島が流されていく。山が地中海に崩れ落ちていく。

「それって、何分くらい前だったの？　きっと、まだ途中なんだわ。小道のどこかを歩いてるのよ」

夫の声が一段と小さくなった。会話は風音にかき消され、ほとんどなにも聞こえないくらいだ。クロチルドは受話器を耳に押しあてた。

「小道にはいないんだ」

「どうしてそう言いきれるの？」

「ヴァルがどこにいるのか、知ってるから」

何、それ？　聞き間違い？　わたしを馬鹿にしているの？

クロチルドは思わず大声をあげた。それが山にこだまして、電話越しに話すよりすばやくフランクに届くかと思うほど。

「何を言ってるのよ？」

リザベッタは脇に立って、会話の半分に耳を傾けている。カサニュはまだうたた寝を続け、孫娘のあげた叫び声は聞いていなかった。スペランザは家のなかに引っこんだ。

「ヴァルはここから十キロのところにいる。ガレリアのうえあたり、ボカ・セリアの森のどこかだ」

クロチルドは一瞬、夫がヴァランティーヌを連れ去ったんじゃないかと思った。娘は夫の手で、雑木林(マキ)に閉じこめられているんじゃないか。母がそうされていたように。夫はわたしを脅しているんだ、もう二度と娘に会えないかも。クロチルドの怒りで、再び山が揺れた。

「ちゃんと説明して！」

受話器のむこうで、フランクはなにやらもごもごと言っている。つらい秘密を打ち明けようかどうか、ジレンマがなかなか吹っ切れないかのように。リザベッタが心配そうに、こっちを見ていた。ヴァランティーヌがいなくなったらしいと、気づいているようだ。

「ヴァルはそこで何をしてるの？」とクロチルドはたずねた。「森にいるって、どうしてわかったのよ？」

風が虚空を吹き抜け、彼女の耳につぶやき声を運んだ。

「実は……ヴァルの携帯電話に位置情報アプリを仕掛けたので……どこにいるのか追跡できるんだ」悪戯を見咎められた子供のように、フランクはさらに声をひそめた。今では切れ切れの言葉が、わずかに聞こえるだけだ。「ヴァルになにかあったらと思って……ぼくは、ほら、ヴァルのことがいつも心配だったから。きみに言うと、反対するだろうし……でも、心配してたとおりのことが起きたじゃないか」

雲の陰からいきなり日が射したみたいに、ぱっと頭のなかが明るくなった。そういうことだったのね。クロチルドは激しい怒りが湧きあがるのを感じたが、すぐさま安堵(あんど)が取って代わった。

「そのアプリを、わたしの携帯電話にもインストールしたのね？」

「…………」

「さっさと答えて、フランク。そんな話で時間を無駄にしてられないんだから。あなたはわたしの携帯電話に、位置情報アプリを仕掛けた。それを使って三日前の晩、雑木林でわたしを見つけ出したのね？」

「ああ……」

クロチルドは目を閉じて歯を食いしばり、口から罵声が飛び出すのを必死に抑えた。

「憲兵隊に電話して、フランク。憲兵隊に電話してその位置情報を伝え、ボカ・セリアの森を捜索してもらって。そうすれば、あなたのスパイごっこも少しは役立つでしょうから。すぐ、キャンプ場に戻るわ。どこにいるの？」

けれどもフランクは、もう電話を切っていた。

リザベッタはあいかわらずなにもたずねず、黙って目の前に立っていた。ひと声かけられたら、すぐに手を貸そうと待ちかまえているのだろう。必要とあらばすぐに見つかるよう、きちんと片づけてある道具さながら。背中は少し曲がっているけれど、まだかくしゃくとして、ほとんど疲れたようすもない。

祖母が冷静なのとは対照的に、クロチルドはパニック寸前だった。手をばたばたと振りまわしながら、すぐさま車に飛び乗ろうか、いったん気を落ち着けようか迷っている。すべてがあまりに急で、慌ただしかった。いろんな話をいっぺんに聞かされて、頭のなかを整理する暇がなかった。母親のこと、娘のこと。二人は行方不明だが、まだ生きている。少なくとも、クロチルドはそう思っていた。できるだけ手がかりを集めなければ。事実を集めるんだ。事実を。事実だけを。そうすれば、きっとなにもかもがいっきにうまく整うだろう。

カサニュが静かに目を覚ました。なんだか騒がしいなとでもいうように、帽子をあげてまぶしそうにあたりを見まわす。

クロチルドは祖母の手を力いっぱい握った。

「それじゃあ、あのノート、あの日記は、お祖母ちゃんが拾って、とっておいてくれたのね？　教えて、大事なことだから。あれを誰かほかの人に見せた？　誰かほかに読んだ人がいるの？」

リザベッタは手を振りほどこうとした。そのようすは、捕まえられた二匹の蝶がぱたぱたと羽を動かしているかのようだった。

「わ……わからないわ」

「誰にも見せてないのね？」

「もちろんよ」

「じゃあ、読んだのはお祖母ちゃんひとりってこと？」

リザベッタの黒い目の隅に涙が浮かんだ。マスカラが流れ落ちた顔には、悲壮感が漂っていた。初めて彼女の目に怒りが浮かんだ。

「誤解しないでちょうだい。日記は拾っておいたけれど、なかをあけたりしてないわ。あなたの持ち物を、勝手に覗くものですか。ここに残っていたほかの荷物といっしょに、キャンプ場のバンガローに運んだ。衣類や本やバッグといっしょに。あなたはまだ入院中だったので、全部はそっちに持っていけなかったから」

「わたしは退院のあと、直接フランス本土に移送されたので、キャンプ場には戻ってないの」

「わかってるわ……バンガローにあったあなたの荷物は、バジル・スピネロがまとめてくれたはずだけど」

今度はクロチルドの手が震え出した。リザベッタの手は、落ち着きを取り戻している。

「ええ、バジルさんはすべて送ってくれたわ」そこでクロチルドは間を置いた。「でも、あのノートだけはなかったの」

61

二〇一六年八月二十三日

　彼は平たい石のうえに置いた携帯電話を、踵で踏みつぶした。最新技術のことはよくわからないが、テレビの刑事ものはよく観ているので、携帯電話は電源を切っていても位置を追えることは知っていた。さほど正確ではないだろうし、時間もかかるはずだけれど。

　彼はゆったりと構えていた。ヴァランティーヌは唇を噛み、手を震わせながら、母親の日記を読んでいる。心なしか目も潤んでいるようだ。そのあいだに、彼はヴァランティーヌの携帯電話を詳細に調べた。

　がっかりしたことに、収穫はなかった。

　彼はメッセージボックスをひらいてメールのやり取りを読んだり、フォトフォルダの写真を見たり、ダウンロードした音楽をところどころ聴いてみたりした。そうやって十五歳の少女の世界にいっとき浸ってみたものの、発見はなにもなかった。両親の秘密はひと言も明かしていないし、肌を露わにした写真もない。お酒を飲んだり、ボーイフレンドといちゃついたり、女友達と喧嘩したりは皆無だ。

要は真面目な女の子。

のびのび育った優等生。

怒りもなければ不満もない。人生は誰か親切な人がくれた贈り物だ、と思っているのだろう。袋から取り出して値踏みし、にっこり微笑んで礼を言う。あとは楽しげにロウソクを吹き消すだけ。サンタクロースはこれからもずっと、そこにいると信じている。パパやママ、神様たちといっしょに。ひび割れも亀裂もない青春。母親のクロチルドが同じ歳のときに書いた日記とは、ずいぶん対照的だ。

テクノロジーの進歩とは、そういうものなのか？　携帯電話は人と世界を結びつける。けれども日記は、外界から逃れるための場所だ。

それとも、単に世代の違いなのだろうか？　彼は石をつかんで、携帯電話の残骸に叩きつけた。たとえ位置情報を追跡されても、電波はこの森で途切れるはずだ。

いつまでもぐずぐずしてはいられない。もう、行かなくては。

彼はフエゴのドアに目をやり、ガラス越しにパルマとヴァランティーヌの顔を見た。二人は驚くほどよく似ていた。すらりと背が高く、背筋がぴんと伸びている。正統的な美人と言っていいだろう。首をかしげるしぐさ、自信に満ちた目、堂々とした落ち着き。それは年を経て、皺とたるみが増しても変わらなかった。エレガントで、魅力的で、会う人をほっとさせる。

この面でも、クロチルドとの対照は際立っていた。クロチルド・イドリッシも美人だが、彼女の魅力はほとんど正反対の特徴から来ている。小柄で、エネルギッシュで、反体制的。

彼は石を遠くに投げ捨て、にやにやしながら想像した。きっと人が生まれるとき、遺伝子を配列する神様は、ひと家族につき一種類ずつのストックしか持っていないのだろう。だから新たな遺伝子ができるまで、手持ちの分を親子、兄弟姉妹のあいだで分け合わねばならない。こうして隔世遺伝が生じるのだ。

彼は娘、母、祖母のことを考えながら、フエゴに歩み寄った。クロチルドは母親と反りが合わなかった。それは日記に書いてある。娘との仲もいまひとつなのは、見ていてよくわかった。

なんという皮肉だろう……

祖母と孫娘はお互い理解し、心をかよわせ合っているのだから。それは火を見るよりも明らかだ。

残念ながら……

残念ながら二人の出会いは、おんぼろフエゴのなかですごす二時間だけ。口をふさがれてキスもできないし、いましめがきつくて手を握り合うこともできない。

いや、余計なことを考えているときじゃない。さっさとこの場を離れなくては。

彼はフエゴのドアをあけた。

八時三十四分

ちょうどいい。時間ぴったりに着けそうだ。

彼は最後にもう一度、後部座席にすわっているヴァランティーヌを見た。少女はまだ母親の日記を、読むでもなくめくっている。涙がはらはらと流れ落ち、もう行を追うことがかなわないのだろう。彼女はこの日記のおかげで、母親を愛せるようになるだろうか？　それとも、もっと嫌うようになるのか？

そんなことはどうでもいい。

ヴァランティーヌがそれを母親に話す機会は、どのみちないのだから。

彼はドアをあけた。

誰も動かない。

「時間ですよ、イドリッシ夫人。ペトラ・コーダ断崖で待ち合わせです」

62

二〇一六年八月二十三日　午後八時四十分

クロチルドはパサートのドアの前に立ち、バッグに手を突っこんで必死に車のキーを捜した。気が動転して、自分でも何をしようとしているかわからなかった。エンジンをかけたら、どこに行くの？　憲兵隊本部に飛んでいく？　それとも、ユープロクト・キャンプ場に？　闇雲に道を突っ走っていけば、ヴァランティーヌや母親を捕まえられるとでも？　パズルのピースはまだすべて、きちんとはまっていないけれど、クロチルドは直感していた。八九年の夏、大人たちだけでなく若者たちのあいだでも悲劇が起きていた。互いに無関係な二つの円をつなぐ唯一の点、それがあの古いノートだ。

まだ少女だったわたしが書いた日記。あそこには、わたしが観察し、書き留め、そのあと忘れてしまったことがすべて残されている。

誰か大人のひとりが、あれを読んだのかもしれない。そいつはあの日記を盗み、ページのなかに真実を見出したのかもしれない。彼なりの真実を。あの支離滅裂な日記のなかに、鍵を見つけたのだ。なのにとり散らかったバッグのなかから、いっこうに車のキーは見つからない。クロチルドは車のドアの前で泣きそうになりながら、馬鹿みたいに毒づいていた。いいかげんにして！　キーはどこ？

携帯電話が震えた。

それくらいだわ、すぐに見つかるのは。

「クロチルド？　アニカよ。ああ、なんてことでしょ」

アニカは鼻をすすり、すすり泣きながら言った。

「セルヴォーヌが殺されたばかりだっていうのに、今度はあなたの娘さんが行方不明になって」

あとは泣き声が続いた。もう限界に来ているのだろう。独力でキャンプ場を切り盛りし、八面六臂（はちめんろっぴ）の活躍をしているアニカだが、さすがに取り乱しているようだ。

「今、キャンプ場でしょ？　フランクもいっしょ？」

「いえ、ひとりで受付にいるわ」

「フランクは？」

「わかりません」

「憲兵隊を呼びに行ったの？」

「わからないけど……ご主人が連絡したと思うわ。憲兵隊はもう来ているし。今朝から、セルヴォーヌの件で」すすり泣きが一段と高まった。「あなたが彼を嫌っていたのは知ってるわ。前からずっとそうだったたって。でも、セルヴォーヌはそんなに悪い人じゃ……」

「セルヴォーヌの話で、電話してきたんじゃないでしょ？」クロチルドはぴしゃりと遮った。ようやくキーが見つかった。さっさと終わらせなくては。いつまでも話してはいられない。アニカはむっとしたようすもなかった。どんなときでも、愛想のよさは忘れないらしい。

「ええ、クロチルド。実はちょっと、思い出したことがあって」

クロチルドは心臓がばくばくした。キーがドアの鍵穴にはまって動かない。

「アルカニュ牧場へ行くようヴァランティーヌに伝えるメモは、あなたの名前が入った走り書きだった。用心して、確かめるべきだったわ。でも、わたしもあわててたから……」

「何なの？　アニカ、思い出したことっていうのは」

「そのメモが届いた前後、キャンプ場の前に車が停まってたの。ほんの数分間だったけれど。もしかしたら関係があるんじゃないかと、今ようやく気づいて」

クロチルドはドアをあけ、キーをイグニッションの鍵穴に差しこんだ。アニカが話し終えたら、すぐに発進しよう。

「事故の話はセルヴォーヌから、ずっと前に何度も聞いていたわ」とアニカは続けた。「だから車を見て、なんか妙だ、引っかかるって思ったけれど、伝言を見つけ、ヴァルが来たところで忘れてしまった」

「その車がどうしたっていうの？」

「フエゴだったのよ。赤いフエゴ。セルヴォーヌがよく話してたわ。あなたのご両親とお兄さんが亡くなったときに乗っていたのと同じ」

イグニッション・キーをまわすと、パサートのエンジンが唸り声をあげた。本当ならすぐにギアをバックに入れ、アクセルを踏むところだが、クロチルドはそうしなかった。ギアはニュートラルのまま。脳裏に警告灯が三つ灯り、三つのサイレンが鳴り響いている。

ひとつは赤いフエゴ。

もうひとつは、ヴァルの携帯電話に仕掛けられた追跡ソフトの位置情報。フランクはボカ・セリアの森だと言っていたが、だとするとペトラ・コーダ断崖の数キロ南だ。

そして最後に、行方のわからないパルマとヴァランティーヌ。

この三つが指し示す先にあるものは、もう明らかだろう。何者かが事故のときと同じ車を使い、母親のパルマと娘のヴァランティーヌを乗せてペトラ・コーダ断崖へむかったのだ。

誰が、なぜ、どのようにして？　それはクロチルドにもわからないが、ペトラ・コーダ断崖でなにかが起こるのは間違いない。彼女は不安でいっぱいになりながら、ダッシュボードの時計を見た。

午後八時四十四分

誰か正気を失った人間がペトラ・コーダ断崖へむかい、二十七年前の出来事をそっくりそのまま再現しようとしている。八月二十三日。そこには当時のわたしと同じ十五歳の少女がいる。後部座席に乗っているんだ、わたしの娘が。

　クロチルドは十日ほど前に見た断崖を思い返した。ジャコウソウの花束。気がないようすのフランクとヴァル。すぐ脇をすれすれに通りすぎる車。そうだわ、間違いない。そいつは午後九時二分ちょうどに、あそこへ行くつもりだ。ガードレールを突き破って、フエゴを虚空に飛び出させるために。


　全速力で走るんだ。途中、電話をかけまくって、応援を頼もう。誰か先まわりして断崖に行っていなければ。そいつより先に、わたしより先に。

　あと十八分。

　ほとんど時間がない。

　クロチルドは反射的にバックミラーを見あげ、急ブレーキをかけた。

　カサニュがうしろで、待ちかまえていた。皺だらけの顔を蒼ざめさせ、途方に暮れたように帽子を持ちあげ、杖を突きつけている。まるで『指輪物語』に登場する、魔法使いガンダルフだ。彼も事情を悟ったのだろう。

「そこをどいて、お祖父ちゃん」クロチルドはほとんど懇願口調で言った。

「いっしょに行く」

「どいてちょうだい。もう、余計なことしないで」

　パサートのタイヤが砂利を撥ねあげた。カサニュはバックしてくる車にぶつからないよう、かろうじてよけた。次の瞬間、車は土埃のなかに消えた。クロチルドはバックミラーをちらりと見た。カサニュはまだ立ちすくんでいる。もうそこから、一歩も動くまいとしているかのように。自然に還りたい、木か石ころになりたい、妻のリザベッタがずっとそうだったように、ただの無害な存在でありたいと思っているかのように。

ルヴェラタまで下り、そこからペトラ・コーダ断崖へ至る数キロの道のりは、急カーブの連続だった。アルカニュ牧場を出てから、キャンプ場へ続く県道に入るには、何キロにもわたって舗装道路を走らねばならなかった。小鳥のように空をひと飛びするか、林の小道を抜ければ、ほんの数百メートルの距離なのに。クロチルドは罵り声をあげた。

午後八時四十六分

いっとき、直線道路が続くと、思いきりアクセルを踏みこみ、カーブの入口で急ブレーキをかける。

「ほらほら」とクロチルドは、涙で目を曇らせながら叫んだ。「落ち着きなさい。落ち着いていれば、もっと速く走れるわ」

頭は今にも破裂しそうだった。いったい何者なんだろう、そのイカレ野郎は？　どうでもいいわ、ともかくそいつより先に、ペトラ・コーダ断崖に着かなければ。クロチルドはスピードを緩めず、右手でハンドルをつかみ、左手で携帯電話を取り出した。曲がりくねった道路から手もとの電話の発信画面へと、視線を行ったり来たりさせた。ナタルの番号を、偽名で登録しておけばよかったわ。暗記するだけじゃ、間に合わないこともあるのに。

○六
カーブをひとつ曲がる。

二五
ギアをセカンドに変え、まだスピードをあげる。

九六
前にも下にも人はいない。下方にカーブが三つ。左にそれて、白線に沿っていけば、何秒か稼げるわ。

五九
さらにアクセルを踏みこむ。

一三
呼び出し音が鳴ってる。

出て。早く出て。

ブレーキ。時間を無駄にした。ギアをファーストに。

「何してんの。出てよ、出て」

またスピードをあげる。

大声でメッセージを吹きこむ。

ナタル！　よく聞いて！　娘が誘拐されたの。犯人が誰かはわからない。理由もわからない。パルマも誘拐されたわ。そう、ママは生きてたの。犯人は二人を赤いフエゴに乗せて、

ペトラ・コーダ断崖にむかってる。二人を殺す気なのよ。地中海に沈める気なんだわ。ナタル、すぐペトラ・コーダ断崖に行って。あなたのほうが近いから、先に着けるはずよ。

最後の直線でいっきにスピードをあげ、県道に入った。電話を切ったとき、一瞬注意がそれた。

彼女はぎりぎりのところでブレーキを踏んだ。

「まったくもう」

カサニュ・イドリッシが道の真ん中に立っている。林を通って、近道してきたのだ。彼は杖に寄りかかり、背中を丸めて震えていた。力の限りを尽くし終えた、マラソンランナーのように。クロチルドは一瞬で覚悟を決めた。道の真んなかに立っている老人を避けるより、乗せたほうが手っ取り早いわ。

彼女は体を乗り出してドアをあけた。

「いいかげんにしてよ。ともかく、早く乗って」

午後八時五十分

三十秒も無駄にした。カサニュは腰かけたまま、なにも答えなかった。まだぜいぜいと喘(あえ)ぎながら、必死に息を整えている。今にも心臓が、破裂しそうなのだろう。助手席で気を失ったりしたら、もうお手あげだ。きっとパサートが見えなくなったとたん、リザベッタが大声でとめるのも聞かず、走り出したんだわ。石から坂からすべて熟知している小道を抜けて、ここまでやって来たんだ。

カーブはまだまだ続いていた。カサニュの息づかいは、少しずつ平常に戻った。それとは逆に車のエンジンは、だいぶヒートアップしているようだ。焦げたカラメルのような臭いが、ひらいた窓から入ってくる。

ブレーキ？　タイヤ？　それともギアボックス？

どうでもいいわ。車はあと八キロ、なんとか持つだろう。

「クロチルド、おまえの母親は逃げたのではないらしいな」

今ごろ何言ってるの。遅すぎるわよ。

パサートはスピードを出しすぎて道の端に振られ、断崖沿いに続く石の手すりを何メートルにもわたってこすった。クロチルドはさっとハンドルを左に切った。

「どうやら……パルマは誘拐されたらしい」

携帯電話が鳴った。タイヤが軋(きし)る。

ナタルだろうか？

それともフランク？

クロチルドは電話を取った。車はまっすぐ虚空にむかっている。

「右カーブだ」とカサニュが静かに言った。「二百メートル先、角度百二十度」

彼女はぎりぎりでカーブを切った。ようやくお祖父ちゃんも、役立つところを見せてくれたわね。この道のことなら、すみからすみまで知り尽くしているはずだ。きっとツール・

ド・コルスのベテラン・ドライバーより有能なナビゲーターだわ。

「クロチルド？　マリア＝クジャーラよ」

クロチルドは驚きのあまり、危うく目の前の石壁にパサートをぶつけるところだった。聖母像を飾った小さな社も、ぎりぎりのところで避けた。十字架とプラスチックの造花が数本。昼間か夜かわからないけれど、ここでも車が一台、命がひとつ失われたのだろうか？

「左カーブ、百五十メートル先。今度はヘアピンカーブだぞ」

「マリア？」

「このあいだの話について、あれからまた考えてみたの。セルヴォーヌ・スピネロの嘘について。細工をされたステアリング・システムについて」

「それで？」

「右カーブ。道が狭まってるぞ。百メートル先、角度百六十度」

「実を言うと、セルヴォーヌの話はただのでっちあげじゃないの」

クロチルドの脳裏に稲妻が走った。マリア＝クジャーラは、新たな供述をする気らしい。理想的な容疑者だったセルヴォーヌは殺され、今度は無実だという証言が飛び出した。稲妻のあとには雷鳴が続いた。セルヴォーヌが無実なら、兄のニコラがまた容疑者に逆戻りするの？

「でも、あなたはたしかに……」

「あれから、また考えてみたのよ。一九八九年八月二十三日のことを、逐一思い返してみたの。言葉や行動を、ひとつひとつ……」

「左に小さな障害物。百五十メートル先。角度八十度」

「行動をひとつひとつって、マリア、こんなあとになってから？」

「聞いてちょうだい、クロチルド。よく聞いて。わたしは今までずっと、ニコラやあなたのご両親が亡くなったのはただの事故だと信じてた。でももし、あの晩わたしとニコラが乗るはずだった車に細工をした者がいたとしたら、わたしたち二人を殺そうとした者がいたとしたら、殺人犯を見つけねばならないとしたら、それはセルヴォーヌじゃない。嫉妬に身悶えしていたのは彼じゃないわ」

「左に障害物」とカサニュが叫ぶ。

クロチルドは携帯電話を握ったまま、ぎりぎりのところでハンドルを切った。砂利を撥ね飛ばし、傾斜地の窪みに咲き乱れた黄色いウイキョウの花を撒き散らす。額から汗が滴り落ちた。

「間違いないわ」とマリア＝クジャーラは続けた。「事故の前の晩、オセリュクシア海岸で、わたしとニコラに注がれていたあの目は、一生忘れられないわ。真夜中すぎ、みんなが立ち去ったあとも、彼だけがわたしたちを見ていた。悲劇の翌日にも、あの目はわたしを見つめていた。そして今、ようやく気づいたの。あれはわたしたちを殺そうとしている目だった……ニコラを殺した目だったと」

「直線道路に入る。四百五十メートル。まっすぐ突っこめ」

「誰なの、マリア？　誰があなたを、そんなふうに見つめていたの？」

電話のむこうから、笑い声が聞こえた。映画のなかの、下手な作り笑いのようだった。マリア＝クジャーラも、長年負っていた罪悪感から逃れようとしているのだろう。彼女のせいで嫉妬心を掻き立てられるあまり、人ひとりが殺人者と化してしまったのだから。

「あなたも覚えているはずよ、クロチルド。彼のこと、彼の目は。見えるのはほとんどいつも、片方の目だけだったけれど」

63

二〇一六年八月二十三日

午後八時五十二分

つづら折りの道が、車の外をゆっくり過ぎ去っていく。赤いフエゴは制限速度をきっちりと守っていた。急ぐ必要はないし、速度を落とす必要もない。カーナビをセットしてあるので、あわてなくてもいい。合成音声の指示に従えば、午後九時二分ちょうどにペトラ・コーダ断崖の最初のカーブに到着する。

あと九分で、すべてが終わる。

彼にとっては、予想以上に早い終わりだったけれど。

医者は九か月と言っていたから。

＊

パサートは県道八十一号線に近づいた。沿岸地帯から少し遠ざかって、道は前よりまっすぐになった。おかげでクロチルドはギアを五速に入れ、時速百キロで飛ばすことができた。これで数百メートル行ったら、また速度を落とせばいい。

携帯電話は太腿のあいだに挟んである。

「ヘルマンですって！」とクロチルドは叫んだ。「あのひとつ目巨人（キュクロプス）が」

カサニュがふりむいた。

「ヘルマン・シュライバー？」

クロチルドは道路から目を離さなかった。

「ええ、彼が車に細工をしたのよ。彼がヴァルとママを誘拐したの。急がないと。あと十分したら、あの二人も殺すつもりなんだわ」

「そんなはずはない……」

午後八時五十三分

「いえ、ありえないことじゃない。一昨日、電話で、ヘルマンと話して……」

すると祖父はクロチルドの太腿に手をあてた。

「いや、そんなはずはない。あいつと一昨日話したなんて（カサニュはそこで、長いため息をついた）。ヘルマン・シュライバーは一九九一年に死んでいる。おまえの両親が死んだ一年半後に、まだ二十歳にならないうちに」

＊

午後八時五十四分

フエゴはルヴェラタの南六キロ、カポ・キャヴァロ断崖の前を通った。

九時二分到着と、フロントガラスに取りつけたカーナビには表示されている。

画面には、図案化されたミニチュアサイズの景色が映っていた。エレクトリックブルーの海、カーキ色の山、クリームコーヒー色の空。

味気なくてけばけばしい、醜い色だ、とヤコプ・シュライバーは思った。現実はもっと崇高なものだ。目の前にルヴェラタ半島、灯台、カルヴィの城壁がくっきりと浮かび、夕日がそれを赤く染めている。恥ずかしがってもじもじしている美しい少女のように。彼は少しスピードを落とし、ひとときパノラマを楽しんだ。カーナビの指示には背くことになるが、ピュンタ・ディ・カンタテリをすぎたらスピードをあげ、遅れを取り戻せばいい。現世で名残惜しいのは、この景色だけだ。

道は再び山にむかってカーブを描き、乾いた雑木林と痩せた雌牛の脇を抜けた。彼はアクセルを踏んだ。これから数分後、断崖に飛び出そうとしているのに、それを名残惜しいと思うのは馬鹿げている。たとえ四日前、クロチルドが訪ねてきて、ふさがりかけていた傷をまた広げなかったとしても、どのみち今年が最後の夏だった。ユープロクト・キャンプ場のもっとも古い住人は、レーヴァークーゼン病院で緩慢な死を迎えるのではなく、ここコルシカ島でこの世に別れを告げるつもりだった。だったらいっそ、楽園(パラダイス)のなかに車ごと飛び出したほうがいい。死んだあとに天国(パラダイス)が待っているかなど、誰にもわからないのだから。

長くて九か月、と医者は断言していた。

最初の兆候が出たのは八年前だった。肝臓の少しうえに腫瘍ができたのだ。食道は、高圧洗浄機で下水管の詰まりを流すみたいにきれいにしてもらったけれど、酸性雨は膵臓(すいぞう)、肺、胃のうえに降り続けた。腫瘍の勝利だった。勝利はもっと早いだろうと思っていたくらいだ。

彼はバックミラーにちらりと目をやった。いっしょに乗っている女たちは、これからどうなるのか気づいているだろうか？　パルマは嫌でもわかったろう。赤いフエゴ、カーナビに表示された目的地、後部座席の孫娘。それらが指し示しているものは明らかだ。ヴァランティーヌも察したはずだ。母親の日記を読んで、すべてを理解しただろう。それでも二人は冷静さを保っていた。ほかにどうしようもない。二本のクリスマスツリーみたいに、きつく縛られているのだから。これはただのはったりだ、質(たち)の悪い冗談、演出にすぎないと願うしかない。あるいは一九八九年以後、ペトラ・コーダ断崖の防護柵が強化されたことを願うしかない……

ニキアレト湾が見えてきた。ヤコプ・シュライバーは快調に走り続けている。ここ数日、クロチルドの日記を一ページ一ページ読み返して、憎しみの熾火が再び燃えあがった。何年ものあいだ、決して完全に消えはしなかったのだけれど。

息子のヘルマンには、なんの罪もない。

すべてはマリア＝クジャーラやニコラ、セルヴォーヌ、オーレリアのせいだ。あの夏、八九年の夏に集まった仲間の若者たちのせい。彼らの軽蔑、彼らのエゴイズムのせい。わたしが勝手にでっちあげたのではない。クロチルドはノートのなかに、すべて書き記している。あの怒り、嫉妬、恨みを作りあげたのはあいつらなのだ。さもなければ、なにも起きなかったろう。息子は心優しい少年だった。真面目で、勉強家で、躾がよくて。リーゼ・マイトナー中学や、レーヴァークーゼンのヴェルナー・ハイゼンベルク高校でも、六歳のときから入っていたカブスカウトでも、十五歳以下の少年団でも、手には彫刻用の板を持ち、ポケットには輝く小石を忍ばせ、口には草の茎をくわえているような少年だった。

ヘルマンはほかのみんなより、穏やかな性格だった。

音楽好きで、美を愛していた。ソルフェージュを習い、バイオリンの練習もした。モールスブロイヒ美術館を退職した水彩画家が主宰するアトリエで、淡い色調の海や空を描いた。ひとりっ子のヘルマンは、好んで自分だけの世界を造りあげた。手当たり次第に集めた宝物をもとに、ひとつの宇宙を打ち立てた。彼は部屋の壁に、テニス選手や歌手やF1のポスターなど貼らなかった。そのかわり、何か月もかけて集めた植物標本を飾った。十歳のとき、彼はありとあらゆる星をコレクションしようと思い立った。海星、クリスマスツリーの金の星、保安官の星形のバッジ、森のなかで撮った星空の写真、国旗やポスター、本の表紙に掲げられた星。ヘルマンは学業も優秀だった。ミュンヘンの高等工業学校に合格し、装飾美術を学んでいた。彼は芸術家的な感性と職人風の気質を併せ持っていた。事物の機能に関心を抱き、物理学や力学にも興味を示した。とりわけ彼が求めたのは、たしかな美の感触だった。自然こそがもっとも偉大な創造主だ、と彼は信じていた。究極の調和、完璧な美を造り出せるのは自然だけ。人間はただそれに感嘆し、そこからインスピレーションを得るしかないと。

ヘルマンは素朴で、まっすぐだった。

内気で、周囲とあまり打ち解けず、ひとりでいることが多かったけれど、嘘をついたり悪事に手を染めたりはしなかった。悪いのは、まわりの若者たちなのだ。同年代の若者たち。ヘルマンは彼らのあいだで浮いていた。どうふるまったらいいのか、わからなかった。あまりに繊細すぎたのだ。ヘルマンは夏のあいだだけでも仲間として受け入れられ、みんなといっしょに楽しみたかった。ほかの若者たちがどんなに残酷かを知らなかった。さもなければ、マリア＝クジャーラとニコラが乗るはずだった車のステアリング・システムに、細工をしたりはしなかったろう。ヘルマンは彼らを殺そうなどと、まったく思っていなかった。ただ一矢を報いたかっただけだった。二人きりで出かけようなんて、許せなかった。二人が乗った車が真っ暗闇のなかで止まり、すごすご歩いて帰ってくればいい。ニコラの鼻を折ってやりたい。マリア＝クジャーラとニコラの仲を引き裂きたい一心だった。二人を懲らしめてやれれば、それでよかった。女の子とつき合ったことがないヘルマンには、ニコラの手が美を汚すのが耐えがたかった。マリア＝クジャーラの完璧な顔と体に、ヘルマンは魅了されていた。それを誰にも触れさせたくなかった。

ヤコプ・シュライバーは再びスピードを落とし、地中海の波に洗われる岩礁を見つめた。

そう、もちろんヘルマンはマリア＝クジャーラとニコラを殺す気などなかった。あの晩、ニコラは両親の車にオーレリアやセルヴォーヌ、ヘルマンを乗せて、ディスコ《ラ・カマルグ》に繰り出す予定だった。ところが昼間、ニコラとマリア＝クジャーラのあとをこっそりつけていたヘルマンは、駐車場で二人の会話を聞いてしまった。マリア＝クジャーラはニコラと二人きりならば、いっしょに行ってもいいと言った。ほかの連中なしならば。だからヘルマンは車の下にもぐりこみ、抜け駆けが途中で失敗するよう細工をした。予定が変わるなんて、思いもよらなかった。ポール・イドリッシがあの車に妻と子供を乗せ、ペトラ・コーダ断崖沿いのつづら折りを猛スピードで走るなんて。まさか十八歳にもならないこの自分が、殺人犯の立場に身を置くなんて。

午後八時五十六分
到着予定時刻、午後九時二分

時間ぴったりに死ねるよう、ずっと準備をしてきた。

ヘルマンはなにも言わなかった。警察は事故と結論づけた。

けれどもヘルマンが、もとに戻ることはなかった。彼は罪のない三人の死に責任を感じていた。

ヘルマンは一学期間、高等工業学校には通わず、部屋にこもって植物と星に囲まれてすごした。心理カウンセラーのもとに三十回近くも通って、ようやく彼は一九八九年八月二十三日に何があったのかを語った。ヤコプとアンケは、すでに気づいていたけれど。

ヘルマンは心理カウンセラーに通い続けた。バイオリンをまた始め、植物採集や星の観察も再開した。ヤコプは息子のために、新しい学校を見つけてきた。高等工業学校ほどのエリート校ではないが、マーケティングを学ぶ私立学校だった。そこに通年で通えば、職業研修も受けられる。ヤコプは息子を就職させた。なにかさせていたほうが、気が紛れるだろうからと。

ヘルマンは前より調子がよさそうだ、とヤコプは思っていた。そう思いたかった。自分にそう言い聞かせていた。

一九九一年二月二十三日、ペトラ・コーダ断崖の事故からちょうど一年半後、ヘルマンは働いていた工場で苛性(かせい)ソーダを浴びて死亡した。SF映画のいちシーンのように、体は煙をあげて煮立ち、消えてしまった。ヤコプはただの事故だと思いたかった。けれども工場の07製造ライン、B3作業場の工員たちは十名とも、ヘルマンが苛性ソーダのタンクを傾け、中身を浴びるのを見たと、口をそろえて証言した。

ヘルマンは優しく、才能豊かな若者だった。彼には輝かしい未来が約束されていた。事故がなければ大企業で要職に就き、彼にふさわしい、理想に適(かな)った人生を送っただろう。一昨日、クロチルドがヘルマンに電話したとき、ヤコプが息子のふりをして語ったとおりの人生を。なにもでっちあげてなどいない。それはヘルマンから奪われた人生なのだから。

数年後、妻のアンケが死んだ。悲しみに暮れた末の死だった。一九九三年八月、アンケはクロアチアのパグ島へ行きたいと言った。断崖や村の家なみが、どことなくコルシカを思わせる島だった。ある朝、彼女はメルセデスに乗ってパンを買いに行き、カーブを曲がりきれず虚空に飛び出した。家に残された財布には、ごめんなさい（エントシュルディグング）と書かれたメモがあった。

警察の捜査もなされた。

メルセデスはきちんと整備されていて、ステアリング・システムにも問題はなかった。

それ以来、ヤコプは考え続けた。ヘルマンとアンケは、自分たちが犯していない過ちの代償を支払わされたのではないか。

本当は誰が責任を負うべきか、じっくりと考えた。

そう、シュライバー家の悲劇は、イドリッシ家の悲劇に値する。

一九八九年八月二十三日、あの事故があったあと、ヘルマンはA31番トレーラーハウスの前に茫然とすわりこんでいた。なにか責任を感じているのだ、とヤコプは見抜いた。バカンスはまだ一週間残っていたけれど、シュライバー一家は翌日すぐにドイツに戻った。その朝、ヤコプは、イドリッシ家が借りているC29バンガローへ行ってみた。バンガローには誰もいなかった。ひとりだけ生き残ったクロチルドがいつも持っていたノートが、キッチンテーブルのうえに置いてあった。ほかの荷物といっしょに、バジル・スピネロが入院中のクロチルドのところへ持っていく予定なのだろう。ヤコプはそれを持ち帰った。何があったのかを理解するために。ほかの誰にも、これを読ませてはならない。息子の不利になるような手がかりや証拠が、行間に隠されているかもしれないから。

ヤコプはそのノートを幾度となく読み返した。今年の夏にも、もう一度読んだけれど、ヘルマンを殺人者と名指しするようなことは、なにも書かれていなかった。よほど勘の鋭いミステリファンでもない限り、真相を見抜けないだろう。クロチルド・イドリッシ自身、まったく気づいていなかった。

けれども一人、目撃者がいた。直接の目撃者が。セルヴォーヌ・スピネロだ。一九八九年八月二十三日、キャンプ場の受付にいたセルヴォーヌは、ニコラとマリア＝クジャーラから目を離さなかった。彼はヘルマンがフエゴの下に入りこむのも見ていた。そして事故のあと、ステアリング・システムに細工がされていたと、大人たちが噂するのも耳にした。セルヴォーヌはイドリッシ一家を死に至らしめた犯人はわかっていると、それとなくヤコプにほのめかした。けれども大っぴらにヘルマンを訴えたり、警察やカサニュ・イドリッシにその話をしたりしなかった。どうしてだろうとヤコプは不思議だった。そのわけがわかったのは、マリーナ《ロック・エ・マール》の建設が始まったときだった。オセリュクシア海岸の海風が、ディスコ《トロピ＝カリスト》を吹き飛ばすこともないと気づいたときだった。これですべて説明がつく。セルヴォーヌ・スピネロはカサニュ・イドリッシを脅迫していたのだ。彼はイドリッシを意のままにしていている。どんなでたらめをでっちあげ、イドリッシを言いくるめたのかはわからないけれど。ともかくセルヴォーヌは、なにか最高の切り札を握っていたに違いない。やつはポール・イドリッシとニコラを殺した真犯人がヘルマン・シュライバーだと感づいている。けれどもカサニュは、ヘルマン・シュライバーを疑いもしなかった。そもそもそんなドイツ人少年がいたことすら、彼は知らなかっただろう。

ヤコプはうしろをふり返った。ヴァランティーヌはもう日記を読んでいない。さっきビニール袋にそっとノートをしまう音が聞こえた。パルマ・イドリッシと孫娘は、じっと動かなかった。十五センチほどあいた窓ガラスの隙間から吹きこむ風で、髪が揺れている。二人はヤコプのうなじや肩、腕を見つめた。バックミラーのなかから、ヤコプの目がうしろをうかがっている。彼は今年の八月を、心穏やかに待っていた。最後にもう一度地中海を眺め、最後のビールを分け合い、最後のペタンクに興じよう。それくらいの時間は残っている、と医者は言っていた。けれども今年が、最後の夏になるだろうと。ところがそこにクロチルドがやって来て、あれこれ嗅ぎまわり、ありえない話をし始めた。母親が生きているかもしれないなんて！　なに馬鹿なことを言ってるんだ。けれども彼女は、過去をほじくり返し始めた。マリア＝クジャーラやナタル・アンジェリ、セザル・ガルシア軍曹、その娘のオーレリアに話を聞いて皆の記憶を呼び覚まし、幽霊たちの屍衣を引き剝がし出した。予想どおり、クロチルドは八九年夏の写真をすべて見せて欲しいと言ってきた。そのうちの一枚から、彼女が真実を見抜かないとも限らない。八九年夏のファイルが空っぽだったと、クロチルドの前でわざと驚いて見せた。あの演技は完璧だった。クラウドに保存してあった写真を回収したのは、すべて確認したうえで危険な写真を完全に消去するためだった。

うかつにも、セルヴォーヌ・スピネロのことは警戒していなかった。クロチルドが真相に近づけば、彼はヤコプ以上に大きなものを失う。ヤコプはそれに気づかなかった。セルヴォーヌは水中銃を突きつけられ、すべてを告白した。ヤコプがＷｉ－Ｆｉに接続したいと言ってきた晩、セルヴォーヌは危険を察知し、大あわてになった。クロチルドがユープロクト・キャンプ場にやって来たときから、セルヴォーヌはあれこれ手を尽くして彼女を怯えさせ、遠ざけようとした。しかしクロチルドは、あきらめなかった。彼女は洞察力にも説得力にも長けていた。ヤコプはクロチルドに言いくるめられ、すべてを打ち明けるのではないか？　悲劇によって死に絶えた二つの家族の生き残り同士が、互いに手を結ぶのではないか？　セルヴォーヌはそれが心配だった。

ヤコプ・シュライバーはハンドルにかけた手を震わせ、前を見つめた。水平線に沈みかけた太陽が、水面に燃える赤い筋を引いている。そう、セルヴォーヌ・スピネロはすべてを失うことを恐れていた。もしクロチルドが真実を知り、それを警察やカサニュに明かしたら、セルヴォーヌのビジネスはおしまいだ。いや、それだけではすまない。二十七年前、セルヴォーヌはヘルマンが車に細工するところを目撃しながら、ずっと黙っていた。それをカサニュが知ったら、たとえ親友の息子だろうが、まよわず彼を始末するだろう。だからセルヴォーヌは、ヤコプのこめかみにペタンクの球を叩きつけ殺そうとした。ポーカーを終えたキャンプ客が通路を通りかかり、セルヴォーヌに声をかけなければ、とどめを刺されていたはずだ。死体を隠し、犯行現場を片づけている暇はない。セルヴォーヌはA31トレーラーハウスを出ねばならなかった。夜中にまた戻って、やりかけた仕事を終わらせるつもりだったのだろう。ところがヤコプには、まだ逃げる力が残っていた。彼は応急手当の道具を持って、キャンプ場の外に這い出した。もう五十年も、毎年このあたりを歩きまわっている。雑木林(マキ)のことは、ヤコプもよく知っていた。

翌日、ヤコプを待っているペタンク仲間の前で、セルヴォーヌは驚いたふりをするしかなかった。トレーラーハウスが空っぽなのに気づいたクロチルドの前でも、意外そうな顔をするしかなかった。ヤコプが手負いの獣みたいに、どこかの片隅で野垂れ死にしてくれることをひたすら願うほか、どうすればいいというのか？

ほかになにもできやしない。

ヤコプはそっと身を隠し、機が熟すのを待ってセルヴォーヌを殺すことにした。

それまで、時間を稼がねばならない。

ちょうどそのころ、クロヴァニ湾で身元不明の水死体が見つかった。これは願ってもないチャンスだった。ほとんど毎夏引きあげられる、不注意な海水浴客だろう。ヤコプはミュルセッタ岬の先端から衣服や腕時計、身分証を海に放り投げておけばよかった。そのあたりは、地中海のなかでももっとも海流が急なところだ。ヤコプの服や持ち物は、ほどなく近くの浜に打ちあげられる。もちろん警察だって、いつまでも騙されてはいない。腐りかけた死体がヤコブと似ていないことに気づき、正しい身もとを突きとめるだろう。しかし数時間でもセルヴォーヌを油断させられれば、それで充分だ。

ヤコブに死期が迫っていることなど、セルヴォーヌは知る由もなかった。この事件に決着をつけるのに、ヤコブは手段を選ばないこと、彼の憎しみはイドリッシ家だけにむいているのではなく、この楽園をひとり占めしようとするすべての者たちにも、憎しみを味わわせてやるつもりでいることも、セルヴォーヌは知らなかった。ヤコブは苦悩と孤独の果てに常軌を逸してしまい、引退後の年月も半分は心理カウンセラーに通っていた。見学に行った工場の07製造ライン、B3作業場で、苛性ソーダのタンクの前にしばし立ち止まったこともある。パグ島の白い岩のうえや、ペトラ・コーダ断崖の赤い岩のうえに身を乗り出し、あともう少しで飛び降りるところだった。それらすべてが、セルヴォーヌには思いもよらないことだった。

ヤコブは今朝、初めてセルヴォーヌ・スピネロの秘密を知った。その秘密のおかげでセルヴォーヌは、カサニュ・イドリッシの庇護を享受できたのだ。

パルマ・イドリッシは生きている。

ヘルマンの代わりに人民裁判によって有罪を宣告され、一九八九年からずっと羊飼い小屋に幽閉されていたのだ。

セルヴォーヌは何年ものあいだ、カサニュとヤコブのどちらにも、それぞれ真実の一面しか見せてこなかった。カサニュには真犯人を明かさず、ヤコプには誰が被告として裁かれたのかを教えなかった。セルヴォーヌは嘘をつく必要すらなかった。ただ黙っているだけで、状況を思いのままに操ることができた。クロチルドが島に戻ってくるまでは。

　もともと、セルヴォーヌ・スピネロを殺すつもりはなかった。彼の心臓に銛を突き刺したのは、正当防衛のようなものだ。けれどもイドリッシ家は、死に値する。死ぬ前に、たっぷり苦しむに値する。三世代にわたる彼らの嘘がなければ、こんなことにはならなかったのだから。

午後九時一分

　太陽はまだ、カルヴィ湾の彼方に沈みきっていなかった。世界を影の劇場に変える、まばゆいスポットライトのように、城塞のうえに浮かんでいる。ヤコブは目を潤ませた。今朝から、この夏が始まったときから、二十七年前から、頭のなかで同じ言葉をずっと繰り返してきた。


わたしたちは、ごく普通の家族にすぎなかった。ささやかなしあわせを求めているだけの家族。わたしたちは、太陽のもとでバカンスを楽しもうとやって来た。

麗しの島に。

わたしたちは知らなかった。美に近づけば火傷をする、美は嘘をつく、美は触れようとする者から逃れることを。

わたしたちはヘルマンに教えなかった。美を欲しがれば身を滅ぼすことを。
ヘルマンはあまりに純粋で、皆と違っていた。
まわりのみんなは、ヘルマンを支えてやれなかった。
彼らがヘルマンを殺したのだ。
わたしはもうすぐアンケのもとへ行く。ヘルマンのもとへ行く。
八月二十三日、午後九時二分に。
赤いフエゴに乗って。
ルヴェラタ半島の南、ペトラ・コーダ断崖で。
男と女と十五歳の少女。
死体が三つ。
そしてすべてが閉じられる。
美しく。

64

二〇一六年八月二十三日　午後九時一分

あと一分。

クロチルドは目を涙で曇らせながら、さらにアクセルを踏みこんだ。

携帯電話はダッシュボードのうえに投げ出されている。携帯電話にかかずらって、これ以上貴重な時間を無駄にするわけにはいかない。目の前に、ルヴェラタ半島が広がった。それを迂回（うかい）し、頂上までのぼってまた下らねばならない。五十メートルの高低差と、短いカーブを二十ほど走破しなければ。

もう、間に合わない。

ヤコプ・シュライバーが遅れることを願うしかないわ。彼の腕時計、車の時計、携帯電話に表示された時刻が、一分でも、数十秒でも間違ってればいいのに。

カサニュは助手席で黙っている。

曲がりくねった道が半島の下を抜けるあいだ、景色は閉ざされたままだった。北に灯台、南にキャンプ場。クロチルドはそれを尻目に、道路の真ん中を走り続けた。対向車があらわれるかもしれないなんて、考えている余裕はなかった。パサートはまるで粘着テープに貼りついたみたいに、道路の白線にぴったり沿って走り続けた。

坂の頂上まで行くと、駐車場に車が何台か停まっていた。クロチルドはその脇を、土埃をあげて通りすぎた。写真を撮っていた観光客たちが罵り声をあげたが、そんなこと気にしていられない。一キロ近くにわたり、まっすぐな道が続いたあと、下り坂のカーブを十ほど走り抜けると、ペトラ・コーダ断崖が見えてきた。

クロチルドは目を凝らした。

カサニュの皺だらけの手が、シートベルトにかかる。クロチルドは危険を顧みず、アクセルを踏みこんだ。

赤いフエゴが一キロメートル下方のポルタグロ入江からあらわれ、ゆっくりとこちらに近づいてくる。フエゴとペトラ・コーダ断崖の距離は、数百メートルほどだろう。

クロチルドは最初のカーブを四速で曲がり切った。時速八十キロ以上。左のタイヤ二つが浮きあがり、車が横転しそうになる。クロチルドはぎりぎりのところで、逆ハンドルを切った。そこでまた、数秒無駄にしたけれど、シフトダウンしていたらもっと遅れただろう。彼女は再びアクセルを踏みこんだ。道路に注意を集中させなくては。遠くから近づいてくる赤い点を見つめているわけにはいかない。

でも、そんなこと無理だ。あのなかに娘と母親がいるのだから。

赤いフエゴが速度を緩めたような気がした。微かな希望が胸に灯った。けれどもそれは、強風に吹かれるマッチの炎さながらすぐに消え去った。フエゴは突然スピードをあげ、長い直線道路にぐんぐん入っていった。その先には、ペトラ・コーダ断崖のうえに張り出した死のカーブが控えている。

クロチルドも負けていなかった。もうブレーキなんか踏んでいられない。カーブをあと四つ越えるだけだ。彼女は最後の希望にすがった。なんとか赤いフエゴの前にまわりこんで、道をふさげるかもしれない。フエゴに車をぶつけ、窪地に撥ね飛ばせるかもしれない。衝突の衝撃は大きいだろう。でもそれで、母親と娘を救えるならかまわないわ。

フエゴは発射台のロケットさながら、ぐんぐんスピードをあげていく。

防護柵は前より高くなっていたはずだ。ジャコウソウの花束を捧げに来たとき、この目で確かめた。木の手すりは取り払われ、代わりに高さ五十センチほどの鉄製ガードレールが設置されていた。猛スピードで走ってきた車でも、あれを乗り越えて飛び出しはしないだろう。山と石垣のあいだでスピンし、水路に落ちたボールみたいに回転するだけでは？

急カーブがあと二つ。断崖まで三百メートル。

遅すぎた。

フエゴは今にもガードレールに、正面から激突しようとしている。その先に広がる虚空の二十メートル下には、血のように赤い何千もの岩が突き出て、二十七年来の渇きを癒そうと待ちかまえていることだろう。


クロチルドは目を閉じた。

けれども瞼の裏に、フエゴは焼きついていた。空にむかって飛び出す車。母親だと思っていた女の手を取る父。微笑みながら死ぬ覚悟を決めたニコラ。

カサニュが叫び声をあげ、片手でパサートのハンドルを握って左に切った。車は斜面に乗り出し、黄色いオオウイキョウの枝を蹴散らした。フロントガラスに金色の樹液が飛び散る。それでも車はほとんどスピードを落とさず、走り続けた。

午後九時二分

パサートは飛ぶように走った。タイヤが斜面の窪みと小石にぶつかる。クロチルドは恐る恐る目をあけた。

フエゴがわずかに進路を逸れるのが見えた。断崖を見下ろすガードレールに、正面からぶつかるのを避けるかのように。暴走車はガードレールをこすって力尽き、スピードを落として止まるのではないか。

でも、違った。彼女はなにもわかっていなかった。ヤコプ・シュライバーはこのカーブを百回は写真に撮ってじっくり検討し、下準備したはずだ。

フエゴはガードレールを避け、すぐ脇の丸太で組んだ柵にむかった。切り立った崖の下は岩場ではなく、小さな入江になっている。

丸太が飛び散る。フエゴは一瞬、宙に浮かんだ。

あのなかに母親がいる。

あのなかに娘もいる。

フエゴは落下した。目もくらむような絶壁の二十メートル下では、波が倦むことなく岩に砕けている。

もう終わりだ。

65

二〇一六年八月二十三日　午後九時二分

パサートは十秒とかからずペトラ・コーダ断崖に着いた。クロチルドはブレーキを思いきり踏んだ。車は数メートル滑り、道路のど真ん中で止まった。ほかの車が通れなくなろうが、かまっていられない。

警告灯もつけなければ、エンジンも切らず、ハンドブレーキを引いている余裕もなかった。クロチルドはドアをあけて外に飛び出し、たった今フエゴが突き破った丸太の柵めがけて走った。

二十メートル下の水面に、岩礁の渦に巻かれたコルク栓さながら、赤い車が浮かんでいる。車体の状態は判別できないが、岩に二度、三度撥ね返ったかもしれない。かなりのスピードで飛び出したとはいえ、狭い入江の海に直接落下したかどうかはわからない。車は深い海底に、刻々と沈んでいく。

フエゴはすでに三分の二が見えなかった。

あと何秒かで、青緑色の海にすっかり呑まれてしまうだろう。じわじわと溺れ死ぬ苦しみを味わうくらいなら、いっそ落下の衝撃でヴァランティーヌと母親が即死していたほうがいい。クロチルドは思わず、そんなことまで考えた。

彼女はほとんど沈みかけた車を、目がひりひりするほど見つめた。

ああ、神様！

海面から出ているのは、もうリアウィンドウだけだった。波に洗われたガラスの下に、身悶えする二つの人影が見えたような気がした。

幻覚だろうか？

それはわからない。次の瞬間、水面に漂うのはもう、楽しげな泡ばかりだった。遊び場を取り戻して喜びいさむ無数の水泡たちは、剝き出しの岩にぱちぱちとはじけた。


「そこをどけ」


クロチルドは無意識によけた。

カサニュが崖っぷちに歩みより、あっという間に飛び降りた。

祖父と交わした会話が、クロチルドの脳裏にふっと甦った。〝コルシカの少年たちはみんな、そこから海に飛びこんだものさ。……なかでもこのわたしが、もっとも勇敢だったのはたしかだが〟。クロチルドは血がにじむほど強く唇を嚙んだ。

二十メートルの高さから飛びこんで、水面に体が叩きつけられないようにするには、バランスを完璧に保たねばならない。正確に狙いをつけて落下をコントロールし、ほんの数メートルしかあいていない岩の隙間を抜けるのに必要な集中力を維持しなければならない。海の深さを予測し、水中に突き出た杭のような赤い暗礁に激突しないよう、落下の最後の瞬間まで冷静でい続けねばならない。それは何十年たっても、体で覚えているものなのか？

そう。

そのとおり。カサニュの体はなにひとつ忘れていなかった。

たまたま、運がよかったのだろうか？　それとも祖父は、本当に類いまれなダイバーだったのか？　彼は完璧な軌道を描きながら、花崗岩の岩肌をかすめてまっすぐ落下し、フエゴが沈んだちょうどその場所で、渦巻く水のなかに消えた。

それきりだった。

ただ待つだけの数十秒間が、いつ果てるともなく続いた。カサニュは落下の衝撃に耐えられなかったのだろうか？　彼はパルマとヴァランティーヌを助けるため、わが身を顧みずに飛びこんだのではなく、罪悪感に耐えかねて自殺したのだろうか？

背後でクラクションが鳴り、ドアのあく音がした。舗装道路をばたばたと慌ただしげに走る足音も聞こえる。クロチルドは一瞬だけふり返り、すぐにまた海を見つめた。

今、大事なのは、あの青緑色の水面だけ。

祈ろう。祈るしかない。

体が、頭が、手があらわれるよう祈るんだ。

うしろから、がやがやと人がやって来る。制服姿の憲兵隊員が四、五名。カドナ大尉、セザルー・ガルシア軍曹、娘のオーレリア、それにフランクの姿もある。

フランクはすべきことをしたらしい。憲兵隊に連絡し、大急ぎで駆けつけたのだ。けれどもそれが何になるっていうの？　ほんの一分違いだからって、間に合わなければ永遠に来ないのと同じだわ。

フランクは彼女の手を取った。クロチルドはそのままにしていた。

永遠。

地中海からは、なにも戻ってこない。決して、なにも……

クロチルドは胸が張り裂けそうだった。

「ほら、あそこ！」

泡が渦巻くなかに、カサニュの上半身が浮かび出た。腕に誰かを抱えている。彼は抱えた体を、必死に水上へ持ちあげようとした。ようやく頭が、首が、肩があらわれた。

ヴァルだ！

生きている。

褐色の長い髪が、娘の顔に巻きついていた。フランクはいっそう強くクロチルドの手を握った。ヴァルは咳もしなければ、肺から塩水を吐き出しもしない。口を絆創膏でふさがれているのだ。

「なんてことを！」フランクはうめいた。「口をふさがれ、手を縛られてる。あれじゃ、持たないぞ」

入江の奥に突き出た岩はまっすぐで、でこぼこはほとんどなかった。ヴァランティーヌはもちろん、カサニュもつかまれないだろう。

カサニュはすぐにまた潜った。

ヴァランティーヌは目を見ひらき、縛られているかもしれない脚を使って必死に浮いている。

「あれじゃ持たない」とフランクは繰り返した。「ロープか浮き袋か、なんでもいいから投げてやらなくちゃ」

憲兵たちは茫然として、顔を見合わせた。フランクから娘が誘拐されたという連絡を受け、彼らはすぐさま小型トラックに乗りこんだ。けれども、まさか海で溺れているところを救助することになろうとは思っていなかった。レスキュー隊には連絡したので、もうすぐ到着するはずだ。

ヴァランティーヌは体をまっすぐ横にして、海面に浮かんでいる。激しい波が押し寄せるたび岩に激突し、そのまま流されてしまうかと思われた。けれども渦巻く波が引くと、ヴァランティーヌはまた姿をあらわした。

なにかにしがみつこうと、もがいている。

けれどもまわりにあるのは、ただ水ばかりだった。

クロチルドは叫んだ。娘は声が出せないのだから、代わりにわたしが叫ぶわ。

「誰か飛びこんで、助けに行って」

男たちは躊躇した。

断崖の開口部は狭く、切り立っている。海からは岩が無数に突き出ていて、プロのダイバーでなければ危険だろう。素人では十中八九、岩壁に引っかかって一巻の終わりだ。

フランクが真っ先にガードレールを越えた。

「降りる道があるはずだ。もっと下まで行ったら、そこから飛びこめばいい」

彼は岩の合間に生えているエニシダの枝につかまりながら、地面に尻をつけて数メートル滑り降りた。四人の憲兵隊員があとに続いた。

「急いで」とクロチルドはまた叫んだ。

カサニュがまた浮かびあがった。すっかり疲れきり、咳きこんで水と血を吐いた。けれどもまたひとり、腕に抱えている。彼は最後の力をふり絞り、水のうえに引きあげた。

ママだわ！

両目を閉じたまま、ぐったりしている。

けれども息はしていた。はあはあと、力強く。あんなにも憎み、終身刑まで宣告した女の命を、こうしてカサニュが救おうとしているのも、彼女が生きていればこそだ。

カサニュが、もう一度潜ることはなかった。彼はパルマの腕の下に肘を入れ、沈みかけた荷物みたいに引っぱっている。しぼんだマットレス、重りをつけすぎた救命ブイみたいに。

彼はもう片方の腕を伸ばし、ヴァランティーヌを支えようとした。

けれどいつまでも、こんな状態のままではいられない。

フランクと憲兵隊員は、行く手を阻まれてしまった。崖を下ろうという考えは最悪だった。そもそも、装具なしでは不可能だ。つかまる枝がなくなると、もう身動きが取れない。岩壁はほとんど垂直に切り立っているうえ、下には別の岩が突き出ているので、飛び降りることもできなかった。入江に続く狭い裂け目がひとつだけ、道路のすぐ脇にあいている。今になってそれに気づいたが、もう遅すぎた。またうえに戻るしかない。

レスキュー隊はまだあらわれる気配はない。

もうだめだ、とクロチルドは思った。

だったら、やるしかない……カサニュがあそこまでしてくれたんだから。

クロチルドは前に進み出て、身がまえた。これまで、三メートル以上高いところから飛びこんだことはないけれど……

しかたないわ。

そのとき、力強い手が右の手首をつかみ、彼女を引き留めた。

抗いきれない巨漢の手。セザルー・ガルシア軍曹は黙ってクロチルドを押さえたまま、目でこう言っていた。やめなさい。もう、何人も死んだんだ。これ以上、無駄な犠牲者を出すことはない。

壊れた柵の前に立つのは、三人きりだった。

セザルー、オーレリア、それにクロチルド。

「行かせて」

クロチルドは手をふり払おうとしたけれど、セザルーは譲らなかった。今にもヒステリーの発作が起きそうだ。なんとかしなければ。娘と母親がこんなふうに死んでいくのを、ただ眺めてなんかいられないわ。

「ほら、聞いて」とオーレリアが言った。

聞くって、何を？

海風に乗って、救急車のサイレンが山に届いたのだろうか？　クロチルドは耳を澄ませた。徐々に激しくなる風の音以外、なにも聞こえない。少なくとも彼女はそう思った。あの風のせいで、ますます激しい、死の大波が立っているのだろう。

クロチルドは目を伏せた。

カサニュはヴァランティーヌの肩に手をかけた。もう片方の手は、あいかわらずパルマをつかんでいる。三人で貨物船から転げ落ちた荷物みたいに身を寄せ合いながら、海中に沈んではまた浮かびあがり、波に流されまいと絶望的な努力をした。もう体が持たない。がんばれ、がんばるんだ。

何のために？　いつまで？　誰か、手を差し伸べてくれる者がいるのか？

「聞いて」とオーレリアが繰り返した。

クロチルドはこの先何年も、忸怩たる思いを抱き続けるだろう。オーレリアのほうが先に、あの音に気づくなんて。この屈辱からは簡単に立ち直れそうもないわ。たしかにわたしはずっと、聞いていなかったけれど。あの船のエンジン音を。

けれども今は、歓喜の爆発に身をゆだねよう。

肺の底から叫び声をあげよう。

「ほら、あそこに！」

そしてお祖父ちゃんに呼びかけよう。

「がんばって。あと少しだから。すぐに助けが行くわ」

百メートルほどむこう、ルヴェラタ半島や海豹洞窟、灯台、ピュンタ・ロサを覆い隠す岩だらけの岬の陰から、船が姿をあらわした。

ボートよりは大きめだが、トロール船というほどではない。

アリオン号だ。

エンジン音も快調に波を切り、空で知り尽くしている暗礁のあいだをすいすいと進んでいく。船のうえでは赤いウィンドブレーカーを着たナタルが、金髪を風になびかせ舵を取っていた。

クロチルドはこれほど胸を高鳴らせたことはなかった。

ナタルは十数秒で、波間に浮かぶ三人の近くまで船を寄せた。そして彼はエンジンを切り、まずヴァランティーヌをつかんだ。

けれどもそれは、容易ではなかった。エンジンを切ったとたん、激しい波が船を揺らし始めた。ヴァルは腕を縛られていて、ナタルに手を貸せない。カサニュがパルマを離さないよう気をつけながら、ヴァランティーヌの体を押しあげた。ナタルは船から落ちるかと思うほど、ぎりぎりまで手すりから身を乗り出した。

こうしてヴァランティーヌは、ようやく船の底に身を横たえた。

次はパルマの番だ。

彼女はただずっしり重いだけの荷物ではなく、引きあげてくれる二人の助けになるよう身をくねらせ、体を丸めた。カサニュは片方の腕で彼女の腰を支え、もう片方の腕を太腿の下にまわして、ナタルの手が届く高さまで持ちあげた。花嫁を抱きかかえ、新居にむかう花婿のように。

クロチルドはその瞬間、二人の目と目が合ったような気がした。二人の口から、なにか言葉が発せられたような気がした。

祖父の言葉のなかに、《すまない》というひと言を読み取った。

母の言葉のなかに、《ありがとう》というひと言を読み取った。

そんなはずはないのに。母の口は、絆創膏でふさがれていたのだから。

パルマはアリオン号の底で、孫娘の脇に横たわった。

助かったのだ。

ナタルはそこでようやく、カサニュにも手を差し出した。

カサニュは七分近く、海、波、海流、岩と戦った。

本当なら、勝ち目のない戦いだった。けれども彼はやり遂げた。最後まで持ちこたえた。

そして老人は、ついに力尽きた。

少なくとも、憲兵たちはそう結論づけた。コルシカの新聞記者たちは翌日の第一面に、そんなタイトルを躍らせた。ユープロクト・キャンプ場のバーで、酔客たちは鼻高々にそう語った。ヴァルやパルマに結末をたずねられるたび、クロチルドもそう話して聞かせるだろう。

お祖父ちゃんは息絶えるまで、戦い続けたと。

目撃者たちの誰ひとり、目にしたはずのことを語らなかった。

ナタル・アンジェリはカサニュに手を差し出した。手はあと数センチのところまで近づいた。

けれどもカサニュは、その手を取らなかった。そして、波間に消えた。

66

二〇一六年八月二十三日　午後九時三十分

ペトラ・コーダ断崖にこれほどたくさんの人が集まるなんて、めったにないことだ。少なくとも、二十七年前から一度もない。

あたりはもう、蜂の巣をつついたような大混乱だった。そのなかにレスキュー隊の車が三台、憲兵隊の小型トラックが四台、停まっている。アジャクシオとカルヴィを結ぶ唯一の道路とあって、観光客の車も多数、身動きが取れなくなっていた。バイクや自転車に乗った人、ジョギング中の人たちは、車のあいだをそっと通り抜けていったけれど、いったい何ごとだろうと断崖をふり返らずにはおれなかった。

レスキュー隊員は縄梯子(なわばしご)を投げおろし、岩壁に鉄の楔(くさび)を打ちこんで固定した。海上憲兵隊はゴムボートで入江を捜索したが、カサニュは行方不明のままだった。アリオン号はポリエステルのロープに加え、鉄のチェーンでもしっかりつながれた。ヴァランティーヌとパルマはレスキュー隊員に付き添われて縄梯子にしがみつき、ウィンチで船からヘリコプターに引きあげられた。コルシカの険しい登山道では毎年のように遭難者が出るので、レスキュー隊員も慣れたものだった。

ヴァランティーヌとパルマが崖のうえに降り立つと、野次馬や憲兵隊員がいっせいに群がった。**さあ、さあ、そこをどいて。**金色のエマージェンシー・ブランケットでくるまれた二人を、若いころのハリソン・フォードに似た救急隊の医者が、すばやく診察した。**大丈夫。怪我はないようだ。**けれども医者は、アジャクシオの医療センターに搬送するよう指示をした。救急車の扉が大きくひらき、ストレッチャーがせり出した。ドライバーはエンジンをかけ、煙草を吸っている。出発の準備完了だ。パルマは疲れきったように片手をあげた。**お願い、急かさないで。**クロチルドは娘と母親を抱きしめる間もなく、救急隊員に引き離された。**あとにしてください、あとに。**


最後にナタルが自力で縄梯子を伝い、道路にあがってきた。ウィンチの力も借りず、付き添いもなしだった。うえまで登りきるところでセザルー・ガルシアが手を貸し、力強く引きあげて背中を叩いた。男同士らしい、無言の祝福だった。**よくやったぞ。**危険な任務をなしとげ、疲れ果てて戻ってきた勝者には、それで充分だった。

フランクは数メートル離れた車にむかい、ヴァランティーヌに着替えのセーターやジーンズ、バスケットシューズを持っていった。

オーレリアは有能で優しい看護師らしく、何ごとかハリソン・フォードと話しこんでいる。気がつくとクロチルドのすぐ前に、ナタルが立っていた。ほんの三メートルと離れていない。なんて魅力的なんだろう。前をはだけたウィンドブレーカー、青い目にかかる濡れた前髪、穏やかな勇者の微笑み。その首にかじりついて、ありがとう、ありがとうと叫びたい衝動が自然と湧きあがった。ずっとわかってたわ、いつかあなたがアリオン号の綱を解き、再び海を走らせるときが来ると。今ならいっしょにあの縄梯子をおり、船を出すこともできる。ヴァランティーヌとパルマは無事帰ってきた。すべてが片づいた。出発の時だ。

クロチルドは一歩前に踏み出した。

ナタルに抱きつきたいという気持ちは、理性を超えていた。彼の力強さと落ち着きだけが満たすことのできる、動物的な欲求だった。

オーレリアはハリソン・フォードを放り出して、二歩前に出た。

フランクは娘の着替えを通りがかりの救急隊員にあずけ、三歩前に出た。

セザルー・ガルシアは、レスラーにリングの場所を譲るレフェリーのように、うしろに退いた。

「ナタル！」とオーレリアが呼びかけた。

ナタルは動かない。

「クロ！」と背後からフランクが叫ぶ。

クロチルドも動かない。

「クロ。ヴァランティーヌが呼んでる」

沖まで捜索を続けていた。

　彼女はためらった。

「なにか……渡したいものがあるそうだ。とても大事なものだとか」

　救急車の運転手は、煙草の吸殻を投げ捨てた。救急隊員が、ストレッチャーを押してやって来る。憲兵隊のトラックは、すでに走り去っていた。ゴムボートは大きく円を描きながら、沖まで捜索を続けていた。

　クロチルドは心が揺れた。

　しかたないわ。娘を放ってはおけない。

　彼女はふり返った。

　ヴァルとパルマが並んですわっていた。同じ金色のブランケットを膝にかけ、同じ白いタオルを頭に巻き、同じように背中を丸めて。本当にそっくりだ。

「なあに、ヴァル？」

「ママ……ママに渡すものが……」

　ヴァランティーヌはよろよろと立ちあがり、ブランケットの下からビニール袋を取り出した。どうしようか、ためらっている。彼女はふり返り、祖母の膝にビニール袋を置いた。

「やっぱり……わたしからじゃないほうがいいわ」

　パルマは唾を飲みこみながら、音をひとつひとつ絞り出すように言った。

「マ……マミー……と……呼んで」

　パルマは力をふり絞って笑顔を作り、孫娘の手を握ったまま、謎めいたビニール袋をつかんだ。

クロチルドは近寄った。

六つの手がひとつになって、袋を持ちあげた。なかでしわくちゃの紙がこすれるような音がした。パルマはまだ、声を絞り出している。

「これ……は……あなた……の……」

パルマとヴァランティーヌは手をのけた。二人とも泣いていた。

クロチルドは袋の口にそっと手を入れた。どうしてこんなに胸が高鳴るのだろう？　透明なビニール越しに、淡い青色が見える。なにか四角いものが手に触れた。本にしては、表紙が柔らかい。厚さもノートくらいだ。

ビニール袋が風にあおられ、ルヴェラタ半島のほうに飛び去った。誰もつかもうとしなかった。

バカンスの日記　八九年夏

ノートの表紙に書かれた文字は、まだ充分読みとれた。

クロチルドは細心の注意をこめて、ページをひらいた。考古学者が、ファラオの墓所で見つけたパピルスをめくるように。

一九八九年八月七日月曜日　バカンス初日　夏の青空
わたしはクロチルド。

自己紹介するね。だってそれが、最低限の礼儀でしょ。あなたのほうは、礼儀を返してくれないけど、それはまあしかたないか。この日記を読んでいるあなたが誰なのか、わたしにはわからないんだから。

恋人かな？　わたしが生涯の伴侶に選んだひと？　初体験の朝、少女時代の日記を見せているとか？

それとも、たまたまこれを見つけたどこかのお馬鹿さん？　わたしってけっこうだらしないから、そんなこともあるかもね。


クロチルドの目から、とめどなく涙が流れた。文字も言葉も文章も、そっくりそのまま残っている。けれどもページは端が黄ばんで反り返り、まるで古い怪しげな魔術書のようだ。クロチルドは一瞬、二十七年前の自分と再会したような気がした。二つの運命が並行して語られる物語。そのヒロイン二人が、ついに最終章で出会ったかのように。

ヴァランティーヌは自慢げに母親を見やった。

「ほら、ママ、なくさなかったよ」

三人とも泣いていた。

フランクがクロチルドの腰に腕をまわし、胸もとに手をあてた。

彼女はふりむいて夫に身をあずけ、その頭を抱きよせた。フランクはそれを、優しさのあらわれだと思った。けれどもクロチルドは、ただ夫の肩ごしにうしろを眺めただけだった。

オーレリアはぴったりとナタルに寄り添い、二人でひとつのウィンドブレーカーにくるまっていた。

クロチルドはノートをそっと胸に押しあてた。

67

二〇一六年八月二十七日　十二時

リザベッタはアルカニュ牧場の中庭に集まった人々を、愉快そうに眺めていた。太陽が空の真上から、正装した群衆をとろ火で煮こんでいる。みんな暑さを逃れようと、虚しく木陰を探した。まんまと罠にかかったわね。カサニュが見たら、大喜びしたことだろう。

彼はコルシカ人がいまだに行っている辛気臭い服喪のしきたりを、常々毛嫌いしていた。黒い喪服を着た女たちが歌う哀悼の歌や、死者の家のカーテンを閉めたり、鏡をシーツで覆ったりというお祓いの儀式を。自分の葬式は、そんなこといっさい抜きにしてくれと言っていたし、リザベッタもそう約束した。

そして彼女は約束を守った。

けれども、押し寄せる人々を追い返すわけにもいかない。

静かだが物見高い、たくさんの人々。リザベッタは、彼らが何リットルもの汗を流すのを眺めた。しまいには足もとに水たまりができて、地中海まで流れ出すんじゃないかしら。

アルカニュ牧場の中庭には、日陰などどこにもない。

人々は灼熱の太陽に照らされ、じっと待っている。

熱いかまどと化したこの庭に囚われた人々。コルシカは今、一矢を報いている。

ゆっくりと、とてもゆっくりと、群衆は進んでいった。

先頭は、孫のオルシュや親戚のミゲル、シムオーヌ、トニオに担がれた棺だった。砂時計の砂が少しずつ落ちるように、葬列はアルカニュ牧場を出て、海に面してつづら折りに続く小道を、マルコーヌ墓地にむかった。牧場から墓まで、三キロの道のりだ。どこまでも続く黒い行列は、のろのろと地面を這っていく。道は狭くて、二列に並ぶのが精いっぱいだった。あいだをあけて、息をつくこともできない。海のそばまで来るとようやくわずかに風が吹き、歩きやすくなった。そこから墓地まで、あと一キロ。けれども葬列はあまりに長すぎて、棺がマルコーヌ墓地に着いてもまだ、最後の弔問客は灼熱のアルカニュ牧場を出ていなかった。

列のなかには、有名人の顔もちらほら見えた。県知事、県会議員が四人、コルシカ議会のメンバーが七人、オート＝コルス県狩猟組合長、地方自然公園長……そう、カサニュのコルシカは今、一矢を報いている。地位が高ければ高いほど、服装も暑苦しかった。体にぴったりしたシャツ。きちんとボタンをかけた上着。ぴかぴかに磨いた革靴。彼らはショートパンツの子供や、ミニスカートの女の子、Tシャツ姿の男たちを苦々しげに眺めた。墓地に行くのに、ペタンクでもしようかというかっこうじゃないか。

既成の秩序に逆らったカサニュらしい、葬式の光景だ。

弔問客の大部分は、まだ灼熱の中庭でじっと暑さに耐えている。

柏の木は、枝をすっかり切り落とされていた。

リザベッタは何年も前から、こうしようと考えていた。庭の真ん中に立つ柏の大木を、毎日、何時間も台所の窓から眺めながら、彼女は夫の葬式はこれしかないと思った。カサニュにも、遺言で指示しておくようたのんだ。

花束も捧げなければ、花輪も飾らない。

リザベッタにとって、皆にとって、アルカニュ牧場の柏はカサニュそのものだった。だからリザベッタは心に決めた。友人たち、弔問客たち、夫に最後の敬意を表しにやって来た人たちに、柏の小枝を一本ずつ渡し、墓に捧げてもらおうと。だから千人もの人々が集まった柏の木のまわりに、期待した木陰はなかった。

樹齢三百年の木に、枝は残っていなかった。

真冬のように一枚の葉もなく、やせ細った骸骨さながらにそびえている。

それがリザベッタの望んだことだった。悲しみに暮れた人々が、どれだけ集まるかは問題じゃない。本当にカサニュの死を悼んで欲しいのは、この木にだった。

ひと夏のあいだ。

何か月かすれば、柏の木はまた花をつけるだろう。そしてアルカニュ牧場は再生する。何百年にもわたって生き続ける。カサニュと柏の木は、一心同体なのだから。彼の血管に流れているのは、血ではなく樹液だ。太古の昔から、イドリッシ家の血管には樹液が流れている。

リザベッタは黒服の群衆が手にした枝が揺れるさまを、感極まって眺め続けた。葬列の最後尾が、中庭を離れた。そのうしろをしめくくるのはわたしだ、と彼女は決めていた。リザベッタは中庭を離れるとき、ちらりと花壇に目をやった。彼女が毎朝水をやっている小さな花壇に、弔問客は誰ひとり足を踏み入れていなかった。

わたしが死んだときお墓に飾るのは、あの蘭の花一輪で充分だわ、とリザベッタは思った。

＊

最初の一キロで止まってしまった行列を追い越し、リザベッタは先へ進んだ。列の先頭は小さな墓地にあふれ返り、うしろがつかえていた。リザベッタが通ると、群衆はさっと道をあけた。まるでツール・ド・コルスの車が、のろのろと走り抜けていくみたいに。柏の枝をふって声援を送る者は、さすがにいなかったけれど。

リザベッタが墓地までのぼりつくのに、一時間近くかかった。

納骨堂からは、ルヴェラタ湾を見渡すことができた。いくら眺望がすばらしくても、リザベッタはこの手の納骨堂が好きになれなかった。堂々とした名家の納骨堂はなおさらだ。ギリシャ式の円柱やオスマントルコ風のドームはいくら立派でも、何世代もの遺骨がいく段にも重なって収められた大きな戸棚にすぎない。いつか彼女も右側下から五段目に、カサニュとともに安置されるだろう。その下に並んだ両親、祖父母、曽祖父母、さらに昔の先祖たちとともに。うえでは息子も待っている。

わたしはネズミを引き出しに入れた。暗い、暗いとネズミは言った。

そんなおかしな童謡の歌詞を、彼女は頭からふり払った。

リザベッタはゆっくりと納骨堂に歩み寄った。棺のうえに柏の枝を投げるのは、もちろんまず彼女からだ。けれどもリザベッタは、この栄誉を誰かと分かち合いたいと思っていた。彼女は疲れきったように、最後の数メートルを進んだ。うしろにひかえる群衆には、少なくともそう見えた。リザベッタは右をふりむいた。言葉に出さずとも、スペランザはすぐに理解した。一歩踏み出して、支えるようにリザベッタの右腕を取る。こうしてスペランザもまず最初に、霊廟にむかうことになった。

娘のサロメが、そこに眠っている。

リザベッタは左に顔をむけ、有無を言わせぬ目でパルマにうながした。こっちへ来て、わたしの左腕を取ってちょうだい。

夫のポールが、そこに眠っている。

三人の女は助け合いながら、棺に近づいた。

こうしよう、とリザベッタは思っていた。昨日、思いついて、ひと晩じっくり考えた。パルマとスペランザを和解させよう。儀式のあいだだけでもいい。平和条約を結ぶのだ。コルシカの女には、そうする天賦の才がある。

女たちは三本の枝を同時に投げた。ニスを塗った板を、緑の葉がそっと覆った。魔法の力で柏の棺が命を吹き返し、葉をつけ、花を咲かせたかのように。大理石の棚に収めるのではなく、このまま地中に埋めておいたなら、板は再び幹となり、根を張り、実をつけ、ミサゴが巣を作るのではないかと思うほどだ。彼女たちのうしろから、クロチルドとオルシュが手を取り合って進んできた。姉弟の父親を奪った運命も、その非情な仕打ちを悔やんでか、最後には二人を結びつけた。彼ら二人で一本の枝を持った。オルシュは使えるほうの右手で枝を握りしめ、クロチルドは恋人同士のように、一輪だけ咲いた花のまわりに指を絡めた。

そして、ほかの参列者たちがあとに続いた。

枝が山積みになった。柏の古木は、ありとあらゆる緑の色調を備えていた。モスグリーンから翡翠(ひすい)色まで、苔のような緑からオパールがかった緑まで。黒い礼服や、納骨堂の白い大理石など相手にせず、ただ青い地中海とルヴェラタ半島の赤い岩に挑もうとしているかのように。

有名無名の参列者（どのみちリザベッタは、顔も地位もろくに知らなかったが）のなかに、何人か彼女にとって大切な人々、彼女とは少なからぬ縁がある人々もいた。

アニカは悲嘆に暮れて、しばらく墓の前から離れなかった。前の日、彼女はこの同じ墓地で、夫を埋葬したばかりだった。参列者は十分の一ほどだったけれど。リザベッタは彼女に、ユープロクト・キャンプ場の経営を続けるように勧めた。ええ、考えておくわ……とアニカは答えた。

マリア＝クジャーラ・ジョルダーノは美しく、堂々としていた。サングラスからパンプス、控えめな襟ぐりのレースまで、全身黒ずくめだ。両脇に従えた二人のボディガードまで、黒服の黒人だった。

フランクはそっと注意深く枝を投げると、すばやく退いてヴァランティーヌをひとりにした。少女は涙も流さず、虚(うつ)ろな目をしていつまでも立ちすくんでいた。まるで棺のなかを見通せるかのように。そこに自分の過去が見えるかのように。父親は彼女の袖を引き、もう行こうとうながした。

最後にオーレリアが、セザルー・ガルシアの腕につかまって進み出た。軍曹はアルカニュ牧場で待機し、小道を歩いて墓までのぼらずにすんだ唯一の参列者だった。それでも彼の黒いシャツには、汗が乾いた白い跡が点々としていた。

オーレリアは父親の腕をほどき、リザベッタに微笑みかけると、じっと海を見つめた。みんながここにそろっている。

けれどもナタルだけは、参列を拒んだ。

＊

群衆が散らばり始めた。クロチルドはリザベッタをいつまでも抱きしめたあと、地中海を見下ろすベンチにむかった。パルマが黙ってそこに腰かけていた。この暑さだというのに、彼女は絹の薄いショールを肩にかけていた。野バラの模様をあしらった、黒いショールだった。ヴァランティーヌも隣に腰かけ、せっせと携帯電話のキーを操作している。若者たちを夢中にさせるこんな機械が発明されたことを、囚われの身だったパルマは知っていたのだろうか？

パルマが知らないことはたくさんある。クロチルドが母親について知らないこともたくさんある。けれどもこれから時間をかけて、またゆっくり理解し合えるだろう。簡単なことではないけれど。パルマは自由の身になってから、ほとんど口をきかなかった。いつも黙って、相手の話を聞いているだけだ。

パルマは今、六十八歳だ。突然の光、音、ざわめき、質問に疲れて果てている。彼女にとって、すべてがあまりに慌ただしかった。次から次へと、覚えねばならないことが出てくる。あまりに多くの名字や名前が。

しょっちゅう勘違いもした。孫娘のヴァランティーヌを見て、クロチルドと呼びかけた。閉じこめられていたあいだは、時間が止まっていたかのように。そのあいだに、娘が姿を変えたかのように。

彼女が望んだとおり、自分によく似た娘に姿を変えたかのように。

クロチルドは気にしていなかった。今は安堵感でいっぱいだった。

クロチルドは母親と娘がすわっているベンチの脇に立ち、海を眺めていた。

「彼は……海に出た」とパルマがつぶやいた。

クロチルドは最初、カサニュのことを言っているのかと思った。けれども母親は、ルヴェラタ灯台の彼方を見つめていた。

船が沖にむかって遠ざかっていく。アリオン号だ、と二人にはわかった。目を凝らせば、背中を丸めて舵を取るナタル・アンジェリの姿も見えた。

「彼は……海に出た」とパルマは繰り返した。

自由の身になってから初めて、彼女はいくつもの言葉を連ねて心の内を語った。

「彼の……ことは……ずいぶん……考えたわ。暗い部屋に……閉じこめられたとき……わたしは……四十歳……まだ……美しかったはず……鏡もあった……ナタルのことを……必死に忘れようとした……彼にまた会うのが……怖かったから……女にとって……時は残酷で不公平……五十歳の男は……七十歳の女を愛せない」

クロチルドは無言だった。

何と答えればいいんだろう？

　彼女はただ、周囲の景色を見まわしただけだった。カピュ・ディ・ア・ヴェタ山の頂上にオーストリア人が立てた十字架、カルヴィの城塞、さらに下方にはユープロクト・キャンプ場、アルガ海岸、オセリュクシア海岸、マリーナ《ロック・エ・マール》の工事現場、ルヴェラタ灯台と、どれも大好きな景色が広がっている。

「ほら、見て、ママ」ヴァランティーヌが、携帯電話の画面からようやく目をあげて言った。

「何なの？」

「ほら、灯台のまっすぐ先、海の真ん中に」

　クロチルドにはなにも見えなかった。

「アリオン号が進む先に、黒い点が四つある」

　クロチルドとパルマは目を細めたけれど、やはりなにも見えなかった。

「オロファン、イドリル、ガルドール、タティエ。イルカの一家よ」

　クロチルドは一瞬、呆気に取られた。少女時代の思い出に秘められた名前を、どうして娘が知っているのだろう？　けれども、すぐにわかった。もちろん、あのノートだ。フエゴのなかで読んだ、八九年夏の日記。

「間違いないよ、ママ。だって、そうでしょ。イルカたちはアリオン号に気づいたんだ」

　いつもはあんなに真面目いっぽうのヴァランティーヌが、こんな突拍子もないことを思いつくなんて！　二十七年たってもイルカが同じ海に棲(す)んでいて、同じ船のエンジン音を聞き分けられるっていうの？

「イルカの寿命は五十年以上だっていうじゃない」とヴァランティーヌは続けた。「それに、記憶力も驚異的だって。愛の記憶にかけては、哺乳動物いち。二十年以上離れ離れになっていても、パートナーのことが鳴き声でわかるって、前にママも言ってたじゃない」

クロチルドは水平線に目を凝らしたけれど、ひれの端も見えなかった。

「行ってしまったみたい」しばらくして、ヴァルは言った「もう見えないわ」

あの日記を読んだせいで、娘にもはったりをきかせる才能が奇跡的に芽生えたのだろうか？　それだけじゃないわ、とでもいうように、ヴァランティーヌはオセリュクシア海岸のうえに張り出した岩に目を落としながら続けた。

「セルヴォーヌさんが亡くなって、マリーナ《ロック・エ・マール》はどうなるのかな？」

「さあ、わからないわ。また何年も、あのままでは」

「残念ね……」

「残念って、何が？」

ヴァランティーヌは祖母のほうをふりむいた。それから納骨堂に目をやり、大理石に刻まれた名前をひとつひとつ読みあげた。伯父や祖父の名前だけでなく、三世紀来続く祖先たちの名前もすべて。

「わたしがイドリッシ姓じゃなかったことが」

沈黙が続いた。今度はパルマがその沈黙を破った。

「イドリッシ姓……だったら……どうする……つもりなの？」

ヴァランティーヌは祖母をじっと見つめた。皺がよったその顔のむこうに、母親の日記に書かれていた魅力的な女性の面影を探しているかのように。

「お祖母ちゃんは建築家だったのよね？」

「そうよ……」

再び沈黙が続く。クロチルドは話の接ぎ穂に、パルマの質問を繰り返した。

「どうするっていうの、ヴァル、もしイドリッシ姓だったら？」

ヴァランティーヌは納骨堂を、それから海の一点を見つめた。さっきイルカが見えたと言ったあたりだ。そして最後に、マリーナ《ロック・エ・マール》の工事現場を眺めた。

「あそこを工事中のままにしておかないわ」

そしてまた、二十七年後

68

「お祖母(マミー)ちゃん、プールで遊んでいい？」

お祖母(マミー)ちゃんは孫たちに悪戯っぽく笑いかけ、いいわよと言った。孫たちがなにかおねだりするのは母親にではなく、いつもお祖母(マミー)ちゃんにだった。お母さんは、なんでもだめだめと言う。水遊びも、ほかのことも。

寒すぎるわ、暑すぎるわ、濡れちゃうわ、危ないわ。

お母さんには嫌んなる。

「ありがとう、クロお祖母ちゃん」

フェリクスとイネスは飛びあがって膝を顔の高さまであげ、両脚を腕で抱きかかえたまま水に飛びこんだ。クロチルドはしばらく孫たちを眺めていたが、やがてもっと彼方、アルガ海岸とルヴェラタ岬へと目をやった。大きな飼育プールが、半島のうえに突き出している。イルカの保護飼育センター《トゥルシオプス》は十五年前にオープンした。パルマの独創的なプランに基づき、中央棟、受付、博物館、研究所、ホールからなる建物はすべてコルシカ産の松で造られている。周囲の自然環境と一体化し、太陽光発電によるエネルギーの自給化を実現して、エコロジーの観点からも模範的な施設だった。建設半ばだったマリーナ《ロック・エ・マール》の痕跡はなにも残っていないが、特産の石だけが、プールやイルカの観察エリアに続く道や階段に再利用された。

「クロお祖母ちゃんは泳がないの？」

「お祖母ちゃんの邪魔をしちゃだめよ」とヴァランティーヌは子供たちに言うと、すぐにまたタブレットに表示された数字の列に目を戻した。

クロチルドはためらった。今でも一年中、ほとんど毎日、保護区に生息しているイルカのシルダン、エオルといっしょに泳いでいる。サンチュリの漁師の網にかかったのを保護された、ネズミイルカのアラネルといっしょのこともあった。けれども、孫のフェリクスやイネスと泳げるのは夏だけだ。二人は明後日、母親のヴァランティーヌとパリのベルシー地区にあるアパルトマンに帰ってしまう。そこからは、パパの大きなオフィスが直接見えた。クロチルドはひとりで、ここに残るつもりだった。八月末になると観光客は少し減るけれど、保護飼育センターの廊下に子供たちの歓声が鳴り響くようになる。九月に入ったとたん、《トゥルシオプス》はコルシカじゅうの小学生に占領されてしまう。クロチルドにとって、これが七度目の新学期だった。仕事を辞めてからというもの、彼女はずっとコルシカで暮らしていた。

クロチルドは周囲に視線を巡らせた。プールのうえにかかった世界時計、水質表示メーター、気象観測機器。そうしたハイテク装備の下に貼ってある木のプレートに、彼女は目をとめた。この建物を設計した建築家を讃えるプレートだ。母親の名前は、二本の野バラに縁どられている。庭のまわりにも同じ野バラが植わっていて、四月から七月まで、ピンクや薄紫色の花が咲き乱れた。

　パルマは今、イドリッシ家の納骨堂で、夫の隣に眠っている。彼女は自由の身になったあともずっと、ヴェルノンの暗い小さなアパルトマンでひとりひっそりと暮らした。めったに外出することもなかった。朝、誰にも気づかれないまま、死んでいるかもしれない。クロチルドはそう思うと、心配でしかたなかった。母は保護飼育センターの建設が終わったら、死を待つつもりなのだ。クロチルドはそれに気づいて、毎日電話をかけた。大丈夫よという母親の言葉にも安心できず、バカンス中はヴァランティーヌにかけてもらった。ある晩、法廷から戻って、母親がベッドで死んでいるのを見つけたとき、悲しかったのか、ほっとしたのか、自分でもよくわからなかった。眠っているような、安らかな死に顔だった。亡くなったのはほんの数時間前です、と医者は言った。

　パルマはコルシカで、夫のそばに埋葬して欲しいと願っていた。けれどもそこにはすでに、別の女が眠っている。結局サロメ・ロマニの亡骸は、数段下の母親の隣に移されることになった。スペランザは二〇二〇年五月の晩、アルカニュ牧場の柏の木陰で眠るように息を引き取った。傍らには、摘んだばかりのマスチック、アンゼリカ、マヨナラを入れた籠が置かれていた。リザベッタはその三か月後に亡くなった。朝、蘭のまわりに生えているイラクサを抜いているとき、彼女の心臓はなんの前触れもなく止まった。

　クロチルドはタオルを置き、七十近くにしては若々しい体を誇示するように、水着姿でプールにむかった。彼女は肉体的な衰えを、まだ感じていなかった。デッキチェアに腰かけて本を読んだり、眠ったり、キスをしたりしている若い観光客の完璧な肉体は、素直にすばらしいと思うけれど。人生とは、つまりそういうことだ。この世にある美を楽しめばいい。その調和を、その詩情を楽しめばいい。すべてが消え去る前に、じっと見つめよう。人は死ぬのではない、ただ、見ることができなくなるのだ。みんな、わかっている。わたしたちのまわりから、すべての驚きが消え去ったとき、終わりが来るのだと。

けれども今、世界はまだ輝かしい驚異に満ち溢れている。地中海に直接面した飼育プールでは、いちばん若いイルカのエオルが、飼育係のマテオの前で優雅に泳ぎまわっていた。マテオは筋骨たくましい金髪の青年だ。彼のきびきびとした正確な身のこなしは、イルカの動きとぴったり合っていた。マテオは星の王子さまのような、澄んだ笑い声をしていた。十年ほど前、クロチルドはアルガ海岸で初めて彼と出会ったときに、その声を聞いた。マテオはちょうど、『ハリー・ポッター』を読んでいるところだった。あなたのお父さんは昔、ハグリッドって呼ばれていたのよ、と彼女はマテオに言った。今では誰もオルシュのことを、そうは呼ばない。ユープロクト・キャンプ場の、真面目で威厳ある支配人のことを。

クロチルドは水に足を浸した。パラソルの下で帽子をかぶり、本を広げたままナタルが眠っている。近づいて水をかけてやりたくなるのを、彼女は必死にこらえた。それともフェリクスとイネスに手伝ってもらい、デッキチェアを持ちあげてプールに放りこんでやろうか？彼の近くで勢いよく水に飛びこませ、跳ねがかかるようにしむけるだけでもいいわ。

ヴァランティーヌが成年に達した数か月後、クロチルドはフランクと別れた。二〇二〇年一月、弁護士費用を節約するためお互い同意のもとに、離婚合意書にサインをした。そのあと冬が終わり春が来て、七月になるまでずっと、コルシカに戻ってナタルに会いたいと、ただひたすら思い続けた。わたしはもう自由だ。アリオン号、イルカの保護区、今ならすべてを実現できる。リザベッタのお金、パルマの設計、それにヴァランティーヌのマーケティングの才をもってすれば。ヴァランティーヌは、高等商業専門学校の準備クラスに入ったところだった。

離婚のニュースはコルシカまで伝わったらしい。ある日オーレリアから、長い手紙が届いた。もしあなたがコルシカに戻ってくるなら、もしナタルがあなたと暮らしたいなら、もしそれが彼の選択ならば、わたしは反対しません（オーレリアの手紙には、たくさんの《もし》があった）。わたしはナタルを愛し続けているけれど、わたしこそ彼が必要とする妻なのだと心から信じているけれど、これまでずっと彼を幽霊から守ってきたけれど、彼が再起して以来、注意深く寄り添ってきたけれど。たとえナタルがわたしを愛していなかったとしても、ほかの女性と暮らしても、もっとしあわせになれはしなかったでしょう。

たしかにそのとおりだ、とクロチルドにもわかっていた……ナタルが構想したトゥルシオプス計画をコーディネートしたのはオーレリアだった。気乗りがしないナタルをせっついて、イルカの保護区を完成させたのは彼女だった。ナタルには、夢を実現する気力が失せていた。それに、もともと優柔不断な男なのだ。恋人としては最高だけど、とクロチルドは思った。でも、わたしだったら耐えきれないわ。熱烈な手紙を送ってきたと思ったら、そのあと何か月間も音沙汰なしで。本当に頭にくる。いいことばっかり並べて、すぐに忘れてしまうんだから……愛は消え去った。今でもナタルには、小さな男の子に抱くような優しさや仲間意識は感じている。でもオーレリアのほうが、わたしよりもっと彼のことを愛している。離婚したあと、何人かつき合った男もいた。旅先で知り合った、行きずりの相手もいた。ハンサムで知的で、魅力的な男たち。ときには既婚者だったり、外国人だったりした。八月二十三日までつき合いが続いていれば、《カーサ・ディ・ステラ》でいっしょに夕食をとり、星空の下で愛の一夜を明かした。

「気をつけて、お祖母ちゃん！」

クロチルドははっとして、紺碧の空にくっきりと浮かぶ飛びこみ台に目をやった。少し不安な気持ちを抱いて。誰かが虚空に身を躍らせるのを見ると、カサニュのことを思わずにはいられなかった。

プールのまわりでは、ビーチサンダルをはいた観光客たちが呆気に取られている。

そのしなやかな体は、一滴の飛沫もあげず、矢のように水を切った。

見事なダイビング。

プロの腕前だ。

まるで人魚のような。

数秒後、マリア＝クジャーラが水面に姿をあらわした。七十を超えた水の精。砲弾のような二つの乳房が、透けた白い水着の下から突き出ている。

フェリクスとイネスは拍手喝采をした。二人はマリアおばちゃんが大好きだった。

クロチルドはぷっと吹き出した。彼女はマリア＝クジャーラと友達になった。毎年夏が来る前に、豊胸手術をしているの、とマリアは笑った。これじゃあ、死んで仰むけに寝かされても、胸がつかえて棺桶(かんおけ)の蓋がしまらないかもね。

それに葬式の日はコルシカの多声合唱じゃなくて、哀悼の歌をお願い。

なんてすげえ婆ちゃんだ、と男たちは呆(あき)れていた。V字形に引き締まった上半身と、つるつるの胸をした男たちを尻目に、マリア＝クジャーラは透けた水着を直した。憤慨している妻を前に、彼らは美の独裁者にひれ伏すしかなかった。

時は殺人者だ。

しかし、情状酌量の余地もある。

「こっちにおいでよ、お祖母ちゃん(マミー)」フェリクスとイネスが言った。

クロチルドはにっこりして、甘いメランコリーに身をまかせた。ナタルは夢の世界に入りこんでいる。ヴァランティーヌは計算に忙しい。マリア＝クジャーラは、赤ちゃんイルカの餌やりを終えたハンサムなマテオにウインクした。クロチルドは彼らを順番に眺めた。

フォーエヴァー・ヤング、いつまでも若く(センプレ・ジオヴァニュ)。

解説

若林踏

謎に驚嘆、語りに酩酊。

これがミシェル・ビュッシ作品の持つ魅力である。蠱惑的(こわくてき)な謎を提示して読者の心をガツンと摑(つか)んだ後、巧みな語りで物語が終幕を迎える直前まで捉えて離そうとしない。しかも「謎の提示」と「語り」、この二つが分かち難く結びついた展開の果てには余韻たっぷりのラストが待ち受けている。「良いミステリを読んだ」という満足感はもちろんのこと、「良い小説を読んだ」という充実感にも満たされること間違いなしの作家なのだ。

ミシェル・ビュッシの作品が初めて日本にお目見えしたのは、二〇一五年に『彼女のいない飛行機』（集英社文庫、平岡敦訳）が翻訳された時だ。折しも前年に刊行されたピエール・ルメートル『その女アレックス』（文春文庫、橘明美訳）の大ヒットがあり、それまで停滞気味だったフランス・ミステリの人気が再燃する兆しが見え始めた頃である。『彼女のいない飛行機』は、まさにその機運に応えてくれる作品だった。飛行機事故で唯一生き残った一人の赤ん坊。同じ機内にいた二人の赤ん坊のうち、どちらが〝奇跡の子〟なのか、という過去の謎と、十八年後もその調査を続ける私立探偵が抱える現在の謎。この二つが交錯しながら進む物語は、さながら迷宮に入り込んだような読み心地で楽しませてくれた。特に現代パートの冒頭で描かれる〝あること〟は、謎解きへの興味をこの上なく掻き立てるもので、「魅力的な謎の提示に重きを置く本格謎解き小説のファンならば、この作家を好きにならずにはいられないのでは」と思わせるものだ。

その予想は二〇一七年に刊行された『黒い睡蓮』（集英社文庫、平岡敦訳）によって確信へと変わる。画家のモネが晩年を過ごした村で起きた殺人事件を軸に据えながら、複数の視点で物語を紡いだ本作は超絶技巧と形容するに相応しい、非常にトリッキーなミステリであったのだ。語りの構成そのものが謎を呼び、不穏な雰囲気を告げる『黒い睡蓮』によってミシェル・ビュッシは日本の本格謎解き小説の愛好家からも注目を浴びる存在となる。その証左となるのが、本格ミステリ作家クラブが設立二十周年企画として行った「二〇一〇年代海外本格ミステリ ベスト作品選考座談会」（光文社「ジャーロ No.77」掲載）において、『黒い睡蓮』を巡って熱い議論が交わされたことだ。最優秀作品にはアンソニー・ホロヴィッツ『メインテーマは殺人』（創元推理文庫、山田蘭訳）が選ばれたものの、この企画を通してミシェル・ビュッシが「注目すべき現代本格謎解き小説の書き手」という印象を、より一層強いものにしたことは確かだろう。

こうして溢れんばかりに期待が高まった中で、三冊目の邦訳となる『時は殺人者』の登場だ。結論からいえば、その期待は決して裏切られることは無い。本作もまた、とびきり魅惑的な謎と語りでとことん酔わせてくれるミステリだからだ。

物語は一九八九年八月、父親の故郷である地中海のコルシカ島で家族とバカンスを楽しんでいた十五歳のクロチルドが、交通事故に見舞われる場面から始まる。車に乗っていた父のポールと母のパルマ、そして三歳上の兄であるニコラは死亡したが、奇跡的にもクロチルドだけは助かった。

悲劇的な出来事の二十七年後、四十二歳になったクロチルドは、夫のフランクと娘のヴァランティーヌを連れて、事故があったコルシカ島を訪れる。母方の祖父母に引き取られて以来、足を運ぶことの無かったコルシカ島に再び赴いたのは、事故のことを当時の自分と同じ十五歳になった娘に伝えたかったからだ。ところが島でクロチルドを待ち受けていたのは、実に不可解なことだった。クロチルドたちが宿泊しているキャンプ場のバンガローに、彼女宛ての手紙が届いていた。その手紙の筆跡とサインを見て、クロチルドは困惑する。それは二十七年前、事故で亡くなったはずの母親パルマのものだったからだ。さらに奇妙なことに、手紙にはクロチルドと母親しか知らないような事実も書かれていた。

死んだはずの人間から届いた手紙、という謎がいきなり現れた時点で、もう読者はこの小説の虜（とりこ）になるだろう。主人公の現実認識を揺るがすような、あり得ないはずのことが目の前に現れる謎。日常に幻惑的な空間がぽっかりと穴を空けるような謎を描くことは、例えばセバスチアン・ジャプリゾといったフランス・ミステリの書き手たちがこれまでも多く挑んできた。ミシェル・ビュッシもまた、そうしたフレンチ・サスペンスの由緒正しき系譜に連なる作家なのだと、本作の序盤を読んで改めて感じる。もちろん、単に謎を提示するだけにはとどまらない。その後もクロチルドの周辺では不審な出来事が重なり、次第に彼女は猜疑心の塊へと変わっていくのだ。主人公自身が何も信じられない状況へと落ちていく、というのは優れたサスペンスを書くための必須条件といえるが、本作はその点も十分にクリアしている。

そして「語り」だ。本作では二〇一六年におけるコルシカ島での出来事を描きつつ、クロチルドの家族が事故に見舞われた一九八九年の物語が並行して進んでいく。そう、『彼女のいない飛行機』でも用いられた過去と現在の往還という技法が、本作でもまた効果的に使われているのだ。過去のパートは事故が起きる十六日前に時間を巻き戻し、十五歳のクロチルドが綴った日記の形式で語られることになる。陽光の下でのバカンスに高揚し、朗らかな口調で日々の様子を書き留めるクロチルド。しかしその中に、不穏な気配が徐々に忍び寄ってくるのだ。加えて過去パートでは、決められた運命に向かって時計の針が進んでいくスリルもある。なぜなら読者は既にクロチルドの家族に起きる悲劇を知っており、それ故に明るいクロチルドの語りが却って心に刻み付けられるようになっているのだ。

さて、こうした謎や語りに技巧を凝らしたミステリを読んでいると、小手先の芸に頼った、人工的な印象を与える作品に出くわすこともある。が、ミシェル・ビュッシの小説においてはそんな心配は無用。むしろ技巧的でありながら、人工性とは対極にある描写の豊かさに惚れ惚れとするはずだ。特に本作は次の二つの点において秀でている。

一つは現在と過去、二つの時間における主人公の描き方だ。本作の序盤で「わたしはこの二十年間、物静かな恋人、穏やかな妻を演じてきたのだから。文句ひとつ言わず、いつも馬鹿みたいな笑みを絶やさない」と自嘲するように、クロチルドは大人として成長した自分を偽りの仮面を付けた人間と評価している。その奥には過去に囚われた暗い素顔が、つねに隠れているのだ。それに対して過去パートのクロチルドは極めて健康的で快活。恋に遊びにと、人生の夏を謳歌するエネルギッシュな性格が伝わってくる。この対比が実に見事で、時が経つことの残酷さや悲しさはもちろん、「そもそも青春とは何か」という深い問いまでも頭の中を駆け巡るような仕掛けになっている。

もう一つは本作が美しい観光小説としての魅力を放っていることだ。舞台となるコルシカ島は海にそそり立つ断崖が特徴的な土地で、「美の島」と呼ばれるほどに煌(きら)びやかな場所である。本作でもその自然描写はひときわ輝いており、歴史と伝統を感じさせる街並みと行き交う人々の姿を写す筆致は、開放的な雰囲気すら漂う。だからこそクロチルドを襲う閉塞的で穏やかならぬ出来事が、より一層、不気味なものとして浮かび上がってくるのだ。

青春とリゾート。小説内に込められたあらゆるモチーフについて陰と陽の姿を描きつつ、謎と語りで牽引する物語は終幕へと突き進んでいく。その果てに待つ幕切れはもう、感嘆するほかない。なるほど、この光景に辿り着く為に全ての要素は用意されていたのだな、と深く頷きながら頁を閉じ終えた。「良いミステリを読んだ」だけではない、「良い小説を読んだ」という感慨に再び浸りながら。

ちなみに本作は二〇一九年にＴＶドラマ化されている。主演はマチルド・セニエ、カテリーナ・ムリーノなど。ミシェル・ビュッシの公式サイトから閲覧したトレーラーを見る限りでは、原作の持つ雰囲気を活かしたドラマになっている様子だ。こちらが日本でも視聴できる日が来ることを楽しみにしつつ、まずは謎と語りで魅せる現代フランス・ミステリの雄による本作を堪能して欲しい。

（わかばやし・ふみ　ミステリ書評家）

Remerciements à M. Luc Besson et Gaumont.

集英社文庫

時(とき)は殺人者(さつじんしゃ) 下(げ)

2021年10月25日　第1刷　　定価はカバーに表示してあります。

著　者　ミシェル・ビュッシ
訳　者　平岡(ひらおか)　敦(あつし)
編　集　株式会社 集英社クリエイティブ
東京都千代田区神田神保町2-23-1　〒101-0051
電話　03-3239-3811
発行者　徳永　真
発行所　株式会社 集英社
東京都千代田区一ツ橋2-5-10　〒101-8050
電話　【編集部】03-3230-6095
【読者係】03-3230-6080
【販売部】03-3230-6393(書店専用)
印　刷　中央精版印刷株式会社　株式会社美松堂
製　本　中央精版印刷株式会社

フォーマットデザイン　アリヤマデザインストア　　マークデザイン　居山浩二

ISBN978-4-08-760775-8 C0197